U0023879

任盈盈的人生哲學

郭梅◆著

武俠人生叢書序

全世界華人的共通語言——金庸武俠小說，世代不再只是文字想像，它早已幻為千百個化身：漫畫、電玩、電視劇、電影、布袋戲……，不管是本尊抑或是分身，銷售率與收視率都相當可觀，儼然成為一個新世紀的流行文化標記。

就出版的角度來看，從金庸武俠小說所延伸出來的各種議題，皆競相成為出版的賣點，如金庸武俠小說世界中的愛情、武功、醫術、文化、藝術……等，都能受到讀者的歡迎，男女老少皆宜；當然，我們尚列了古龍、溫瑞安……等武林名家筆下的各知名小說人物供讀者玩賞、品味。

生智文化事業有限公司的相關企業「揚智文化事業股份有限公司」原有近三十本的「中國人生叢書」，擁有穩定的讀者群，在這樣的基礎上，生智文化特推出「武俠人生」系列叢書，為求接續「中國人生叢書」的熱潮，一秉初衷，繼續爲讀者服務。

本系列叢書係以武俠小說主角人物爲主，一人一書；爲延續「中國人生叢書」的主題內容風格，「武俠人生叢書」乃以小說人物的「人生哲學」爲主軸，期能提供讀者不同的切入點，品評小說人物的恩怨情仇，唯寫法類似一般著名人物的評傳。同樣的小說，不一樣的閱讀方式，帶來的絕對是另一種新的樂趣。生智文化事業希望您可以在「武俠人生」裡盡情涵泳，在武俠小說與人生哲學之間來去自如，逐步打通任督二脈，使您的功力大增，屆時您將可盡情享受不那麼一般的人生況味！

誠所謂「快意任平生」！本系列叢書深論武俠人物的愛恨情仇等「人生哲學」，作者筆下可謂是感性、理性兼具，在這新世紀的流行文化出版潮流裡，爲男女老少消費群們，提供一個嚼之有味、回味再三的讀物。

生智編輯部　謹誌

自序

今年春天，生智公司的總編輯孟樊先生發來電子郵件，問我是否願意擔任《任盈盈的人生哲學》一書的撰稿工作，我考慮了一下，作出了肯定的答覆。這其中的原因是多方面的，第一自然是因爲我和孟樊先生的合作非常愉快，而第二則是由於「任盈盈」這個人物本身的關係——我前面已經寫過的黃蓉和李莫愁兩個人物，或好或壞，一目瞭然，很少有人持大相徑庭的觀點，而任盈盈和她們卻頗爲不同。換言之，任盈盈是一個比較複雜的人物，有的讀者非常喜歡她，有的讀者卻非常地不喜歡她，比如我在網上就曾經看到一篇署名「空手套白狼」的評論文章，其中說道：「在我個人眼裡，聖姑任大小姐盈盈是金庸筆下最生動的女主角，同時，也是最令我生畏的女主角。一想起她和令狐沖的愛情，我就有脖子後面冒涼氣兒的感覺。」其理由則是「因爲她的所有行爲實在太冷靜了，太理智了」；而我的一個同行朋友卻對任盈盈持十分讚賞的態度，言下大有立志婚後要作盈盈這樣的妻子的意思。所以，分析任盈盈的人生哲學對於我來講便具有一定的挑戰性和相當的趣味性，使我敢於冒重複自己的風險，大膽接下了創作的任務。

那麼，任盈盈和黃蓉、李莫愁的根本區別在哪裡呢？假如撇開她們在身分、背景和個性等方面的差異，從她們都是女人的角度去分析，我想，她們之間大異其趣的主要原因應該就在於——同樣作為女人，她們的狀態和心態很不相同。

對於一個女人來說，一生中最大的生活轉捩點恐怕就是嫁為人妻。「妻子」，這是一個平實而又厚重的辭彙，它有別於「戀人」的風花雪月、空靈浪漫和不食人間煙火；「妻子」，意味著一個實實在在的家庭和一分沈甸甸的責任；和「妻子」這個詞相伴的是開門七件事，是你耕田來我織布，是生兒育女，是……

作為女人，黃蓉由鬼靈精似的「小妖女」到柔肩擔道義、雙手育嬌女的郭夫人，其人生觀和感情世界都得到了蛻變和昇華。

作為女人，李莫愁卻是情場失意，欲作人妻而不得，痛苦、鬱悶，以致於心靈扭曲，心理變態，從一個追求眞愛的純情少女墮落成人人痛恨的女魔頭；

作為女人，任盈盈則彷彿天生具有賢妻良母的素質，同時她也竭力追求和創造作一個賢良之妻的機會。當她在洛陽綠竹巷邂逅令狐沖，聽這個男子盡情傾訴生平之不得志的時候，那分「草草杯盤共笑語，昏昏燈火話平生」的溫馨平和令她刻骨銘心，從此，她所做的每一件事都是為了要勸慰正陷於失戀泥淖中的意中人，告訴他「天涯何處無芳草」，告訴他「花開堪折直須折，莫待無花空折枝」，期待著他接受自己的一腔深情……

還值得注意的是，在這三個女人中間，任盈盈是唯一一個「天生」就被賦予權力的，也是最淡泊於權勢和威望的。雖然《笑傲江湖》沒有對任盈盈的母親作哪怕極簡短的交代，但我們從作品中仍然可以知道任盈盈和黃蓉一樣，自幼就失去母親，而且還承受了比黃蓉大得多的喪母之痛。因為黃蓉的母親雖然早逝，但生前卻擁有一分十分幸福的愛情和一個非常美滿的家庭；而權力欲望極盛的任我行卻不太可能帶給妻子幸福，甚至我們還可以猜測任盈盈母親的早死多少和她不如意的婚姻有關。所以，任盈盈雖然手握重權，但卻像是無根草、飄蓬絮，急需尋找精神的家園，於是她寧可貧居陋巷，琴簫自娛，也不願意接近名利場。

打個不恰當的比方，任盈盈漂泊的心境也許和現代女作家張愛玲有些相似，於是她的願望和理想也大抵可以用張氏才女著名的八字經「現世安穩，歲月靜好」來概括——任盈盈盼望的是天心月圓、華枝春滿，是安定，是寧謐，是一分絢爛之極歸於平淡的家庭生活，再加上她無與倫比的美麗和羞澀，任盈盈就被雕塑成了傳統的中國男人眼裡最合適的妻子的人選——而在這些男人裡面，應該包括小說的作者和絕大多數的男性讀者吧，我想。

故而，從某種程度上說，任盈盈的形象折射了相當一部分傳統中國文人的女性觀、情愛觀和婚姻觀，作家在塑造她的時候心裡充滿了憐愛，對她的優點竭盡張揚之能事，而對她的不足之處則採用春秋筆法，處處自覺不自覺地儘量加以迴避和遮掩，但在字裡行間又有意無意地留下不少蛛絲馬跡，彷彿是故意讓細心的讀者可以看得出來。比如，群豪對任盈盈敬畏到可以自我放逐、自動刺瞎眼睛的地步，這絕不可能僅僅是因爲「聖姑」幫他們求取解藥的緣故，因爲那樣的話他們只需心懷感激而不必對一個年輕姑娘害怕至此，哪怕她的武功很不錯。不過，作品對此似乎是特意沒有作清晰的交代，竟是將這個重要環節留給讀者自我猜詳去了。

總之，任盈盈就是任盈盈，她不是黃蓉，不是趙敏，不是阿九，不是苗若蘭，不是喀絲麗，更不是李莫愁，她是金庸先生武俠大廈中豐富多彩、面貌各異的女性群像中的一個，同時，和別的女性人物一樣，她也爲女性在武俠題材的文學作品中占有較重要的地位出了一分力——武俠的世界從來都是由男人唱主角的，女人往往只是花瓶，或是禍水，一直到二十世紀中葉新派武俠小說興起，這種狀況才有較根本性的改變，而金庸先生自然是創造這種變化的主將之一。

於是，我們讀任盈盈，就不僅僅是讀一個虛擬江湖裡的女子，而且也完全可以是讀歷史、讀文化、讀男人和女人這個最古老而又最新鮮的話題……

就這樣，從綠肥紅瘦的暮春到炎暑稍收的中秋前夕，我的生活和思維在一定程度上和「任盈盈」聯繫在了一起。今天，當我在鍵盤上敲下最後一個字的時候，突然發現這部文稿的寫作經過頗爲有趣，其中有幾個巧合——

巧合一，《笑傲江湖》是金庸先生在一九六七年創作的，而那一年，我剛剛來到人世這個「江湖」。

巧合二，孟樊先生制訂「任盈盈」的編輯計畫，並對我進行詢問的那當兒，正好是中央電視臺開拍電視連續劇《笑傲江湖》的時候，於是，我的構思和寫作就在央視的《笑傲江湖》劇組失火、換主角等新聞被炒得火熱的過程中逐步完成。在我停筆的時候，各媒體則報導了劇組即將殺青的消息。於是，我對央視版的《笑傲江湖》充滿了期待，希望儘快一睹導演黃健中先生和演員許晴小姐所詮釋的「任盈盈」的丰采，以期得到對作品和人物更新更深的認識，也即更進一步閱讀的快感。

巧合三，結構這部書稿的工作我基本上是在盛夏進行的，而也就是在這個酷熱的夏季，有個學生在閒談中告訴我，坊間正在流行一套關於星座和人的性格、命運之關係的小冊子，其中有認爲任盈盈應該是出生於盛夏的說法，理由是任盈盈女人味十足，怡人而檢點，具有務實的精明和愛情上的犧牲精神，恰好和巨蟹座女人的特質相吻合——這自然是戲說，不過，如果任盈盈的「生日」恰巧在我的寫作階段之內，豈非一樂？

於是，我似乎馬上就忘記了通宵達旦坐在電腦前面的腰酸背疼眼模糊，而且不由地慶幸當初沒有推卻孟樊先生的詢問，給了自己一個再次擁有寫作樂趣的機會。

郭　梅

庚辰早秋於無痕小居

目錄

性情篇　073

感情篇　097

附錄 277

任盈盈的人生哲學

生平篇

對於任盈盈來說，生命因邂逅令狐沖而變得精彩萬分。

任盈盈記不起那是從哪一天開始的，只知道似乎在很久很久以前，她就感覺到了生活的無奈與沈重。

她是日月神教的聖姑，從來就是尊貴莊嚴而高高在上，就連教主東方不敗都對她言聽計從，而手下的萬千教徒與受制於日月神教的江湖群豪們更是將她當作神仙一樣地敬仰。按說，她的日子應該過得十分地心滿意足才是，不過，……

自童年開始，高高在上的黑木崖就不是她的樂園——那只是父親任我行的王國而不是一個意義上眞正的家；同時，它還似乎充滿危機，否則，端陽佳節的宴會上爲什麼熟面孔一年比一年少呢？

而任盈盈成年後，黑木崖高入雲端的日子更顯清冷而孤寂。響徹了整個黑木崖的阿諛奉承、肉麻的歌功頌德，更是讓任盈盈覺得自己快要窒息在這滔滔的聲浪裡了。

她不要失去自我！於是在任盈盈的心中生出一個強烈的願望——逃！

她要逃開這種窒息的感覺、逃開令她倍覺壓抑的黑木崖！

於是，終於有一天，任盈盈毫不猶豫地離開尊貴的黑木崖，選擇了避居在洛陽城裡的這處陋巷。而她那近八十歲的師姪——在音樂上和她有同好，而且也同樣造詣非凡的綠竹翁，則追隨著她，成了任盈盈與外界唯一的聯繫。

而若干歲月之後，讓任盈盈與令狐沖牽起雙手、結緣百年的，就是一本喚作《笑傲江湖》的樂譜以及一個叫做綠竹翁的老人。

邂逅・得譜

任盈盈初見令狐沖是在洛陽城東，這處被喚作綠竹巷的冷僻小巷子裡——自從她和綠竹翁隱居在此，因爲綠竹翁高超的竹篾手藝和不凡的畫藝、琴藝，洛陽城的百姓們漸漸地開始把這條原本並沒有名字的小巷子用綠竹翁的名字來稱呼，把它叫作綠竹巷。

那天，任盈盈同以往一樣閒坐在竹屋裡，兀自沈浸在她自己的世界裡。

自隔了湘妃竹簾的窗口隱約可見外面綠竹婆娑，因風搖曳，一派雅致天然。綠竹那沁人心脾的淡雅氣息，勾起了任盈盈撫琴的興致。

於是她也不燃香，只就著那淡淡雅雅的冷香，悠悠然信手撥弄著琴弦，倒也怡然。

她的師姪，七十多歲的綠竹翁就同往常一樣，在屋外剖竹弄篾，施施然編著他的竹籃與篾席。和日月神教的其他長老不同的是，在綠竹翁的身上幾乎看不到一般江湖人的粗豪習氣，而黑木崖上的錦衣玉食在他看來也不過如浮雲而已，人世間的名利他早已看破。

一種憑藉音樂而傳遞的相知，使得任盈盈與綠竹翁之間，有了比師承更緊密的聯繫。換言之，在任盈盈心目中，綠竹翁不僅僅是父親的師姪孫和自己的部下，也是唯一的知音！因爲日月神教裡雖然還有一位護法長老曲洋也酷愛音樂，一手七弦琴彈得出神入化，當世不作第二人想。可是曲洋在教中職位較高，事務頗繁，又常常帶著孫女曲非煙離開黑木崖，誰也不知道他們祖孫二人去了哪裡。所以，任盈盈和他雖有同好，卻並不甚親近。相反地，淡泊名利的綠竹翁在她父親在位時就不求聞達，東方不敗掌權後，教中的元老耆宿不是屢遭排斥，就是自行引退，綠竹翁雖身手不凡，勞苦功高，但卻自願卸去了所有職務，專心於琴簫和繪事。於是，他和任盈盈就有了很多盤桓親近的機緣，兩人超越了年齡和男女的差異，結成了忘年交。於是，任盈盈也就成了綠竹翁最關心的人。就綠竹翁而言，留在黑木崖，只是因爲任盈盈；而當任盈盈決定離開黑木崖，綠竹翁自然而然地也就選擇了追隨。

綠竹巷深幽曲折，是繁華的洛陽城裡少有的清淨之所，平日裡少有人行。

不料這天——

就在任盈盈渾然忘我之際，屋外忽然傳來一個女人的聲音：

「這位綠竹翁好會享清福啊！」

雖然那個女子的聲音很低，可任盈盈彈琴的雅興還是驀然消失了，於是她停下了撥弄著琴弦的纖纖玉指。

琴是爲知音而彈奏的，可是到綠竹巷找綠竹翁的卻都不過是些附庸風雅之徒罷了，任盈盈雅不欲讓那些庸輩俗人玷污了她的琴音琴韻。幸好她知道綠竹翁會儘快替她和他自己打發掉那些人。於是，她只是靜靜地坐在簾後，耐心地等待綠竹巷再次回到既往的寧靜。

簾外的言語時時傳到任盈盈的耳裡，而讓任盈盈奇怪的是，這次他們談的居然是一本「奇怪的琴譜簫譜」！

自任盈盈學琴以來，幾乎翻遍了所有的琴譜簫譜，普天下的琴音簫樂早已爛熟於心了。不過，也許是習慣成自然吧，這涉及到琴譜簫譜的事，還是讓她稍稍地上了一下心。不過那個大聲嚷嚷著「金刀王家老爺過訪」的傖俗無聊男子實在招人厭惡。任盈盈正想吩咐綠竹翁趕快打發來人一行，不料綠竹搖動，一個人已走了進來，然後一個有些耳熟的男聲問：「請問竹翁，這眞的是曲譜，還是什麼武功秘訣，故意寫成了曲譜模樣？」

任盈盈記得這人似乎是哪個大宅門裡的師爺，自稱姓易。他也很愛音樂，經常來巷中找綠竹翁請教一些音律上的問題，倒還不是十分讓人嫌惡。

一陣翻紙聲過後，綠竹翁的聲音傳來：「武功秘訣？虧你想得出！這當然是琴譜了！」接著琴聲便響了起來。

那琴聲甚是幽雅動人，更重要的是任盈盈竟發現這琴曲是她平生所從未聽聞的，於是她的注意力很快就被這曲子全然吸引了。

彈不多久，琴音漸漸拔高，越響越高，聲音尖銳之極。就在任盈盈奇怪這琴音怎如此之高時，「錚」的一聲響，綠竹翁的琴弦忽然繃斷了一根，再高了幾個音，又是「錚」的一聲響，琴弦又斷了一根。隨即則聽綠竹翁詫異道：「這琴譜好生奇怪，令人難以明白。」

以綠竹翁一向對琴的專精，說出此言就不由令人覺得奇怪了，任盈盈忍不住更加好奇了。

簾內，任盈盈正自沈吟；簾外，綠竹翁的樂聲又已響起，所不同的是這次樂器換成了簫。

綠竹翁自號為綠竹，指的不僅是他有一手篾匠的好手藝，更指他在簫上的造詣。可讓任盈盈意外的是，簫聲初時雖然悠揚動聽、情致纏綿，但不一會兒簫聲就愈轉愈低，變得幾不可聞，而再吹幾個音乾脆就啞了，「波波波」的無法成曲。綠竹翁嘆了口氣，說道：「易老弟，你是會吹簫的，這樣的低音如何能吹奏出來？這琴譜、簫譜未必是假，但撰曲之人卻在故弄玄虛，跟人開玩笑。你且回去，讓我仔細推敲推敲。」

癡於武者無法抵禦武學秘笈的誘惑，癡於樂者則無法抵制奇異樂譜的誘惑，而任盈盈同樣也無法例外。聽綠竹翁這麼一說，她情不自禁地步出臥房，主動出言索譜試彈。

任盈盈平時是習慣撫自己那具「燕語」古琴的。可翻看了這部樂譜後，她覺得來不及回房了，竟以一個愛樂者最狂烈的激情，順手取過綠竹翁的琴，換下斷弦，調了調音就忍不住開始彈奏。此刻，在她的眼裡有聲有色的唯琴而已！

任盈盈沈浸在彈奏的快樂裡，什麼時候易琴以簫取而代之，她竟無法清晰地記起。

曲終音消，任盈盈才在這廂心魂俱醉，那廂一個年輕男人的聲音已然響起：「這叫做〈笑傲江湖〉之曲，這位婆婆當眞神乎其技……弟子當日之所聞，卻比今日更爲精彩……」

難道這世上還有人彈得比她更爲精彩嗎？任盈盈那顆少女的心隱隱有了起

伏，好奇心更盛了。

「比這位婆婆更加高明，倒不見得。只不過弟子聽到的是兩個人琴簫合奏，一個撫琴，一人吹簫……」那年輕的男性聲音又道。

一個撫琴，一人吹簫……

這世上眞有如此珠聯璧合的妙事嗎？隱伏於心靈最深處的孤寂感濃重地襲擊了任盈盈，使她陷入了恍惚。

聞君話平生

在音樂的世界裡有著伯牙子期高山流水遇知音的動人傳說，酷愛音樂的任盈盈也曾經存著在茫茫人世中得遇知音伴侶的幻想，滿心以爲在離開了黑木崖之後自己能有一個全新的開始。可是，江湖的污濁很快就讓任盈盈失望了，直到此刻，這一支叫作〈笑傲江湖〉的曲子，才撥動了任盈盈的心弦，她的心海不自覺地泛起了漣漪。

當下，任盈盈忍不住自語道：「琴簫合奏，世上哪裡找這一個人去？」聲如囈語，幾不可聞。

簾內任盈盈正自沈吟，簾外卻傳來了一陣奇怪的聲音，聲音很輕，可是卻牽動了任盈盈等閒不爲外事外務所動的心。在她的身邊，男人們總是以不怕流血永不流淚的眞漢子自詡，所以任盈盈對於這樣的聲音感覺到陌生，辨認了好久，她才聽清了原來是剛才那個年輕的男子在輕聲啜泣。

一年多來，任盈盈捨棄了黑木崖上的豪奢生活隱居陋巷，相當一部分原因是厭倦了爲群豪求取解藥，可此刻，這年輕男子的抽泣聲卻強有力地牽動了任盈盈內心的柔軟。就在她正欲開口詢問之際，卻聽簾外的綠竹翁已與令狐沖攀談起來。

隔簾只聽得那少年人話語謙和，與那招人厭惡的金刀王家完全不同，兩相對比不由任盈盈心下就有了幾分好感。這個名字喚作令狐沖的少年人竟然言道：「適才弟子得聆前輩這位姑姑的琴簫妙技，深慶此曲已逢眞主，便請前輩將此曲譜收下，奉交婆婆，弟子得以不負撰作此曲者的付託，完償了一番心願。」說著雙手恭恭敬敬地將曲譜呈給綠竹翁。

就任盈盈而言，這部《笑傲江湖》曲譜就像武林人士眼裡的絕世武功秘笈一樣，是無物可比的奇珍，可令狐沖居然開口就以這絕世難覓的曲譜慨然相贈，當下不由心房一顫，一時芳心跳亂了半拍。

於是總是習慣於冷靜與自持的任盈盈，終於主動詢問：「令狐先生高義，慨以妙曲見惠，咱們卻之不恭，受之有愧。只不知那兩位撰曲前輩的大名，可能見告否？」

武林中常有諸多的秘密，所以話一出口任盈盈就隱隱有些後悔，覺得這樣問是太欠考慮了。不料令狐沖居然毫不猶豫地將原委一一道來。而以任盈盈的聰慧和廣識，她自然很快就辨別出其中並無絲毫欺詐。

當知道此曲居然是教中長老曲洋與衡山派高手劉正風共同譜寫的，饒是任盈盈一向冷靜自持，還是禁不住驚訝萬分。當下她兩條秀眉忍不住蹙攏了：「劉正風是衡山派中高手，曲洋卻是魔教長老，雙方乃是世仇，如何會合撰此曲？此中原因，令人好生難以索解。」

要知道被正派中人喚作「魔教」的日月神教與名門正派對峙尖銳，衝突從未間斷，雙方的成員更是互相敵視。可曲洋與劉正風居然都為了對方而不惜家毀人亡！任盈盈忍不住疑惑：難道「知音」真的比自己的生命更重要嗎？

在黑木崖的世界裡，爾虞我詐是生存的法則，為人太真摯是無法在黑木崖上生存的。於是這些年來，任盈盈幾乎要對「信任」、「坦白」、「真誠」這些美好的字眼不再抱有希望了。直到這一天，她親耳聽得令狐沖坦言林震南夫婦如何為青城派及木高峰所傷、如何請他轉囑林平之、王氏兄弟如何起疑等情景，令狐沖的坦率，讓任盈盈震顫了，她甚至感覺到了自己心潮的劇烈起伏。

於是她對簾外這個面目尚模糊的年輕男子投以生平第一次正視，在不知不覺中破了自己從不將天下男子瞧在眼裡、冷眼旁觀的立場。當她察覺到令狐沖「中氣大是不足」時，任盈盈忍不住詢問：「最近是生了大病呢，還是曾受重傷？」令狐沖回答說他是受了極重的內傷，任盈盈就隔著簾子替他搭脈問診。

任盈盈一直認為螻蟻尚且貪生，即使是赫赫有名的江湖大豪們為了「三尸腦神丹」的解藥也可以奴顏婢膝。她曾以為視生死若等閒只是書本上的粉飾，誰知綠竹巷深幽，卻令她無意中得見如此奇男子！

此刻令狐沖對生命的獨特理解，以及他對於生死的豁達，讓任盈盈體會到了一種奇特的情感觸動。於是習慣於高高在上的「聖姑」任盈盈當下亂了心神，開始對一個陌生男子的人生投諸了一分好奇。

殘酷的江湖無時無刻都在上演著類似的悲劇，而令狐沖所經歷的充其量不過是浩渺江湖中一個小小的波瀾而已。理智告訴任盈盈，江湖自有它的運行軌道，適於天時者才能生存，這是萬物生存之道，可這次……

當聽得令狐沖爲誤殺師弟、遺失師門秘笈而深深自責，一心只想找回《紫霞秘笈》，然後自殺以謝師弟時，她這個習慣置身事外、冷眼看世人的女子，終於打破自己避居綠竹巷的初衷，出言點撥：「你眞氣不純，點那兩個穴道，絕計殺不了他。你師弟是旁人殺的。」「偷盜秘笈之人，雖然不一定便是害你師弟之人，但兩者多少會有些牽連。」

更讓任盈盈自己都不敢相信的是，在令狐沖激動煩躁之時，她居然彈奏起〈清心普善咒〉，那指下琴音宛如朝露暗潤花瓣，曉風低拂柳梢，安撫了令狐沖紛亂的心緒。

透過竹簾輕紗，任盈盈隱隱窺得令狐沖已朦朧入睡，一抹淡淡然的微笑不由自主地浮現在她的唇畔，十指更似有自己的意識，在琴弦上細撚慢挑，曲調溫柔得猶如慈母的撫慰。

琴聲止歇後，令狐沖說：「弟子該死，不專心聆聽前輩雅奏，卻竟爾睡著了，當眞好生惶恐。」——這句大實話贏得了任盈盈更大的好感。

於是，一向不把別人的生命放在眼裡、也不把天下男子瞧在眼裡的「聖姑」任盈盈，第一次熱誠地想要挽救一個人的生命——而且還是一個陌生的年輕男子的生命。這種下了日後他們相知相戀的種種因果。

有所思

任盈盈本以爲她和令狐沖的緣分至此已戛然而止，就像琴曲雖美，可當一曲終了，人也終歸是要散的。可誰知在竹簾外把這一切都默默地看在眼裡的綠竹翁卻悄悄提起筆來，在紙上寫下「懇請傳授此曲，終生受益」這幾個字，指點令狐沖向任盈盈拜師學琴。

於是這段本該結束的緣分也因此而得以繼續。

對於授琴之事，任盈盈本是有一些猶豫的，可比之於內心那種陌生的喜悅，這抹猶豫細小得令她幾乎察覺不到。於是生性靦覥的任盈盈終於出言：「承你慨贈妙曲，愧無以報，閣下傷重難癒，亦令人思之不安。竹姪，你明日以奏琴之法傳授令狐少君，倘若他有耐心，能在洛陽久耽，那麼……那麼我這一曲〈清心普善咒〉便傳了給他，亦自不妨。」

雖然最後那兩句話語聲細微，幾不可聞，可她終究是親口答應了。

於是次日清晨，令狐沖便在綠竹巷開始了他的學琴生涯。

起始是由綠竹翁取出一張焦尾桐琴，傳授令狐沖以最基本的音律以及指法。難得的是令狐沖天資聰明，一點便透。他極快地入了門，一曲〈碧霄吟〉學了數遍，彈將起來，雖指法生澀，兼有數音不準，卻已洋洋然頗有青天一碧、萬里無雲的開闊氣象了。

任盈盈隔簾聽了，忍不住輕歎他學琴聰明，多半不久便能學〈清心普善咒〉了。而令狐沖想要彈奏〈笑傲江湖〉曲的雄心，則終於使任盈盈忍不住失聲驚呼：「你……你也想彈奏那〈笑傲江湖〉之曲麼？」而內心又有一種隱隱的感覺——倘若他眞能彈這首曲子，實在是自己求之不得的大好事。

那天，令狐沖告辭後，任盈盈依舊在竹舍裡焚香彈琴，可這一次當她用一向撫慣了的名琴「燕語」奏起〈笑傲江湖〉曲時，竟意外地繃斷了琴弦。

此時，簾外的綠竹翁若有所思……

在這之後，一連二十餘日，令狐沖都是一早便到綠竹巷中來學琴，直至傍晚始歸。任盈盈與綠竹翁習慣於清淡的菜式，本以爲令狐沖會不適應，不想他卻也吃得津津有味。他和綠竹翁也似乎特別投緣。綠竹翁一向除了對盈盈以外是不對任何人假以辭色的，現在居然拿出了自己珍藏的好酒，不但日日與令狐沖對坐共品，更與他暢論天下名醅佳釀。

每逢這時，任盈盈就坐在簾後，靜靜地聽著那個爽朗的年輕男子的聲音發表著屬於令狐沖的獨特見解。

不知不覺裡幾日的光陰匆匆而過，令狐沖已掌握了基本的樂理以及彈奏手法，而綠竹翁也已經不再能夠解答令狐沖的種種問題，於是任盈盈終於親自隔著竹簾授琴了。

這日任盈盈專心傳授令狐沖一首漢代古曲〈有所思〉，她指導性地彈奏了幾遍之後，對琴藝已有相當基礎的令狐沖就能獨立彈奏了。任盈盈隔著薄紗竹簾靜靜地聽著，令狐沖的指法雖然不能說完美，可他那豁達的天性卻使他很快融入了琴音裡。

有所思，有所思……

隨著令狐沖錚錚的琴音，任盈盈不覺也有了所思。

突然，琴調一變，幾個陌生的音符擾亂了曲子的和諧。雖然令狐沖只彈了幾個音就住手不彈了，可熟悉音律的任盈盈卻已辨出了俚歌的曲調，當下溫言問道：「這一曲〈有所思〉，你本來奏得極好，意與情融，深得曲理，想必你心中想到了往昔之事。只是忽然出現閬音，曲調似是俚歌，令人大爲不解，卻是何故？」

而這些日子受盡了冤枉與委屈的令狐沖，就像是一壺將沸的水，在「老婆婆」如此溫言相詢之下，忍不住一股腦兒道出了自己多年苦戀岳靈珊，卻得不到任何回報的一腔苦水和滿腹愁悶。

任盈盈那顆很少被觸動的心，在此刻卻被令狐沖的執著與癡情觸動了，當下忍不住勸慰：「『緣』之一事，不能強求。古人道得好：『各有姻緣莫羨人。』令狐少君，你今日雖然失意，他日未始不能另有佳偶。」

而當令狐沖答道：「弟子也不知能再活得幾日，室家之想，那是永遠不會有的了。」這低沈卻實在的一句話卻令任盈盈覺得心裡像壓了沈甸甸的什麼似的。於是她不再言語，只以纖指畫撥過琴弦，輕輕地奏起了那曲〈清心普善咒〉，以琴聲撫慰令狐沖內心的傷痛。

也就是從這日起，任盈盈開始傳授令狐沖〈清心普善咒〉。

忙碌的光陰總是特別容易輕輕地從指間滑過，不知不覺中，令狐沖來綠竹巷學琴已經快一個月了。

而這天——任盈盈清楚地記得是學〈清心普善咒〉的第五日——令狐沖一來就言道：「弟子明日要告辭了。」

這突如其來的消息讓任盈盈半晌發不出聲音，隔了良久才輕輕地道一句：

「去得這麼急！你……你這一曲還沒學全呢。」

簾外令狐沖說道：「弟子也這麼想，只是師命難違。再說，我們異鄉爲客，也不能在人家家中久居。」

雖然任盈盈的理智讓她明白令狐沖說得不錯，可是……

這天任盈盈傳授曲調指法，與往日無異，可她知道自己的內心已不復往日的平靜。

身爲日月神教高高在上的「聖姑」，任盈盈已習慣於他人的仰望以至頂禮膜拜。可當令狐沖走到她窗下，跪倒拜別之際，她竟然發現自己無法端坐著接受他的大禮，於是任盈盈生平第一次對父親和本教教主之外的人跪倒還禮。

此時此刻，簾外的令狐沖想到人生如夢如露，下一次不知是否能再見得到兩位老人，不由得哽咽了；簾內的任盈盈也不由地心中茫然，似覺有千言萬語要叮囑，又不知道該怎樣啓齒。她沈默了良久良久，終究只勉強說出十個字：「江湖風波險惡，多多保重。」

令狐沖離開時，任盈盈彈著琴送他，一曲盡了又是一曲，等任盈盈驚覺，才發現自己彈了一曲又一曲，居然都是那首〈有所思〉！

而綠竹巷外，出外販賣竹器回來的綠竹翁聽得琴音錚錚，不由地也是有所思了。

那天夜裡久久無法入睡的任盈盈攬衣推枕，就著月光與燈影，以簪花小楷錄下了〈清心普善咒〉的琴譜，並細心地列明瞭指法、弦法，以及撫琴的種種訣竅，然後用絲線訂成一本小冊子。在天色微明之際，她又將自己心愛的古琴「燕語」用藍底白花粗布包裹起來，命綠竹翁把琴和琴譜給令狐沖送去。

然後，任盈盈以「聖姑」的名義傳下命令，要屬下群豪設法爲令狐沖治病。

至於綠竹翁借送禮之際乘機教訓了王家駿和王家駒這跋扈的兩兄弟，雖不是出於任盈盈的吩咐，可當她聽得綠竹翁回來講述如何將二人卸脫兩臂關節，摔入那冰冷的洛水之中的痛快勁兒，還是不由得她覺得心中一陣快意。

重逢五霸岡

任盈盈曾以爲自己與令狐沖不過是生命中不經意的邂逅罷了，時間久了就會慢慢地淡漠下去。誰知那個年輕的影子卻成了她腦海中的常物，有時彈著彈著琴，她就會不自覺失神了：

江湖險惡，他還安然嗎？

他還堅持練琴嗎？

他可曾忘了洛陽，忘了綠竹巷，忘了……

雖然不斷有消息傳到她這裡——一會兒是「殺人名醫」平一指替令狐沖診脈了，一會兒是「黃河老祖」中的祖千秋給令狐沖吃「續命八丸」了，一會兒又是「五毒教主」藍鳳凰給令狐沖注血了，然後又有了五霸岡上的群雄會……

不知不覺中，任盈盈對令狐沖的牽念更深了，儘管理智告訴她，正邪殊途啊，可她就是管不住自己的心，就……就讓我再見他一面吧。

任盈盈如是說服自己。

於是，在五霸岡之會前夕，任盈盈以不滿部眾對她閨意的胡亂揣測爲藉口，離開洛陽綠竹巷，啓程前往五霸岡——可在綠竹翁瞭然一切的眼神中，「聖姑」任盈盈覺得有些手足無措。

在綠竹翁的安排與護送下，任盈盈終於來到了五霸岡。一向如影隨形的綠竹翁微笑著向「聖姑」辭行，而盈盈居然也點頭答應了。於是，任盈盈獨自上山。

五霸岡上的江湖豪客們已得訊匆匆離去，於是上山的路靜悄悄的，只有風吹樹葉鳥鳴樹梢的聲音，伴著任盈盈輕巧的足音。而她那顆少女的心也一直忐忑著，想像著她和他這次該會是怎樣的一次見面。

而出乎她意料的是，當她在山上找到令狐沖時，令狐沖居然已經暈倒了！好久不見，他憔悴了不少，是因爲他師父對他仍然心懷猜忌？還是因爲他那個移情別戀的小師妹？

任盈盈慣於撫琴的柔荑不自覺地撫過令狐沖男性的臉龐，然後才驚覺自己的行為已超出了禮儀規範所允許的範圍，趕緊抽回了手。

注意到令狐沖身邊那具「燕語」，任盈盈捧起古琴，逕入最近的一處草棚。那間草棚裡仍留有「殺人名醫」平一指的屍體，任盈盈在上面撒了些化骨粉，平一指的屍體很快就化作了一灘清水。然後她就彈起了〈清心普善咒〉，又一次以琴音來安撫因為氣血翻湧衝撞而暈倒的令狐沖。

片刻之後，令狐沖在琴音中醒來，正自欣喜與「婆婆」的重逢，不料居然來了三個聲稱要「降妖除魔」的名門正派中人。

此時的令狐沖因為自己武功盡廢，又覺得名門正派之人不可能為難一個年已百歲的老婆婆，就避到了草棚之後。不料那三人居然蠻橫得不顧老婆婆意願，強要進入草棚搜索，當下迫得令狐沖不得不出面阻止，更在言語不合之際，雙方動起手來，最後令狐沖好不容易才取勝。

雖然在任盈盈平日的生活中不乏為她奉獻生命的人，可那只是對一個高高在上的「聖姑」的效忠；只有令狐沖是甘願為一個素未謀面的平凡老婦獻出自己年輕的生命！

任盈盈以手撥弦，而內心強烈的震動則使她的手指顫動著，無法成調，只能發出「仙翁仙翁」的聲音。令狐沖的捨身相救終於推翻了任盈盈內心的藩籬，使她向自己內心那種夾雜著憐惜與心動等因素的複雜情緒投降了。

於是任盈盈先是建議：「你受傷不輕，何不去風物佳勝之處，登臨山水，以遣襟懷？卻也強於徒自悲苦。」後又藉口：「你走了之後，倘若那兩個少林派的惡徒又來囉唆，卻不知如何是好？這崑崙派的譚迪人一時昏暈，醒來之後，只怕又會找我的麻煩。」輕而易舉地賺得了令狐沖心甘情願的陪伴——她耳聽得令狐沖言道：「不論天涯海角，只要我還沒死，總是護送婆婆前往。」雖然理智告訴任盈盈此言非關情愛，令狐沖依然苦苦思戀著他的小師妹，可她的一顆芳心卻情不自禁地歡喜雀躍。

露真

長久以來，任盈盈並不在意自己的身分，可此刻當任盈盈感情的天平漸漸發生傾側之時，她忽然有一絲恐懼，恐懼「他」的小心體貼與捨命維護都只是因爲「老婆婆」的緣故，更擔心自己「魔教」聖姑的身分會使自己失去這個讓她的心泛起漣漪的男子。

於是她心念電轉，迅速找了個藉口，稱自己相貌醜陋，不管誰見了都會嚇壞，並以此要求令狐沖「不論在何等情景之下，都不許向我看上一眼，不能瞧我的臉，不能瞧我身子手足，也不能瞧我的衣服鞋襪」，甚至連背影也不許看——簡直蠻橫無禮到了極點！

可是，令狐沖並不計較她的怪僻不講道理，反而發誓說：「要是我瞧了婆婆一眼，我剜了自己眼睛。」此語入耳，不由得任盈盈心中掠過一絲不確定：如果眞的……她眞的能狠心要他挖出自己的眼睛嗎？

自從邂逅令狐沖，任盈盈已經無數次理不清自己的思緒了，而這次又……下岡時，令狐沖走在前面，而她則以細碎的腳步跟在後面。

因爲她不願讓人知道自己不遵閨儀，與一個年輕男子朝夕相伴，是以指點令狐沖盡往荒僻的道上走，雖然渺無人煙，僅有鳥鳴澗流作伴，但一路上閒談些江湖趣事倒也興意盎然。

路上，一心繫念令狐沖傷勢的任盈盈，不但藉口「我是要仗著你的神妙劍法護送脫險」而贈治傷靈藥給令狐沖，更以種種藉口變著法子讓令狐沖休息。而令狐沖也在無意中發覺其實這位「老婆婆」的武功比自己強得多，更聽得她氣息沈穩，知道她是顧念著他的面子，才藉口說自己倦了要休息的，當下心中不由得更是好生感激。

就在任盈盈以爲他們能夠這樣和諧地一直在一起時，變故卻忽然發生了——先是五霸岡上的那班粗蠻漢子，因爲撞見了「聖姑」和令狐沖在一起而自甘剜目流放；其後又有少林寺高僧方生帶著俗家師姪辛國樑、易國梓等四人趕將上來，要將她這個心狠手辣的女施主帶回少林寺交由掌門發落。

雖然令狐沖以巧言滑舌騙得那個忠厚的方生和尚險些自覺理虧，不再追究五霸岡上殺人之事，可任盈盈也終因「步履輕捷，不似是年邁之人」而招致了易國梓的懷疑。

在易國梓撲入任盈盈藏身的灌木叢，意欲擒拿她時，任盈盈終於被逼出手。雖然她一照面就殺了易國梓，但她乃是黑木崖上「日月神教」中人的秘密，也就瞞不住見多識廣的方生了。於是雙方動起手來，她以一敵四，被少林寺的人團團圍住。

圍攻之人雖然武藝高強，可身爲黑木崖的「聖姑」，任盈盈仍然無懼。唯一讓她縈念的是：令狐沖會因爲她是「魔教」中人而疏遠她嗎？甚至反目成仇嗎？

値得寬慰的是，令狐沖得知她的眞實身分後，不但仍然恪守不窺視她的諾言，而且依舊很關心她——令狐沖不僅指責「四個大男人，圍攻一位年老婆婆，成甚麼樣子」，更在任盈盈重傷之際，不惜與武林泰斗少林寺爲敵，拔劍竭力護衛「婆婆」。

雖然令狐沖的劍法精妙，可任盈盈知道失去內力的他支撐不了多久，不料情勢居然峰迴路轉——「獨孤九劍」及其舊主人華山風清揚與方生大師的淵源竟意外地解救了他們的危機，而且他們還得到了方生所贈的兩丸少林療傷靈藥。

任盈盈於是知道，原來少林寺有一種內功心法可以救治令狐沖的內傷。

早在那些粗豪漢子剜目流放之際，任盈盈就在擔心令狐沖的反應，而此刻方生和尚那句「你是名門正派的弟子，不可和妖邪一流爲伍」更是牽動了任盈盈內心固有的恐慌，以致於她衝口就道：「你跟這老和尚去罷，少林派內功心法當世無匹，你爲甚麼不去？」「我是妖邪歪道，你是名門弟子，跟我混在一起，沒的敗壞了你名門弟子的名譽。」

雖然令狐沖反覆表示：「我說過護送婆婆，自然護送到底。」「婆婆，你待我極好，令狐沖可不是不知好歹之人。你此刻身受重傷，我倘若捨你而去，還算是人麼？」但任盈盈仍故意使小性子：「倘若我此刻身上無傷，你便捨我而去了，是不是？」而令狐沖那口口聲聲的「婆婆」更是惹惱了任盈盈，弄得令狐沖丈二金剛摸不著頭腦，不知自己又哪裡得罪了這位脾氣古怪的老婆婆了。

其時任盈盈與令狐沖都受了傷，所以令狐沖要這位婆婆和他一起服了少林寺的療傷聖藥，不料這婆婆十分古怪，斷不肯服用「臭和尚」的藥，於是令狐沖只得以滾下山崖自殺來要脅她服下藥丸。

其實，令狐沖哪裡知道，盈盈是日月神教的聖姑，她自己身上帶有黑木崖的治傷妙藥，那少林寺的傷藥不服也沒有什麼大關係。

不過，此時任盈盈早就把一顆心都放在令狐沖的身上了，當看到他受傷的身體順著斜坡滾得老遠，她的心裡就似有千萬把刀子在割似的，別說是吃一顆藥丸，即使再難上百倍千倍的事情，她也會毫不猶豫地去做了。

就在任盈盈高喊「我答應你吃下藥丸便是」，那廂令狐沖已撐不住傷後無力的身體，不僅滾到坡底跌入了山澗，而且還喝下了幾口生水，眼看著就有窒息的危險。情急之下，任盈盈也顧不得自己內傷嚴重、無力移動，也順著斜坡滾到令狐沖身邊，一把將他從水裡提了出來。

任盈盈這一用內力，霎時只覺得眼前金星亂舞，一口內息上不來，嘴一張就將滿口鮮血噴在令狐沖的頸後——她立時暈了過去，癱軟在令狐沖的背上。

此時此刻，於山澗的春水碧波間，令狐沖第一次看見了「老婆婆」的眞面目——一個容顏秀麗絕倫的妙齡少女。

這與令狐沖心目中那個年老醜陋、脾氣又壞的「婆婆」印象實在相差太大！看著水裡清麗得不似凡世中人的少女面影，令狐沖如入夢境，不由得疑惑：「我是死了嗎？這已經升天了嗎？」

女兒心事濃似酒

當初任盈盈以「婆婆」的身分邂逅令狐沖只是出於一場陰錯陽差——誰教她父親任我行輩分高，綠竹翁的師父還得叫他師叔呢！於是她就順理成章地成了綠竹翁的「姑姑」，而這古稀老翁的「姑姑」也就自然給人以垂垂老矣的印象了。而在芳心萌動之後，任盈盈也曾不只一次地為究竟是繼續戴著「婆婆」的面具，還是露出女兒家的眞面目而苦惱。

隨著她對令狐沖感情的日篤一日，想要以眞面目出現在他面前的衝動也就愈來愈強烈，雖然每次都因爲害羞以及種種顧忌而不了了之，但這「婆婆」二字，卻開始變得愈來愈刺耳了。所以當任盈盈悠悠醒來，知道自己的「婆婆」身分已經被拆穿時，在她那句「你這個說話不算話的臭小子」的埋怨下隱藏的其實是一分驚喜。

斜坡並不眞的很高，可他們受傷後的身體卻無法攀越，當下只得在下面靜候體力的恢復，而相對受傷較輕的任盈盈則抓緊時間用內力療傷。不過，讓聰慧絕倫的她怎麼也沒有想到的是：當她再次睜開眼睛，看到的居然是堂堂獨孤九劍的傳人居然抓不住一隻青蛙！

饒是任盈盈一向矜持，也忍不住被這滑稽的一幕逗笑了。她纖纖玉指一伸，就夾住了他們這天的食物——青蛙是也。

任盈盈從未為衣食操過心，可這天她卻心甘情願地為令狐沖洗手烤青蛙。雖然這青蛙烤得是糟得沒法再糟了，她有些難為情，但望向令狐沖的眼神卻是含情脈脈的。在她的意識裡，只要能與令狐沖在一起，即使要天天給他整頓一日三餐，也是心甘情願的。

注意到令狐沖悄悄把最焦的蛙肉搶著吃了，而把不太焦的留給她，這貼心貼肺的小動作令任盈盈覺得心裡似乎被什麼火熱的東西灼燒了一樣。

而令狐沖的「放蕩無賴」則撥動了任盈盈心中「有所思」的琴弦，即使以她一貫的矜持，在芳心暗許之下，她也將自己的閨名告訴了心上人。

當天夜裡，聽著令狐沖因受傷而顯得輕淺急促的呼吸，任盈盈忽然覺得露宿荒山也是一件頗有情趣的事了。星月光下，任盈盈第一次放任自己凝視一個年輕男子——雖然令狐沖並不是面如冠玉的潘安宋玉，可她知道在自己心中就只有他的影子。

不知不覺，任盈盈睡過去了。而她再次睜開眼睛，是因爲一陣壓抑的呼喊聲——令狐沖夢中的囈語。雖然任盈盈早就知道他心繫小師妹岳靈珊，可在此刻，當他在夢中呼喊著對另一個姑娘的眷戀與不捨時，高高在上的「聖姑」第一次體會到心痛是什麼滋味。

理智告訴任盈盈，遇見令狐沖是她沈淪的開始，可是她的內心竟然爲這樣的沈淪而感到欣喜若狂。她在這世上已經孤寂得太久了，她已無法忍受更多的孤寂了，即使那會是很苦很苦的。

於是當令狐沖喊著「小師妹，小師妹」，自不安的睡夢中驚醒時，迎向他的是一個溫婉憐惜的聲音：「你額頭上都是汗水。」然後一隻纖纖玉手以絲巾拭去了他額際的冷汗，也激起了令狐沖內心的漣漪。

任盈盈曾以爲荒谷是一個避世的天堂，可誰想現實的無奈終歸是無法逃避的。

斜坡上面，突然來了計無施、祖千秋和老頭子，而且他們三人還放肆地談論著聖姑對令狐沖的私心愛慕。內心的無比羞怯讓任盈盈不由自主地下達了見到令狐沖殺無赦的「聖姑令」。可當她細細咀嚼自己的內心，才發現原來要「殺」他，只不過是自己捨不得他離開，千方百計想要留他在自己身邊的藉口而已。

所以當令狐沖聽聞了她的命令，自己將劍遞給她，要她親手殺了他時，羞怯的任盈盈哭著坦承自己是因爲捨不得他，私心要讓他「永遠在我身邊，不離開我一步」，才要夜貓子計無施等人昭告江湖「聖姑」要殺令狐沖的。然後任盈盈在令狐沖眼裡看到了一種複雜的神色——當然，她並不知道此刻在令狐沖心中掠過的是「這姑娘其實比小師妹美貌得多，待我又這樣好，可是……可是……我心中怎地還是對小師妹念念不忘」的念頭。

學琴、彈琴、論琴曾是他們相交的全部，而琴一直是任盈盈生活裡的最大寄託，可此刻，令狐沖的出現則是任盈盈生命中的一絲光明，照亮了「聖姑」尊貴無比但也孤寂無比的生活天地。

當他們在月下相對靜坐，偷眼相望彼此時，任盈盈意外地發現自己撫琴的手顫抖了。

然後，她又意外地繃斷了琴弦。心中的羞澀讓她對一直安安靜靜坐著的令狐沖嗔道：「你坐在人家身邊，只是搗亂，這琴哪裡還彈得成？」

而在她的內心深處，心弦已亂得就如此刻的琴音一般。

囚居少林

荒谷的日子很清苦，他們每天只能採摘野果、捕捉青蛙為食，可任盈盈在這裡卻是生平第一次感覺到幸福的滋味。不過，幸福之中也有隱憂——令狐沖一日消瘦一日，即使她硬逼他服了老和尚留下的藥丸，也無濟於事；雖然她日日彈奏〈清心普善咒〉助他入眠，可任盈盈知道這於他的傷勢其實已無半分幫助。

雖然令狐沖生性豁達，並不以此為憂，每日裡仍與她說說笑笑，可任盈盈的心事卻一日重似一日了。她開始變得異常珍惜這相聚的每一刻，平時的自大任性也收斂了大半，即使偶爾忍不住使些小性兒，也是立即懊悔，向令狐沖賠罪。

雖然早有心理準備，可當令狐沖鮮血狂湧、不醒人事之際，任盈盈全部的心思就只有「你死了，我也不想活了」的念頭。

她眞的不想活了——如果不是及時想起了那個老和尙方生的話。

在任盈盈的記憶裡，父親任我行是一個重兄弟之情更勝於夫妻之愛的人，而向問天叔叔則是完全以兄弟之誼取代了夫妻之情的人，至於她的東方叔叔更是以他的行爲向她詮釋了何爲「兄弟如手足，妻子如衣服」！

可此刻，任盈盈忽然覺得自己對令狐沖的這一段感情是値得她以生命來捍衛的。於是原本羞怯得連自己愛慕令狐沖的事實也不許旁人提及的任盈盈，居然不顧男女之嫌，不畏長途跋涉之苦，親自背負令狐沖去少林寺，說是甘願以自己的性命來換取他的生命。

且不提日月神教與名門正派的對峙由來已久，單就她是殺死四個少林弟子的兇手一事，就足以結下生死仇怨了。來到少林寺後，任盈盈並不奢望自己還能夠活下去。不過，少林寺終究沒有傷她的性命，而只是將她囚禁起來，說是要以佛法化解她身上的暴戾之氣。

囚居的生活與黑木崖上的錦衣玉食、呼奴使婢自是有著天壤之別，即便是洛陽綠竹巷中青菜豆腐的簡樸生活與之比較也奢華得像王宮相府一樣。不過，心中對令狐沖的牽念使盈盈比較容易地挨過了最初的不適。而在那些日子裡，她最大的快樂就是在某一天終於得知了令狐沖下山的消息——當然，任盈盈並不知道以不打誑語自律的少林僧人，此番卻對她悄悄瞞過了令狐沖不肯作少林弟子，不曾被傳授《易筋經》神功，內傷也未痊癒的事實。

少林寺的暮鼓晨鐘日復一日地悠悠傳來，透過山洞【注一】的縫隙在她的耳際迴盪，少林僧人誦經的聲音也是她每日必聽的功課。每隔十天會有一個老和尚給她送來柴米，除此就無人來囉嗦了。有時任盈盈吃著自己親手煮的、已不再半生不熟也不再焦黃的白米飯，回憶起在荒山上和令狐沖一起吃焦青蛙的往事，會忍不住莞爾失笑，然後，又會放下吃了一半的飯，默默地垂淚。

任盈盈曾以爲自己會這樣被囚居到終老，直到她得知自己被囚少林寺的消息被少林俗家弟子洩露了出去，已經傳遍江湖；而且這些日子以來，冒死前來救她的屬下三山五嶽之輩已不計其數，單是被少林寺擒獲的就有一百多個了。於是任盈盈開始期待：既然江湖已遍傳了她爲了愛而自甘被囚少林寺的消息，那麼耳目衆多的黑木崖一定也得了訊息。她想，黑木崖一定會派高手來救她的，她不久就可以重見天日了。畢竟，她才只十九歲呀，哪個妙齡少女會心甘情願讓自己的青春紅顏在暮鼓晨鐘中漸漸老去？

當然，任盈盈並不知道，黑木崖上發生了比聖姑被囚更大的事情：向問天，這個她父親的忠實部屬一直不相信任我行已經去世，他終於探知了老教主被囚禁在杭州西湖梅莊地牢裡的秘密，於是毅然叛出了日月神教。而現任教主東方不敗則下令全力追殺向問天，當然既無暇又無心力來救她這個姪女兒了。

而她心心繫念的令狐沖則在機緣巧合之下遇見了向問天，二人結爲生死兄弟。令狐沖不但在無意中成功地幫助向問天自杭州孤山梅莊的地牢中救出了被囚整整十二年的任我行，還在被囚地牢時無意中學得了任我行的吸星大法，學成了獨步江湖的絕世神功。不過當令狐沖終於得知任盈盈爲了救他性命而自赴少林就死的消息時，已經是十一月的下旬，離她初初被囚已經有大半年了。

於是任盈盈的一腔柔情無從寄託，只有盡日撥弄著那具「燕語」，以抒胸臆。有時，她會恍惚覺得令狐沖正坐在自己面前，帶著一抹「不規矩」的壞笑，注視著她在這廂彈琴、沈吟。

就在任盈盈希望了又失望，失望了又希望之際，兩個不速之客來到了少林寺——恒山派的定閒、定逸兩位師太感念令狐沖的救援之恩，主動來到少林寺，遊說少林寺方丈方證大師，請他釋放任盈盈。而方證大師也正因爲自己打誑語欺騙任盈盈而心懷內疚，同時也覺察到了此時的任盈盈已和大半年前的任盈盈有了很大區別，於是答應放她離去。

任盈盈終於再次得到了自由。

雖然任盈盈自己並未意識到，可是，少林寺的囚居生活其實已在不知不覺中改變了她。

天倫之聚

任盈盈本想與那些因來救她而被俘囚在少林寺的江湖豪客們一起下山，可方證大師卻說他們來到少林時日尚淺，定要爲他們說十天法，以消弭他們的戾氣。於是在這個迂腐得可愛的老和尚的一逕堅持之下，任盈盈只得與兩位師太先行聯袂下山。

任盈盈年幼喪母，八歲時父親又因爲東方不敗的陰謀篡位而被囚。雖然心計深重的東方不敗爲了堵住教衆悠悠之口，給予了任盈盈極大的權柄和尊崇，可畢竟對她心懷忌憚，不可能像對待親生女兒一樣待她；而手下的人對於高高在上的「聖姑」，更是敬畏有餘、親近不足。雖然她的身邊一直有綠竹翁相伴，可畢竟年齡差距太大，再加上男女有別，一些心裡話無法明訴。直到此刻任盈盈與恒山派的兩位師太相伴而行，她才第一次感覺到了母愛般的溫暖和呵護。

且不說慈眉善目、氣定神閒的定閒師太，不羈門派之見，給她以無微不至的照顧，就算是生性火暴、嫉惡如仇的定逸師太也不以她是魔教中人而見疑，一路行來噓寒問暖，關懷備至，令任盈盈感到了被「母親」呵護的溫馨。

如果可以，任盈盈願意她的生活一直這樣充滿了寧靜與喜樂，可出乎意料的是，在路上她們竟聽說了令狐沖帶領一干江湖豪客正前往圍攻少林寺的消息。

雖然任盈盈知道，以令狐沖的熱血心性，此舉多半是爲了報答她捨身相救之義，可這仍攪動了她的心湖，讓她覺得即使爲他而死也是不枉的了。

爲了阻止武林生出更大的禍患來，任盈盈當下與恒山派的兩位師太分道而行，各司其職：任盈盈負責攔截阻止令狐沖一行；兩位師太則返回少林寺報信，讓方丈大師和弟子們早作防備。

當然，這也是師太們體諒她急欲和令狐沖重逢的迫切心情而作的一番苦心安排，而聰慧如任盈盈自然十分明白此中深意。

不料，任盈盈和兩位師太分手後，不僅沒找到令狐沖，反而遇到了嵩山派的人馬。奮戰中她力怯被擒，過了好幾天才被剛剛脫困的父親任我行及向問天救出。

雖然任我行與向問天都是不多話的人，可從他們極其簡單的敘述中，聰慧的任盈盈也已大致瞭解了父親被囚事件的來龍去脈。在幽暗的地牢裡囚居了十二年的父親，已不是任盈盈記憶中那個英姿颯爽的壯年英雄了。望著父親滿頭的蕭蕭白髮，她忍不住哭了。當任我行決定要討伐東方不敗，奪回教主之位時，任盈盈自然而然就成了父親的得力助手。

而更令任盈盈意外的是，心上人令狐沖居然是救了父親的最大功臣！且父親知道了江湖上有關她與令狐沖的種種傳聞之後，不但沒有表示反對，相反地還對令狐沖大加讚賞。這鮮明的態度固然使靦覥的任盈盈覺得羞不可當，但也使她放下了心中的一塊大石頭。

任盈盈害怕令狐沖爲了救她而貿然攻打少林寺必定凶多吉少，就央求父親去救令狐沖。至於向問天，一來因爲教主之命不可違，二來令狐沖與他也有過命的交情，當然就義不容辭地跟著去了。

至於任我行心中存有借少林寺一戰重新立威揚名的念頭，卻是任盈盈事先沒有料到的。

少林之役

任氏父女和向問天一行來到少林寺時，出乎意外地發現整個寺院空蕩蕩的，令狐沖等一大群人居然不見了。爲了一探究竟，任盈盈隨父親和向叔叔藏身於一間偏殿的木匾後面，靜觀其後的事態變化。

不一會兒，令狐沖也獨自來到此殿，且藏身於另一塊牌匾之後，但爲全局考慮，任盈盈並未主動現身與其相認。

不久他們就被齊集少林寺的正派高手們發現了，於是任我行帶著任盈盈與向問天跳了下去，被他們團團圍住。任我行與少林寺方證大師、嵩山派左冷禪掌門等人一番唇槍舌戰之後，雙方立下了賭約，要以三場比拚決定他們的去留。

當任我行中了左冷禪的詭計，輸了第二場時，出人意料地開口呼喚令狐沖，讓他代替己方出場。

這是任我行第一次在人前公開表示認令狐沖爲乘龍快婿。因爲武當沖虛道長的不戰認輸，他們四人得以安然下山。不料這時，令狐沖最尊敬的師父岳不群卻忽然出手阻撓。

雖然任盈盈一直知道令狐沖情繫小師妹岳靈珊，可只有到了此刻，她才眞正掂出師門在令狐沖心中的分量。眼見劍術獨步天下的令狐沖在幼稚得可笑的「沖靈劍法」面前節節敗退，任盈盈心中的苦澀更重了。雖然父親明明白白地示意她站到前面去，好讓令狐沖見到她之後，想到她待他的情意，能夠拚力取勝。可此刻任盈盈的心中只覺得兩情相悅貴乎自然，倘要自己有所示意之後，令狐沖再爲自己打算，那可也無味之極了。即使能勉強下山，也是終生無趣。所以，她雖然明知此次決鬥關係到三人今後的人生，可仍是無言地拒絕了。

不過事情的發展卻出乎任盈盈的意料，令狐沖最終還是以獨孤九劍傷了自己的師父，而岳不群對令狐沖那當胸的一腳，雖然震暈了令狐沖，卻也狼狽地折斷了自己的腿。

他們終於能安然離開少林寺了。

看著始終昏迷的令狐沖，任盈盈心中濃濃的迷茫與無助並不比先前有些許的減少。

雪地之變

因爲令狐沖昏迷不醒，任我行體內的寒毒也未驅除，當夜他們就在一個山洞裡歇息。洞外紛紛揚揚地下起了鵝毛大雪，任盈盈獨自守著令狐沖。不知過了多少時間，令狐沖終於醒來了，任盈盈不禁欣喜若狂。

在山洞裡，令狐沖第一次與任盈盈互述衷腸。當聽得令狐沖說道：「自今而後，我要死心塌地的對你好。」「我若是哄你，教我天打雷劈，不得好死。」任盈盈只覺得全身暖烘烘地，一顆心似在雲端飄浮，欣喜無涯。她心中忽然覺得：在這一刻，就算是死了也不冤了。

於是二人開始詳詳細細地敘述別後情景——任盈盈描述了自己往日在黑木崖上的生活、與江湖豪客們的淵源以及被囚的情形，還有定閒、定逸二位師太乃死於胸口上的繡花針等情況。而令狐沖也講述了偶遇向問天、相救任我行的經過。正當二人猜詳不透殺兩位師太的兇手是誰時，洞外傳來的聲響讓令狐沖心生警覺。他們踏雪去到洞外查看，卻發現是向問天助任我行運功驅寒毒正到了危急關頭，當下二人一起出手幫任我行化解體內寒毒。

不料任我行身上的寒毒厲害無比，將四人弄得熱氣全無，終於凍成了四個雪人。因此機緣，任盈盈他們聽到了岳不群夫婦以及岳靈珊、林平之的私房話。

任盈盈只聽得岳不群這樣談論令狐沖：「他對那妖女感激則有之，迷戀卻未必。」「平日他對珊兒那般情景，和對那妖女大不相同，……豈但並未忘情，簡直是……簡直是相思入骨。他一明白了我那幾招劍招的用意之後，你不見他那一股喜從天降、心花怒放的神氣？」她想，沖哥的兩大夙願確實是重歸華山門下和娶小師妹岳靈珊為妻，不由地心中氣苦。然後，任盈盈又親眼目睹了從來不喜大開殺戒的令狐沖，居然因為有人輕薄岳靈珊而毫不留情地將這些人趕盡殺絕！

任盈盈明白了，對於令狐沖來說，有些心靈的刻痕是一輩子都無法抹平的，即使她願意用全部的愛意打磨千遍萬遍也是枉然。

不過，父親這時候想的全是復仇，根本顧不了女兒家的幽微心思。他以在自己百年之後將教主之位傳給令狐沖爲誘餌，要令狐沖加入日月神教。可是，令狐沖毫不猶豫地拒絕了！他一邊指著雪地上的十餘具屍體，一邊答道：「教主莫怪，晚輩決計不入日月神教。」「日月神教中盡是這些人，晚輩雖然不肖，卻也羞與爲伍。」——這兩句話說得斬釘截鐵，絕無轉圜的餘地。

不過，對於聰慧的任盈盈來說這並不意外，她甚至覺得令狐沖的「羞與爲伍」，其實更多的是因爲岳靈珊。於是她平靜地替他解圍：「沖哥爲了我大鬧少林，天下知聞，又爲了我而不願重歸華山，單此兩件事，女兒已經心滿意足，其餘的話，不用提了。」

而當令狐沖提及自己要去做恒山派掌門時，任我行和向問天均倍感匪夷所思，而任盈盈在一驚之下，卻依然很平靜地接受了這個事實。

也許就這樣散了吧，任盈盈第一次對自己如是說。

這時刻，有誰來安慰她內心愈來愈強烈的苦澀以及失落？以及那種因他的背影漸行漸遠，而愈發強烈的心痛？

歷險懸空寺

世上的一切莫非緣法，就因果報應來說，人與人之間的牽扯是因爲有所虧欠才產生的。所謂緣法，其實就是一個人與另一個人之間的「剪不斷，理還亂」。

在令狐沖出任恒山派掌門前夕，任盈盈終於理清了內心的思緒：既然放不下，那麼逃避也是枉然；於是她終於下定決心不再逃避，也不再奢求。

在經過了無數個失眠的夜晚之後，任盈盈體會到，與在黑木崖的空虛失落相比，能夠全心地去愛一個人也是一種莫大的幸福。

眼見著令狐沖繼任恒山派掌門的日子就要到了，而嵩山派的左冷禪又在蠢蠢欲動，任盈盈開始了她的運籌帷幄。

憑任盈盈對令狐沖的瞭解，她很清楚令狐沖雖然武功不凡，義薄雲天，可以他那不羈的個性，在細節的考慮上就不免馬虎了。於是任盈盈替他善爲謀劃，設下了巧計。她不但令計無施、老頭子、祖千秋、以及黃伯流、司馬大、藍鳳凰、游迅、漠北雙熊等一干江湖豪客上恒山祝賀令狐沖繼任掌門，以使接任大典顯得熱鬧而隆重，好讓令狐沖開心；而且還命令這幫人投入恒山門下，這樣既壯大了恒山派的勢力，又使得旁人無法嘲笑令狐沖一個青年男子竟做了一干尼姑的掌門，而且還乘機挫敗了前來搗亂的嵩山派樂厚一行，使得他們只有灰溜溜鎩羽而歸的分。

任盈盈心思之縝密，即使老江湖也不過如此。

不過，任盈盈也有意料不到的事：

在令狐沖的接任大典上，先是東方不敗居然派了手下賈布和上官雲前來祝賀，並送上四十口箱子的厚禮——其中大多數是她留在黑木崖上的衣衫首飾和常用物事，以及送給她與令狐沖二人的禮物——這無異是在天下人面前公然宣布他們是一對未婚夫妻了。

其後又是少林掌門方證大師與武當掌門沖虛道長親自來祝賀觀禮，而崑崙派、點蒼派、峨嵋派、崆峒派、丐幫等各大門派幫會，也都派人呈上了掌門人或幫主的賀帖和禮物。

於是令狐沖這次的繼任典禮出人意料地辦得風風光光的，長足了恒山派的面子。

典禮之後，方證大師、沖虛道長與令狐沖去附近的翠屏山懸空寺密談，而任盈盈則對東方不敗派來的賈布、上官雲心存懷疑，她眼見他們帶著手下鬼鬼祟祟地離開，就當機立斷，帶了老頭子、計無施、祖千秋與藍鳳凰等人悄悄跟在後面。

在賈布與上官雲以毒水脅迫令狐沖等三人自斷一條胳膊時，任盈盈及時出手，靠著智慧與上官雲等人對她身分的忌憚，不但使賈布與上官雲之間起了嫌隙，更與令狐沖等人聯手殺了賈布，又以「三尸腦神丹」收服上官雲，終於解了懸空寺之圍。

而令狐沖則在恒山事了之後，決定前去黑木崖助任盈盈父女一臂之力，至於那個被收服的東方不敗的部下上官雲則成了他們深入虎穴時最好的引路人和合作者。

決戰黑木崖

黑木崖位於平定州左，任盈盈與令狐沖會合了父親一行，很快來到了平定州。在客店裡，任盈盈對令狐沖詳細描述了黑木崖上的情形，其中特別強調了東方不敗近年來毫無理由地寵信一個名叫楊蓮亭的無行小人的嘖嘖怪事。

任我行在這之前，或是威脅或以利誘，已經策反了不少東方不敗的部下。他也曾欲說動風雷堂長老童百熊，希望他倒戈相向，不料卻被自認與東方不敗有著過命交情的童百熊一口回絕。出乎他們意料的是，就在他們住進平定客棧的幾個時辰後，童百熊居然因圖謀叛亂的罪名被逮上了黑木崖。

任我行在驚訝之餘，倒由此想到了一個混上黑木崖的好主意。於是令狐沖假裝受傷被擒，由上官雲押送上黑木崖，而任盈盈等人就假扮上官雲的手下混上去，打算殺東方不敗一個措手不及。

任我行的計策進行得非常順利，他們不但上了黑木崖，而且很快控制了崖上的局面，還擒住了最得東方不敗寵信的楊蓮亭。不過讓他們意外的是，一直以來高高在上、接受教眾朝拜、奉承的「東方不敗」居然只是一個替身。

於是他們逼供楊蓮亭，打折了他的雙腿，強迫他帶他們去找東方不敗。雖然楊蓮亭的古怪微笑讓任盈盈心生不祥之感，可她怎麼也沒想到事實居然是這樣——

誰能想到武功超絕，令人聞風喪膽的東方不敗居然會變成一個不男不女的怪物呢！

這個穿戴著豔色衣飾，敷粉抹脂的東方不敗，偏偏還武功奇高，憑著一根繡花針只一招就殺了身手不弱的童百熊。

在這之後，他們與東方不敗的殊死決鬥，在任盈盈眼裡就像一場永遠醒不了的噩夢！

雖然他們最終還是殺了東方不敗，總算如願以償，可誰心裡都清楚，這只是僥倖而已。單論武功，他們沒有一人能與東方不敗相抵敵！那鬼魅妖物似的東方不敗端的就如江湖傳說中的一樣「不敗」！

看著彼此身上的累累傷痕，他們的眼裡皆留有驚懼。

父親任我行如願奪回了教主之位，當他在寶座上接受教眾朝拜之際，在那一片阿諛奉承的滔滔聲浪之中，任盈盈覺得自己似乎又看到了東方不敗，當下心中不禁茫然而又惶恐。

而令狐沖忽然覺得這情形實在荒謬可笑，當下忍不住「哈」的一聲笑了出來。任盈盈擔心她的沖哥會直言得罪了父親，就趕緊送令狐沖下黑木崖。在崖下，令狐沖主動與她訂下了待嵩山事了就回到這裡尋她之約——這實際上是當面向她求婚了，這不禁令任盈盈喜上眉梢。

剛剛和父親重逢時，雖然任我行說話肆無忌憚，但洋溢其中的智慧和豪情卻令女兒心折。任盈盈本以爲父親奪回教主之位後，日月神教的風氣會有所改變。不料父親居然也對那些阿諛奉承受用無限起來，不由得任盈盈心中隱隱思索起來：

「一個人武功愈練愈高，在武林中名氣愈來愈大，往往性子會變。他自己並不知道，可是種種事情，總是和從前不同了。東方叔叔是這樣，爹爹也是這樣。只要當上了日月神教的教主，大權在手，生殺予奪，自然而然地就會狂妄白大起來。」

那麼，盈盈自己應該如何自處呢？她蹙起了秀眉。

在這以後的日子裡，任盈盈雖然仍是聖姑，而且還貴爲教主之女，可事實上在教中的權柄風光反而比不上東方不敗在世之日。雖然就身分來說，此時她已擺脫了「孤兒」的噩夢，可她內心的孤寂與落寞卻不曾隨著親生父親的重新出現而煙消雲散。對此，她不想抱怨什麼，可內心的失落與隨之而來的沈思卻使她對令狐沖的思念一日勝似一日。

在五嶽盟主爭奪戰前夕，任盈盈終於按捺不住內心的思念，在徵得父親同意的情況下，她再次離開了黑木崖，逕往五嶽劍派聚會的嵩山而去。

神傷嵩山巔

三月十五日，任盈盈來到了嵩山封禪台。當然，她在權衡利弊之後並未以本來面目出現，而是喬裝易容，以一個虬髯大漢的形象混跡在人群中。

眼看左冷禪對盟主之位志在必得，聰穎絕倫的任盈盈心中很快有了計較。

她暗中指點桃谷六仙插科打諢，弄得左冷禪狼狽不堪，輕而易舉地粉碎了他「推舉」盟主的陰謀，使得盟主之爭成爲劍術之爭。

雖然任盈盈私心希望令狐沖能夠奪得盟主之位，揚名天下——這時候，一心只盼情郎出人頭地的她倒忘記了自己曾經說過，人的本事愈大性子就愈會變。可世上不如意十常八九，令狐沖念念不忘的小師妹岳靈珊——一個嬌嬌怯怯的少婦，卻接連打敗了泰山派與衡山派的高手，即使是劍術獨步天下的令狐沖也因爲情所役而故意落敗，還被她用劍重創。

當下任盈盈不顧一切地搶出去，拔出長劍，將心上人抱在懷裡。

早在黑木崖上，任盈盈就已經想清楚了，既然她愛的是令狐沖那種不忘情的眞性子，那麼能付出自己的愛就是一種幸福了，一切都不要強求了吧。可是當目睹蘊涵沖靈劍法之中的意中人和另一個姑娘之間心意的息息相通，任盈盈還是感到了內心苦澀的滋味。

五嶽盟主之爭，最後花落華山派。雖然任盈盈發覺了岳不群所謂的「君子劍」其實名不副實，可礙於令狐沖的面子，任盈盈也就睜一眼閉一眼了。反正這對日月神教沒有什麼損失，她想。

當天夜裡，任盈盈與恒山派諸人在封禪台露宿。

中夜時分，任盈盈被恒山派守夜弟子的喝問驚醒，才知道林平之約了青城派的余滄海在封禪台決鬥，以報殺父毀家之仇。出乎意料的是，林平之的武功居然突飛猛進，而這似曾相識的武功，令任盈盈想到了「東方不敗」，她正自低呼，身邊的令狐沖也叫出了同樣的四個字。想起那日與東方不敗決戰的情景，任盈盈不由得遍體生寒。

在任盈盈眼裡，令狐沖一向是能言善道的「無行浪子」，可這夜當岳靈珊出現之後，她卻親眼看到了這個平日裡談笑風生、眨眼間舌頭能夠打好幾個彎的聰明男人，是如何變成了一個言語木訥的「木頭人」的。

難道，這就是情有所繫、心有所屬嗎？

她偷眼看著令狐沖爲小師妹的離去而失魂落魄，即使任盈盈早就認定付出也是一種幸福，仍忍不住心中的酸澀。而恒山派弟子的仗義執言，也只是徒增她的傷感而已。令狐沖是因爲她的恩義才勉強接受她的情感的，可任盈盈卻希望令狐沖對她並不眞的全然只是感恩而已。

尷尬之餘，任盈盈怕被別人看穿了心事，只得倚在封禪台上，假裝打盹合上了雙目。

這時，因岳靈珊的離去而恢復了聰明伶俐的令狐沖，則以自己傷口疼痛難忍爲藉口，成功地調開了任盈盈的注意力，然後就悄悄握住了她的手，怎麼也不肯鬆開。

這一夜，任盈盈通宵無眠。

甘爲檀郎護伊人

翌日一大早，任盈盈隨恒山弟子抬著令狐沖下山，不料卻遇見了林平之夫婦一路追殺余滄海。

岳靈珊對林平之那不悔的深情讓任盈盈不覺爲之感動，而林平之對岳靈珊的寡情薄義，則使任盈盈深深體會到令狐沖的可貴。出於對岳靈珊的同情，在林平之無意救、令狐沖無法救、恒山派衆人不願也不能救的情況下，任盈盈毅然出手自青城派手中救下了情敵岳靈珊。

之後，「塞北明駝」木高峰抓住岳靈珊作人質，林平之依然不顧妻子的死活。他雖然如願殺死了余滄海與木高峰，了遂復仇夙願，但自己卻也被木高峰駝背囊中所藏的毒水弄瞎了雙眼，霎時間他的一張俊臉變得恐怖萬分。因爲事出突然，任盈盈只來得及救下了岳靈珊，卻沒能夠阻擋林平之的身受重傷。

他們與林平之夫婦分手之後，令狐沖仍對岳靈珊眷戀不已。任盈盈此時特別善解人意，就主動建議跟上去暗中保護他們。這自然正中令狐沖下懷，沒口地表示贊同。於是二人告別了恒山派諸人，易容改裝，扮作一對老農夫婦，駕著騾車，跟在林、岳夫婦的大車後面，緩緩行去。

騾車中，二人互相打趣，說著老公公與老婆婆年輕時偷雞餵狗幽會的情話，回想著任盈盈「扮」老婆婆的往事，均不禁心神蕩漾。此時，任盈盈第一次覺察到自己在令狐沖的心裡已漸漸有了地位。於是，她在心裡開始把令狐沖叫做「沖郎」——從「令狐少君」到「沖哥」，再到「沖郎」，這期間，經歷了多少風風雨雨呀！

任盈盈沿途偷窺林平之夫婦，從而得知了林平之與岳不群的恩怨，以及他與岳靈珊其實還沒有眞正成爲夫婦的秘密，更知道了修習《葵花寶典》的眞正弊病。她這才明白自己的父親不但不是懵懵懂懂上了東方不敗的當，而且還是有預謀地將《葵花寶典》傳給了東方不敗的——其中包含的不但不是信任，相反地是一片禍心。

當下不由得任盈盈悚然而驚。

她忍不住再次回憶起這些年來東方不敗對自己的關照，又一次深深感到東方不敗其實對自己不錯。而知曉了東方不敗作女裝打扮、愛戀男人的眞正原因後，任盈盈又忍不住可憐東方不敗，覺得他其實也是一個値得敬佩的癡情人。

不久，青城派大舉前來尋仇，任盈盈提著令狐沖躲在高粱地裡，打算等林平之夫婦力不能支時就加以援手，不料已經「死」了的勞德諾突然出現，解了林平之夫婦之圍。而他們這才恍然大悟，原來勞德諾是嵩山派左冷禪派到華山的臥底奸細，而陸大有之死亦係勞德諾所爲——此刻勞德諾是代表被岳不群刺瞎了雙眼的師父左冷禪邀請林平之入夥的。

林平之為了向左冷禪表示效忠，竟欲殺死妻子岳靈珊！而讓任盈盈想不到的是，即便如此，岳靈珊仍無法忘情於她的小林子，甚至臨終最後的願望竟然也是：「平弟他瞎了眼好可憐，求大師兄照顧他。」

岳靈珊嚥氣時，令狐沖悲痛過度，不但傷口迸裂，人也因為胸中氣血翻湧而暈了過去。而任盈盈則是再一次被提醒了，小師妹岳靈珊將是令狐沖心中永遠的痛。

任盈盈知道各人有各人的緣分，也自有各人的業報的道理，而這一瞬，她眞正理解了什麼是緣分，什麼是業報。岳靈珊欠了林平之，令狐沖欠了岳靈珊，而她大小姐任盈盈則是欠了令狐沖的，這本是一條不解的連環，可此刻岳靈珊卻以生命的消逝爲代價解開了這個連環。

在這個山道上，岳靈珊以性命告訴任盈盈：愛，可以是一種不求報償地一味付出！

任盈盈將昏迷的令狐沖抱至附近的山谷，尋一個山洞妥善安置了，又仔細掩埋了岳靈珊的遺體，並捉了青蛙烤熟了放著，以防令狐沖醒來就嚷嚷餓了。

也就是在這個蒼翠的山谷裡，任盈盈和令狐沖開始合力彈奏那〈笑傲江湖〉曲。

情篤生死場

任盈盈曾以爲這種神仙般的日子能持續很久，可十幾日後他們就不得不結束了這樣的好日子——因爲這平日荒無人煙的山谷突然人丁興旺起來。

首先是魔教的四位長老打破了翠谷的寧靜。他們擒住了令狐沖的師娘寧中則，意欲布下陷阱引來岳不群，不料卻被令狐沖遇上了。於是，這邊是令狐沖忌憚四長老手中有寧女俠作質，心中只盼任盈盈儘快出現，以便兵不血刃地救下師娘；而那邊卻是任盈盈被岳不群纏住，她大聲喊叫，一心只望令狐沖能夠聞聲逃走。

兩方人就在陷阱附近相遇了，而岳不群的險惡用心、陰毒心腸也終於昭然若揭。令狐沖爲了營救任盈盈，終於出手對付岳不群。一番生死搏鬥之後，岳不群被擒，任盈盈用「三尸腦神丹」控制了他。

既心痛愛女之死，又心灰於丈夫之無義，自覺所嫁非人的寧中則，終於在既然無法狠心殺他就只有殺了自己的念頭下，含恨飲刃自盡。

小師妹與師娘的慘死，以及師父僞善面目的暴露，使得令狐沖的心境發生了很大的變化。他開始懂得珍惜已經擁有的東西。於是任盈盈終於苦盡甘來，嘗到了情郎對自己體貼入微的甜蜜滋味。

安葬了師娘，小師妹有了母親的陪伴，不再孤寂，令狐沖終於能夠放心地回恒山去了。爲了顧及任盈盈的名聲，杜絕旁人說孤男寡女同行之類的閒話，在盈盈的計謀下，令狐沖這回甘願扮作了翠屛山懸空寺裡那個又聾又啞的僕婦。

到了恒山腳下，約定了見面的地點時間後，令狐沖獨自上了恒山見性峰，而任盈盈則去附近遊山玩水，靜候三日後的懸空寺之約。不料分手不久，任盈盈就被那表面又聾又啞，實則不聾不啞、且武功怪異的老婆婆抓住了。

當看見同樣被老婆婆抓來的令狐沖，聽到她對令狐沖說的那些話，任盈盈才明白，原來老婆婆抓人，是爲了脅迫令狐沖娶她與不戒和尚的女兒——那對令狐沖一往情深的恒山派小師妹儀琳。幸好任盈盈在目睹令狐沖對岳靈珊的深情之後，已不再有獨占令狐沖的想法了，所以令狐沖娶儀琳也罷，不娶儀琳也罷，都無損於自己對他的愛。可當得知令狐沖居然寧願丟了性命、作了太監，也不願負她另娶時，任盈盈知道自己的付出終於得到了對等的回報！她喜極欲泣。

雖然此刻他們的性命還捏在怪僻的老婆婆手裡，可心中的柔情使得任盈盈覺得只要擁有此刻，便已勝卻人間無數。

不久，老婆婆找來了儀琳。可是，儀琳並不領啞婆婆的情。她說自己唯願把眞情埋在心底裡，求菩薩保佑她的令狐大哥與任大小姐早日成親，生幾個可愛的小寶寶——當然，如果任大小姐能夠不太管束她最關心的令狐沖大哥，那就更好啦。任盈盈聽了，不由得心中又是歡喜又是害羞，抬眼卻見令狐沖也是一副心神激蕩的樣子，當下越發是嬌羞得不可方物了。

他們正欣喜老婆婆追著儀琳離開了懸空寺，不料「滑不溜手」游迅和「桐柏雙奇」周孤桐、吳柏英等人卻來到了懸空寺。他們既貪圖《辟邪劍譜》又想得到「三尸腦神丹」的解藥，於是就想趁著盈盈和令狐沖二人穴道受制的機會，犯上作亂，殺人奪藥。

雖然最終令狐沖巧妙地利用人性的貪婪，使敵人起了內訌，二人終於逃得了性命，但任盈盈的心中卻是久久不能平靜。她想，除了不變的眞情之外，權力和地位等其他的一切眞的都是靠不住的。不久之後，她父親任我行又不顧她與令狐沖的面子，派岳不群手執黑木令擄走了恒山派的衆弟子，這更令任盈盈倍感眞情難覓，自己在茫茫人海中終於能夠擁有令狐沖的生死相許，那是何等的難得，何等的値得珍惜！

從這時開始，任盈盈漸漸覺得，如果令狐沖聽了父親的話，或是爲了愛她而入了日月神教，日夜聽著那些肉麻的話，做著阿諛的事，也許就會像父親一樣漸漸地變得陌生了。而這種改變，對她來說，是絕對不能夠發生在令狐沖身上的。

三上恒山

爲了追尋恒山派失蹤弟子的下落，任盈盈隨令狐沖來到了華山。

在岳靈珊的舊居好好憑弔了一番之後，令狐沖帶著任盈盈輕車熟路地來到了思過崖上。不料，往昔十分冷清的思過崖居然反常地熱鬧，刻有日月神教十長老破五嶽派劍法招式的山洞裡擠滿了嵩山、衡山、泰山三派的弟子——他們正因爲有奸細偷看本門武學而鬧個不休。恰在這時，一塊大石從天而降，堵住了唯一的出口。一時間洞中一片漆黑，大亂也由此而起。爲了自保，每個人都舞起了兵刃，霎時間濃濃的血腥味瀰漫四周。

在大石落下之時，任盈盈已搶到了洞口，可念及令狐沖尚在洞中她就又搶了回去。在黑暗中聽到令狐沖喊她的聲音，任盈盈忙不迭地應聲，不料才剛出聲，幾柄不知名的兵刃已向她砍來了。幸好任盈盈心念一轉，瞅準了高處躍將上去，終於在這場混亂的斷殺中得以自保。

在黑暗與混亂中，任盈盈苦於無法聯繫上令狐沖，幸好地上仍留有她的

「燕語」琴，當下不住地摸銅錢擊打琴弦，到後來連首飾釵環什麼的都擲了出去，只盼琴音能告知令狐沖自己仍然活著的消息。直至後來左冷禪領著林平之等瞎子出手殺人，任盈盈想到瞎子的聽覺極其靈敏，才不敢再擲。幸好令狐沖在下面假冒瞎子，大罵「滾你奶奶的」，不但逃脫了被殺的命運，也間接告知了他仍活著的消息。

好不容易堅持到眾瞎子開完了殺戒，離洞而去，這場噩夢終於到了頭，任盈盈不禁與令狐沖相擁著喜極而泣。令狐沖心神激蕩，將熱吻印上了盈盈的香腮。一向矜持、羞澀的盈盈因和令狐沖已經情深意篤，故在黑暗中亦不閃避，任他輕憐蜜愛。

可就在這時，左冷禪等人又殺了回來——原來他們的離開本是使詐。危急之中，一根會閃螢光的短棒救了他們的命！一陣惡鬥之後，林平之被令狐沖廢去了武功，左冷禪也終於自盡而亡。

至於救了他們的那根短棒，在點燃了火媒之後，他們發現竟然是一根死人的——腿骨！

任盈盈不由得有點害怕。

死裡逃生後，二人心中歡喜，不料螳螂捕蟬、黃雀在後，岳不群居然守著洞口，用兩張漁網抓住了毫無防備的他們。

岳不群以二人的性命相威脅，要任盈盈交出煉製「三尸腦神丹」解藥的藥方，而任盈盈則因為令狐沖的一句「和我愛妻死在一起，那就開心得很了」，很快驅除了對死亡的畏懼感。岳不群一計不成又生一計，竟以毀容相逼，任盈盈聞言大是驚慌——因為有令狐沖的陪伴，她並不怕死，但是，自己的如花容顏若變得人不像人、鬼不像鬼，被令狐沖看在眼裡，那可眞是雖死猶有餘恨了。令狐沖知她心意，隨即欲以自毀雙目相報。岳不群見狀，生怕自己最厲害的棋子就此不靈，情急之下趕忙阻止了他。

糾纏之中，令狐沖以吸星大法黏住了岳不群的手腕，使得他內力大洩，而岳不群卻欲以慢劍殺死令狐沖，而任盈盈的兩臂偏偏壓在令狐沖身下，無法救助。危急之中，恒山派小師妹儀琳出現了，她殺了岳不群，救了她的令狐大哥，也救了任大小姐。

二人正自欣喜脫險，不料勞德諾陰魂不散，又纏上了他們。好在勞德諾的武功與智慧到底無法與左冷禪和岳不群相比，任盈盈等只是虛驚一場。之後，有賴田伯光訓練有素的採花鼻子，他們終於救出了被藏於華山上各個小山洞中的恒山派衆女弟子。

當任盈盈正爲劫後餘生與感情上的終獲報償而歡喜不已時，其父親任我行意欲稱霸江湖的野心也昭然若揭了。

當任我行率教衆包圍了華山，設座華山朝陽峰，強迫五嶽劍派諸人前去拜見時，任盈盈不禁柔腸百轉，心有千千結——令狐沖仍然不願加入「魔教」，即使任我行許以愛女與副教主之高位，他也不願低下他高昂的頭顱；而任我行自然也絕對不可能願意爲女兒那「小小」的兒女私情而拋卻自己稱霸江湖的雄心壯志。

一邊是給予自己生命的親生父親，而另一邊則是情之所繫的未來夫君，作爲一個女人，任盈盈，她又能怎麼辦呢？

也許，她唯一能做的就是以生命追隨感情，以求兩不相負了。

所以，這次令狐沖體內的異種眞氣發作，異常痛苦之時，任盈盈雖然也心如刀絞，但既已打定與他同死之念，反而不像以往那麼惶急無助。

不過世事無常，造化弄人，當任盈盈離別了令狐沖，再次回到朝陽峰時，卻適逢父親自朝陽峰的仙人掌上跌落，只過得片刻就斷了氣。

抱著父親逐漸變得冰冷的身體，任盈盈再次茫然了。

從喪父的悲痛和茫然中清醒過來以後，任盈盈在徵得了向問天以及名屬師姪、實如父執的綠竹翁的同意之後，再次來到了恒山。

不過此行她是以父親「任我行」的身分出現的，不但用祖千秋、計無施、黃伯流等江湖豪客爲轎夫，更以向問天、綠竹翁爲左右侍衛，一路吹吹打打，竭盡排場之能事。在恒山之上，她贈還少林寺梵文《金剛經》原本和沈香念珠，又交還武當《太極拳經》與眞武劍，一舉與中原武林這兩大門派化敵爲友。又在恒山腳下給無色庵【注二】購置了三千畝良田作庵產，以助令狐沖教養徒弟之力。

本來任盈盈此舉意在既可提高任我行的江湖聲譽，又可借「父親」之手送出自己訂婚的文定，使得江湖人不至於嘲笑自己不識羞恥。不巧的是口無遮攔的桃谷六仙正好被沖虛道長點了穴道塞在供桌之下，無意中居然得知了這個天大的秘密，並毫無分寸地張揚開來，卻是意外中的意外了。

笑傲江湖

此後江湖又發生了許多事，不過最引人注意的還是令狐沖與任盈盈先後辭去了恒山派掌門與日月神教教主之位這兩件事。

從此以後，江湖上雖然仍舊是小波小浪不斷，但如東方不敗、任我行、左冷禪與岳不群等人所掀起的驚濤駭浪就一直未再重新為禍武林。

江湖終於得到了相對的平靜。

三年後某日，杭州西湖孤山的梅莊張燈結綵，陳設得花團錦簇——這天正是令狐沖和任盈盈成親的好日子。席間任盈盈與令狐沖簫琴合璧，奏起了那寓有弭教派之別、消積年之仇深意的〈笑傲江湖〉曲。一曲既罷，二人深情對視，在盈盈一笑之際，任盈盈知道，這，就是幸福了。

四個月後，草長花濃，春色已暮。爲了卻令狐沖的心願，任盈盈跟著新婚夫婿回到華山，拜望太師叔風清揚。遺憾的是，他們此行沒有如願見到風清揚，卻遇見了那與大馬猴鎖在一起的勞德諾。

看到受盡折磨的勞德諾，又聽盈盈告知化去他體內異種眞氣的，其實是方證大師假借太師叔風清揚之名傳授的少林神功《易筋經》，令狐沖的心中感慨如潮。

世間一切，莫非緣法。

迤邐下山，清風拂動衣袂，看身邊愛妻人豔如花，令狐沖竟不由得癡了。

注：

【注一】在《笑傲江湖》中，關於任盈盈在少林寺的囚居之所有兩種不同的說法，一是在第二十五回〈聞訊〉裡面，莫大先生告訴令狐沖說：「方證大師不願就此殺她，卻也不能放她，因此將她囚禁在少林寺後的山洞之中。」另一種說法則是在第二十八回

〈積雪〉裡面，任盈盈告訴令狐沖說：「我在少林寺後山，也沒受什麼苦。我獨居一間石屋……」（「石屋」又作「古屋」）此矛盾之處應該是出於金庸先生的筆誤。本書取「山洞」的說法——因爲在第二十五回〈聞訊〉裡，莫大先生還曾說過這樣一句話：「人家爲了你，給幽禁在不見天日之處……」既然任盈盈的囚室是「不見天日」的，那麼「山洞」和「石屋」相比，「山洞」不見天日的可能性要大一些；同時，在少林寺的後面或者後山，可供拘囚犯人的地方也似乎是以「山洞」的可能性大一些。

【注二】在《笑傲江湖》中，關於恒山主庵的名稱有兩種說法，一是在第三回〈救難〉中，余滄海稱恒山定逸師太爲「白雲庵主」，而儀琳在拒絕田伯光的時候也說：「出家人不用葷酒，這是我白雲庵的規矩。」另一種說法則是在第二十九回〈掌門〉中，令狐沖上山準備接任掌門，這時小說卻這樣描述：「恒山派主庵無色庵是座小小庵堂……」還有，在第四十回〈曲諧〉裡面，向問天說：「敝教又在恒山腳下購置良田三千畝，奉送無色庵，作爲庵產。」此矛盾之處也應該是出於金庸先生的筆誤。本書因爲提到任盈盈送恒山派庵產的情節，故取「無色庵」的說法。

任盈盈的人生哲學

性情篇

任盈盈作爲一個文學人物，決不是單一的、平面的，在生活環境、生活際遇等因素的綜合作用下，她的性情明顯地具有多重組合性。

最是那一低頭的溫柔，像一朵水蓮花不勝涼風的嬌羞【注二】

在《笑傲江湖》中，相信任盈盈的羞澀靦覥給每一位看倌都留下了深刻的印象。當然，這分害羞勁兒就是她性情中最主要和最可愛的一面，可謂人如其名。

羞澀其實是女人的天性。害羞的姑娘那滿臉的紅暈、低轉的秋波，如輕雲遮月、霧籠荷塘，往往令人怦然心動。不必說普救寺裡風流倜儻的張生難擋鶯鶯小姐臨去秋波那一轉，便是豪放不羈、早已將小師妹岳靈珊的倩影深銘心版的令狐沖，在初識任盈盈眞面目時，見盈盈肌膚白得如透明一般，隱隱滲出來一層暈紅，端的是嬌羞之態，嬌美不可方物，竟也心中一蕩，忍不住湊過去在她臉頰上輕輕吻了一下！

令狐沖當初在洛陽綠竹巷和任盈盈「老婆婆」隔簾晤對，心裡有的只是尊敬和感激。後來他慨然答應護送「婆婆」，一路行去，巧遇數十條漢子，都是曾在五霸岡上會過面的，正在那裡談談笑笑，圍坐而食。可他們一見令狐沖和任盈盈一前一後相伴同行，一霎時竟然變得鴉雀無聲，幾十個人泥塑木雕般齊刷刷地瞪眼瞧著令狐沖的身後，臉上的表情都古怪之極，有的顯然甚是驚懼，有的則是惶惑失措，似乎驀然遇上一件難以形容、無法應付的怪事一般。然後，一名漢子突然提起剛才割肉的匕首，對準自己的雙眼刺了兩下，登時鮮血長流，口裡還大叫：「小人三天之前便瞎了眼睛，早已什麼東西都瞧不見。」眾人見他這樣，馬上又有兩名漢子學他的樣，拔出短刀，自行刺瞎了雙眼，齊聲道：「小人瞎眼已久，什麼都瞧不見了。」

當下把個令狐沖弄得驚訝萬狀，毛骨悚然，忙叫：「喂，喂！且慢，有話好說，可不用刺瞎自己啊，那……那到底是什麼緣故？」

只聽一名大漢慘然回答：「小人本想立誓，絕不敢有半句多口，只是生怕難以取信。」

令狐沖無奈，只得大聲求告身後那位脾氣古怪的「前輩」：「婆婆，你救救他們，叫他們別刺瞎自己眼睛了。」

任盈盈見衆莽漢自行刺瞎雙目，恰恰正中她下懷，所以雖目睹慘狀，但卻緊閉金口，一言不發。這時聽令狐沖出言代爲求懇，才大發慈悲，網開一面，饒了餘下衆人的眼睛——她說：「好，我信得過你們。東海中有一座蟠龍島，可有人知道麼？」

一個老者答道：「福建泉州東南五百多里的海中，有座蟠龍島，聽說人跡不至，極是荒涼。」

任盈盈點頭道：「正是這座小島，你們立即動身，到蟠龍島上去玩玩罷。這一輩子也不用回中原來啦。」

那數十名漢子齊聲答應，臉上均現喜色，說道：「咱們即刻便走。」有人又道：「咱們一路之上，絕不跟外人說半句話。」

任盈盈冷冷地回答：「你們說不說話，關我什麼事？」

那人趕緊道：「是，是！小人胡說八道。」提起手來，在自己臉上用力擊打。

這時候，只聽得任盈盈輕聲下令：「去罷！」她話音未落，那數十名大漢便已發足狂奔，連三個剛刺瞎了眼的漢子也由旁人攙扶著急急奔走，頃刻之間，便已一個不剩。

這場景可讓令狐沖看得目瞪口呆，心下駭然，他不由得尋思：「這婆婆單憑一句話，便將他們發配去東海荒島，一輩子不許回來。這些人反而歡天喜地，如得大赦，可眞教人不懂了。」於是又想：「只盼一路前去，別再遇見五霸岡上的朋友。他們一番熱心，為治我的病而來，倘若給婆婆撞見了，不是刺瞎雙目，便得罰去荒島充軍，豈不冤枉？這樣看來，黃幫主、司馬島主、祖千秋要我說從來沒見過他們，五霸岡上群豪片刻間散得乾乾淨淨，都是因為怕了這婆婆。她……她到底是怎麼一個可怖的大魔頭？」想到此處，不由自主地連打兩個寒噤——很明顯，到了這當口，令狐沖對任盈盈的態度裡，除了原有的感激和尊敬，還增添了不少懼怕的成分。

令狐沖猜得沒錯，五霸岡群雄會之所以虎頭蛇尾、草草收場，確實是因為黃伯流、司馬大和祖千秋等一千多名江湖豪客皆十分害怕任盈盈的緣故——不過，不是因爲任盈盈惱恨他們全力救治令狐沖，而是因爲任盈盈不願意讓他們知道自己喜歡令狐沖，壓根兒不允許他們提起自己已經有了意中人的事實！而盈盈心中的這分羞澀所惹出的風波，又豈止是讓武林添了「五霸岡群豪聚會，拍馬屁聖姑生氣」這一回令人啼笑皆非的說書故事？

在這之後不久，少林寺方生大師帶著四個師姪來和令狐沖、任盈盈理論少林門徒易國梓、辛國樑和崑崙派的譚迪人受挫五霸岡的事情。本來，方生是得道高僧，此行並非有意尋釁，他不僅不計較前事，還贈藥給令狐沖療傷。可是，任盈盈因爲害羞不願讓方生等五人見到她和令狐沖在一起，就躲進了灌木叢。當暴躁狹隘的易國梓發現她的藏身所在，拔劍撲入灌木叢的時候，任盈盈就立即施辣手將這個看到了她眞實面貌的人給殺了。方生大驚，再三禮貌地請她出來評理，可任盈盈藏身灌木叢中，始終不理不睬，逼得方生和她交了手，不一會兒就又送了黃國柏、覺月和辛國樑的命！就這樣，任盈盈沒來由地和武林泰斗少林寺結了怨，爲她以後求少林方丈救治令狐沖之事埋下了障礙。

那麼，四條人命和往後的無窮隱患——付出如此高昂的代價，爲的是什麼呢？無非是任盈盈姑娘家害羞，不樂意讓別人知道她喜歡上了令狐沖，也不願意讓令狐沖看到她的廬山眞面目！

不過，這還不算最厲害的，任盈盈最令人匪夷所思的舉動還在後面——

不久，夜貓子「無計可施」計無施和「黃河老祖」祖千秋和老頭子三人無意當中路過任盈盈和令狐沖暫時安身養傷的山澗之畔，他們議論起聖姑任大小姐對令狐沖少俠的愛慕之情，並商量著如何促成任盈盈和令狐沖的婚事。言談中，他們表示實在揣度不明白「聖姑」的「聖意」，因爲群雄在五霸岡聚會，本意是要拍聖姑的馬屁，不料任盈盈卻不僅沒有予以嘉許，還對他們來了個柳眉倒豎、杏眼圓睜，讓衆人把馬屁完完全全拍到了馬腿上，這究竟是爲什麼呢？

祖千秋說：「其實男歡女愛，理所當然。像令狐公子那樣瀟灑仁俠的豪傑，也只有聖姑那樣美貌的姑娘才配得上。爲什麼聖姑如此了不起的人物，卻也像世俗女子那般扭扭捏捏？她明明心中喜歡令狐公子，卻不許旁人提起，更不許人家見到，這不是……不是有點不近情理嗎？」所以，他們只盼令狐公子傷勢早癒，聖姑儘早和他成爲神仙眷屬，只要能夠成就這段姻緣，讓任盈盈一生快樂，他們就是粉身碎骨，也是死而無悔。

不料，盈盈聽了這一番話，又是不僅不高興、不感動，反而大發雷霆。當時只聽她突然叫道：「喂，三個膽大妄爲的傢伙，快滾得遠遠的，別惹姑娘生氣！」

計無施等嚇了一大跳，趕緊將自己充了軍。可這回任盈盈並不要他們流放到西域去，而是吩咐他們去替她殺一個人——「此人複姓令狐，單名一個沖字，乃華山門下弟子。」

任盈盈此言一出，令狐沖、老頭子等四人都大吃一驚，誰都說不出話來。過了好半天，老頭子才回過神來，以爲是年輕戀人拌嘴，令狐沖在言語上得罪了聖姑，於是就說：「咱們設法去把令狐……令狐沖擒了來，交給聖姑發落。」

誰知任盈盈又怒道：「誰叫你們去擒他了？這令狐沖倘若活在世上，於我清白的名聲有損。早一刻殺了他，我便早一刻出了心中的惡氣。」她見祖千秋等還是呑呑吐吐的，就激將道：「好，你們跟令狐沖有交情，不願替我辦這件事，那也不妨，我另行遣人傳言便是。」老頭子等三人聽她說得這麼認眞，只得一齊躬身說道：「謹遵聖姑台命。」

——爲了害羞，不樂意部下知道和談論自己的戀情，任盈盈非但殺了四個無辜的少林寺弟子，還居然揚言要殺意中人令狐沖！「聖姑」任大小姐的這場羞澀，可眞非同小可！

任盈盈的這種羞澀靦覥，還不曾隨著年齡的增長和與令狐沖戀情溫度的逐漸上升而有所改變。她和令狐沖在一起的時候總是說不上三句話就要臉紅，於是使得一直口舌十分便捷的令狐沖在她面前卻往往得拐著彎兒說話，從不敢過於調笑，因爲他覺得盈盈雖權柄在握，行事常帶三分邪氣和霸氣，隨口一句話就可以把許多江湖豪士流放充軍，但她和他在一起的時候扭扭捏捏，嬌羞靦覥，比之小師妹岳靈珊尙且勝了三分，又哪裡有半點魔教大人物的樣子？

當然，令狐沖尙且如此，盈盈的衆多部下們在這個問題上就更加始終是戰戰兢兢、小心翼翼的了。

五嶽劍派併派以後，令狐沖和任盈盈已經情投意合，如膠似漆。有一天夜裡，他們同心合力，悄悄跟在岳靈珊的後面暗中保護她。時值初春，周遭暫時甚為寧靜，二人坐在騾車裡趕夜路，忙中偷閒地就著農家老夫婦回憶往事的題材說說笑笑，甚是歡愉。令狐沖和任盈盈近在咫尺，但覺她吹氣如蘭，不由得心中一蕩，便想伸手摟住她親上一親，可隨即想到她為人極為端嚴，半點褻瀆不得，要是冒犯了她，惹她生氣，有何後果，那可難以料想，所以終是不敢造次，當即收攝心神，一動也不敢動。

為了易容喬裝，任盈盈偷偷拿來了老農夫婦的衣服，對令狐沖笑道：「你是令狐半仙，猜到這鄉下人家有個婆婆，只可惜沒孩兒……」說到這兒她便紅著臉住了口。令狐沖早看出那是一對老夫妻的衣服，可還是微笑著道：「原來他們是兄妹二人，這兩兄妹當眞要好，一個不娶，一個不嫁，活到七八十歲，還是住在一起。」等任盈盈承認衣服的主人是夫妻，說老公公年輕時常常偷偷帶著肉去老婆婆家餵狗，和情人幽會歡好，令狐沖又裝聽不懂，說盈盈像那老公公，半夜三更摸進人家家裡，他還說這對夫婦沒成親時「一定規矩得很，半夜三更就是一起坐在大車之中，也一定不敢抱一抱，親一親」——令狐沖知道盈盈最是靦覥，她說到那老農夫婦當年的私情，自己只有假裝不懂，她或許還會說下去，否則自己言語中只需帶上一點兒情意，她立時便住口了。

再後來，岳靈珊不幸香消玉殞，任盈盈將她安葬於幽深的翠谷，同時和令狐沖一邊守墓，一邊養傷。不巧先後碰上了盈盈的部下鮑大楚等數位長老和岳不群夫婦，一陣惡戰後，任盈盈終於制住岳不群，給他服了「三尸腦神丹」，轉危爲安。

隨後鮑大楚等人要回黑木崖覆命，盈盈吩咐道：「鮑長老、莫長老，兩位回到黑木崖上，請替我問爹爹安好，問向叔叔好，待得……待得他……他令狐公子傷癒，我們便回總壇來見爹爹。」

這時，倘若換了另一位姑娘，鮑大楚定要說：「盼公子早日康復，和大小姐回黑木崖來，大夥兒好儘早討一杯喜酒喝。」因爲這等言語，對於年少情侶最是中聽。可是鮑大楚對盈盈哪裡敢說這種話？當時他是正眼也不敢向令狐沖和任盈盈看上一眼，低頭躬身，板起了臉，唯唯答應，一副誠惶誠恐的神情，生怕盈盈疑心他腹中偷笑。因爲這位姑娘爲了怕人嘲笑她和令狐沖相愛，曾令不少江湖豪客受累無窮，那可是武林中衆所周知的事情。

作為一個年輕未出閣的姑娘，時常感到羞澀是很正常很自然的，不過，任盈盈的羞澀似乎有些異乎尋常。不必說一個平常的大家閨秀的羞澀弄不出盈盈這麼大的動靜，更何況任盈盈是江湖人士、武林兒女，本應比尋常大戶人家的閨秀落落大方些才是！

不過，假如細細考察盈盈自幼的處境和她所受的教育，這個問題就不難索解了——

任盈盈從小生長在高入雲端、與世隔絕的黑木崖，又沒有母親，父親也在她才八歲的時候就從她的生活中消失了。作為高高在上的「聖姑」，盈盈周圍的人對她是敬畏多而愛護少，她是在孤獨和孤高自傲中長大成人的。後來因為解藥等因素，教眾們又將她奉作神明，卻常常忘記了盈盈大小姐位望雖尊，但畢竟也是肉骨凡胎。可以說，任盈盈生活在一個相對封閉的環境裡，沒有和人好好溝通的機會和習慣，所以，女性天生的羞澀靦覥在她身上就表現得特別明顯，甚至有些過分。

同時，也不能忘記東方不敗這個人，因為他是任盈盈八歲以後實際上的監護人，地位猶如父親一般。可是，東方不敗在練了《葵花寶典》以後，性別觀念變得十分地畸形不正常，他之所以一直優待盈盈，其中固然有掩人耳目的用意，但他羨慕盈盈身為女子，極欲和盈盈易地而處的變態心理也是一條重要的理由！東方不敗雖然一直到他臨死前才將這番話對盈盈說明白，但他平時的表情和舉動等都在隱隱地暗示盈盈，生為女兒身是多麼地幸運，何況盈盈是如此的千嬌百媚，青春年少，他雖然身居教主高位，武功蓋世，卻也巴不得和盈盈換換位置呢。而這，自然或多或少會對盈盈的精神世界有所影響，讓她自覺不自覺地時刻注意保持女人的本真，包括羞澀靦覥，也包括看重容顏——在襄助父親任我行奪回教主尊位的拚殺中，盈盈的左頰被東方不敗的繡花針劃了一道極細的血痕。當戰事初定，盈盈攬鏡自照，不由得鬱鬱不樂。要不是令狐沖知她心意，在旁岔以它語，逗得她噗嗤一聲笑了出來，臉上的淺細畫痕只怕要讓盈盈的俏面龐至少數日失卻笑容。而後來在華山，當岳不群威脅他們要破盈盈的相時，死都不怕的盈盈居然感到了恐懼，差點害令狐沖自毀雙目。

不過，任盈盈的羞澀和尋常小女子的羞澀大異其趣。她的羞澀遠非怯懦軟弱，而只是體現了她作爲女子的天性流露，使她不管怎樣位高權重、出手淩厲，但總是能夠讓人覺得她可親可愛——不是嗎？原來頗厭憎、懼怕她的令狐沖最後對她傾心相愛，觀念十分正統的恒山派上上下下和她親如姐妹，就連領袖武林的少林寺方證方丈和武當派掌門沖虛道長都願領她的情，交她這個朋友，難道，我們還可以說任盈盈沒有親和力嗎？

而且，任盈盈和一般的羞怯、軟弱、沒主見的年輕姑娘完全不一樣的還有一點，那就是她外表常常羞紅滿面，內心卻是極有主見。她對生活有著和普通女性幾乎相同的美好憧憬，而和普通女子不一樣的則是她能夠主動把握自己的命運，腳踏實地地用自己的努力將美好的憧憬一步步變爲現實！

另外，必須提一下的是，任盈盈並非是在所有的時間和地點、氛圍中都羞澀無比、任性刁蠻的，有時候，她也會表現出性情中開朗和寬容的一面。

比如，在盈盈剛剛暴露了廬山眞面目，和令狐沖一起在荒山溪澗邊上養傷的時候，他們因爲沒吃的，就地取材，抓了青蛙來烤。任盈盈見令狐沖用劍將群蛙斬首除腸，就打趣說：「古人殺雞用牛刀，今日令狐大俠以獨孤九劍殺青蛙」，又戲稱對方爲「殺蛙大俠」，其言辭風趣，簡直不亞於令狐沖！

而這時候令狐沖在淡淡的月光下端詳任盈盈，只見她微微一笑，衝他扮個鬼臉，一副天眞爛漫的模樣，眞是說不出的動人，簡直不能相信她剛才曾連殺四名少林好手。盈盈在害羞的時候，笑容是迷人的，令人如微醒薄醉；盈盈在忘卻害羞的面紗時，笑容則是燦爛的，讓人心曠神怡，又是另一番的迷醉！

還有，在貫穿他們交往的整個過程中有關「公公」、「婆婆」的談笑，盈盈也常常表現得活潑愛笑，出語機智有趣，比如上文提到她曾稱令狐沖爲「令狐半仙」，就是一個典型的例子。

而在恒山懸空寺，任盈盈因爲「桐柏雙奇」周孤桐和吳柏英可以互相爲了對方去死，就不計較他們的犯上之罪，放過了他們——這樣的處置方式在一向恩怨分明的任大小姐可是十分罕見的！這難道不正說明了盈盈她因爲愛與被愛，全心地沐浴在愛的光輝裡，於是可以不再害羞靦覥，表現得寬宏大量、落落大方嗎？

當然，只有是和心上人令狐沖在一起的時候，任盈盈這些隱藏在羞澀後面的特質才會表現出來。

千呼萬喚始出來，猶抱琵琶半遮面【注二】

除了異乎尋常的羞澀和靦覥，「聖姑」任大小姐令人印象極其深刻的還有她異乎尋常的神秘。

「聖姑」任大小姐任盈盈首次登場是在洛陽東城的綠竹巷，當時，華山派眾師徒和金刀王家的父子們和讀者一樣，對她是只聞其聲而不見其人，可謂只露了露「音」；好不容易到了五霸岡上，她第二回出來，總算是既聞其聲又見其人了，但還是沒能看到她的廬山眞面目，不見其人只見其影，可謂稍稍露了露「影」；直到與少林門人一番惡鬥塵埃落定之後，任氏「老婆婆」與令狐沖都受了傷，她聖姑娘娘大小姐才在萬般無奈的情況下不得已眞正露了「面」！眞是欲窺金面，何其難也！

可是，令狐沖和讀者耐著性子等了好半天，終於得窺盈盈芳容，並不表示見其面而知其人了。因爲這時「聖姑」的如花容顏雖已亮相，但她芳齡十九、盈盈弱質，竟何以能夠威懾群雄、令出如山？而且，這位高權重的形象豈不是和她的芳名殊不相稱？端的是叫令狐沖難以索解，也讓讀者諸君絞盡了腦汁。等到聖姑她「老人家」按照自己的需要，一步步慢吞吞地替她的意中人揭開謎底時，讀者的書頁也快翻完了——這分神秘勁兒，非同小可喲！

那麼，任盈盈何以神秘至此？

毫無疑問，這自然是金庸先生匠心獨運的結果。

因為，衆所周知，對於文學作品，尤其是通俗的文學作品，讀者的最基本要求是好看、好看、再好看！而金大俠之所以能夠在武俠小說的創作上取得登峰造極的成就，就是因為他首先絕對是編故事的一把好手。

不是嗎？在金大俠的小說裡，我們實在可以看到太多神秘的人和事，比如《天龍八部》裡的「帶頭大哥」究竟是誰？圍繞這個問題，作者的巨筆洋洋灑灑，建構了作品的絕大部分章節；又如《倚天屠龍記》裡的女主角之一趙敏到底是什麼身分？帶著這個疑問，讀者欣賞了故事的相當一部分內容和情節；還有，《俠客行》裡的俠客島之謎、《倚天屠龍記》中「倚天劍」和「屠龍刀」

的秘密，以及《鹿鼎記》裡面關於《四十二章經》和藏寶圖的話題，這些無一不是構成作品情節、主題甚至人物形象的基石，如果沒有這些神秘的人和事，武俠作品的可讀性將大大降低，魅力也將大大減弱，甚至蕩然無存。

所以，任盈盈的神秘首先是出於小說情節安排上的需要。換言之，這是小說家故意設下的「扣」，是吸引讀者的法寶。如果沒有任盈盈的神秘，令狐沖一開始就不可能和她訂交，後來也不可能因爲結交匪人而被逐出師門；然後令狐沖就不可能有挺身而出保護恒山派師徒的機會，接下去就不可能以七尺男兒之軀接掌恒山門戶，就不可能以恒山派掌門的身分去嵩山封禪台和岳靈珊比劍，讓岳不群奪得了五嶽派總掌門之尊位，就不可能……

總之，如果沒有任盈盈的神秘，整部《笑傲江湖》的故事其實就無法展開了，作品也將不復存在。

還有，這也應該和金庸先生的創作狀況有關。金庸先生從一九五三年開始根據小時候聽到的家鄉故事著手創作《書劍江山》，一九五五在《新晚報》發表第一部武俠小說《書劍恩仇錄》，正式涉足「江湖」起，到一九六七年創作《笑傲江湖》，這期間隔了長長的十四個春秋。也就是說，在《笑傲江湖》之前，作者已經創作完成了《書劍恩仇錄》、《碧血劍》、《雪山飛狐》、《射鵰英雄傳》、《神鵰俠侶》、《飛狐外傳》、《倚天屠龍記》、《白馬嘯西風》和《天龍八部》等作品，人稱「飛雪連天射白鹿，笑書神俠倚碧鴛」的武俠小說大廈的構築工程已經接近掃尾，快要封頂了。而在時間上，一九六七年離金大俠正式封筆的一九七二年【注三】也已經只有短短的五年了——換言之，金庸先生在動筆寫作《笑傲江湖》的時候已經處於創作的晚期。

從創作心態來看，一個作家在他創作生涯的後期，其寫作心理往往和他的創作前期大不相同。在創作前期，他需要做的是開始構思和寫作處女作，然後完成處女作，使它得到公衆的承認；接著繼續創作，寫出成名作，漸漸達到創作的高潮——可是，高潮之後往往就是退潮，這是不可諱言的客觀定律。中外文學史上就有許多很有才華、很有實力的作家在他們的創作後期江郎才盡，再也無法達到自己以往的創作高度，以致於抱憾終天，或是痛苦不堪。所以，在一個作家到了創作晚期的時候，他所必須做的工作就是超越自我，不爲以往的成就和創作習慣所束縛，爭取更上一層樓——當然，這不僅是他本人創作心路的必經歷程，也是讀者對他的必然要求。否則，不管這位作家曾經引起了怎樣的銷售熱潮，也必將被讀者所無情地拋棄。

當然，金庸先生也不能例外。試想，在一九六七年，他的創作後期，開始塑造《笑傲江湖》的女主人翁任盈盈時，他所面對的是霍青桐、黃蓉、小龍女、周芷若、趙敏等一系列極其成功的女性形象，若欲超越自我，委實不是件容易的事。所以，寫任盈盈必須另闢蹊徑！

可是，蹊徑何在呢？

鑑於霍青桐的英姿颯爽、黃蓉的機智無雙、小龍女的至眞至純、周芷若的由單純到複雜和趙敏的「改邪歸正」，任盈盈只有突破這些「前輩」的特點，才能夠有希望給讀者耳目一新的感覺。相形之下，在前面這些已經塑造完成並取得很大成功的女性形象中，只有趙敏和任盈盈最爲相似——她們倆都美麗、任性、刁蠻，都握有非凡的權力，武功不弱且視人命如草芥，後來又都因爲愛情而毅然放棄了權力，回歸爲最普通的善於懷春的少女！也就是說任盈盈和趙敏有相似之處又必須有不同的地方，當然，在描寫方法上也不妨略略參考一下趙敏的成功因素。

那麼，趙敏形象的成功原因何在呢？在《倚天屠龍記》的第二十三回〈靈芙醉客綠柳莊〉之後，趙敏從在表面詩情畫意、實則刀光劍影的綠柳莊登場亮相開始，到贈金盒珠花給對手張無忌的古怪行爲，到囚禁六大派群俠於高塔的鐵血手腕，到大鬧張無忌和周芷若婚禮的蠻橫無禮，到最後要求心上人替她畫眉的嫣然一笑——她仿佛一尊優秀的雕像，從泥胚開始，一點點地捏輪廓、塑外形、刻五官，再添上裙袂上的褶皺、眼波裡的神采，人物的形象是逐步完整、逐步清晰，最後塑造完成的。而在這個過程中，最關鍵、最精彩的部分之一就是趙敏具有——神秘感！

也就是說，趙敏眞名敏敏特穆爾，乃朝廷重臣汝陽王的愛女，具有「紹敏郡主」的封號，她爲什麼對張無忌態度古怪，這些謎底是一點點地隨著故事情節的逐步展開而揭開的，整個過程一直有懸念，且張弛相濟，扣人心弦，然後作品在趙敏的不再神秘中戛然而止，給讀者留下無盡的遐想。

所以，在《笑傲江湖》裡，任盈盈就借鑑趙敏的這一成功經驗，繼續營造魅力十足的神秘感，而且是有過之而無不及，把讀者的胃口吊得高高的，人物的形象也就依然神完氣足，保持了創作的高水準。

不過，對於任盈盈本人來講，她的神秘則是出於生活和心靈的需要。因爲她的神秘對她來講其實只是針對令狐沖一個人的，而令狐沖是她傾心愛戀的意中人。她之所以不願意在情郎面前揭開自己的廬山眞面目，只因爲她害怕出身名門正派的令狐沖會嫌棄、厭惡她的魔教聖姑身分，從而斷送了自己的一腔癡情和一生幸福。所以，她不僅自己在令狐沖面前隱瞞身分，而且還不允許手下把自己的眞實身分告訴令狐沖。令狐沖雖然和黃伯流、司馬大、祖千秋和老頭子等交情不薄，尤其是老頭子，爲了令狐沖連親生女兒的病都不顧了，在奉了任盈盈殺令狐沖的嚴命之後，他還想：「令狐公子是個仁義之人，老頭子今日奉聖姑之命，不得不去殺他，殺了他後，老頭子也當自刎以殉。」

可是，當令狐沖私下裡問老頭子：「聖姑小小年紀，怎能廣施恩德於這許多江湖朋友？」老頭子卻只是這樣回答：「公子不是外人，原本不需相瞞，只是大家向聖姑立過誓，不能洩露此中機密，請公子恕罪。」然後又道：「日後由聖姑親口向公子說，那不是好得多麼？」——當然，這個「日後」，就是要等到令狐沖和任盈盈情意已篤，不再會因爲盈盈的「魔教」出身而有變化的那一天。

至於任盈盈本人，每當令狐沖問起，她總是盡量迴避，或亂以它語，或含糊其詞，或避重就輕，一直到她確信令狐沖已經深深地愛上她，不可能因爲她的特殊身分而放棄這段美好姻緣，也不可能移情別戀的時候，她才攤開底牌。

總之，於情、於理，任盈盈都必須一直戴著厚厚的神秘面紗，始終是「猶抱琵琶半遮面」。

注：

【注一】「最是那一低頭的溫柔，像一朵水蓮花不勝涼風的嬌羞」：語出現代詩人徐志摩的名作〈沙揚娜拉一首・贈日本女郎〉。此詩是組詩〈沙揚娜拉十八首〉中的最後一首，寫於一九二四年五月作者隨泰戈爾訪日期間。

【注二】「千呼萬喚始出來，猶抱琵琶半遮面」：語出唐代詩人白居易的代表作〈琵琶行〉。

【注三】「金大俠正式封筆的一九七二年」：一九七〇年，金庸先生宣稱從此封筆不寫武俠，但因其最後一部小說《鹿鼎記》是隨寫隨刊的，一直到一九七二年九月它才連載完畢，於是作者宣佈正式封筆，並開始修訂全部武俠小說作品。故他實際正式封刀時間應該是一九七二年。

任盈盈的人生哲學

感情篇

任盈盈是一個命中注定要主動掌握自己命運的女人。

任盈盈掌握自己命運的方式是主動掌握和自己不期而遇的愛情。

任盈盈已經記不清她是從什麼時候開始厭倦自己「聖姑」的身分和黑木崖的生活的。她只知道黑木崖讓她的耳朵灌滿了屬下對東方教主的阿諛和奉承，而且還得硬著頭皮對東方不敗說那些無恥的言語；而「聖姑」的身分則讓她年復一年地不得不管教中的閒事，機械地爲群豪求取解藥。不僅如此，黑木崖還令任盈盈倍感冰冷和恐懼，因爲那還是一個可以讓一張張你所熟悉的面孔突然消失、永遠尋覓無著的地方。

況且，隨著歲月的不斷流逝，任盈盈的心頭還多了一分莫名的惆悵和莫名的失落與自憐。身爲女子，紅顏易褪、青春易老，她的生活軌跡理應和黑木崖上的絕大多數其他人不一樣，可是，屬於她任盈盈的歸宿又在哪裡呢？身邊的男人委實不少，但他們不是粗豪不堪就是奴顏婢膝，抑或是把名利功業看得比什麼都重要。

比如父親任我行，算得上是當世的一個大英雄、大豪傑了，但母親的不幸早逝似乎並沒有能夠引起他的些許哀傷，他總是忙著練功，直到在她八歲那年突然「離開了人世」；還有東方叔叔，他也是當今數得上的大英雄，可是他除了正妻以外，居然還娶了七個小妾，平日裡對她們好一陣歹一陣的，弄得那八個女人成天價雞爭鵝鬥的，從沒個安寧。

還有向叔叔，他確實是一條響噹噹的硬漢子，令人欽敬。他對盈盈也一直很好，可是，盈盈卻從未曾見他以家室爲念……

任盈盈覺得自己的心中有一分渴望，渴望能有一個人牽起她的小手，引領她渡向幸福、安寧、喜樂的彼岸。可是，朦朦朧朧中，她又覺得那彼岸太遙遠了，遙遠得渺不可及。

於是，任盈盈厭了，倦了，顫慄了，逃開的念頭也就自然而然地滋生出來了。

於是有一天，她終於眞的離開了黑木崖，準備浪跡天涯，伴隨她的是忠心耿耿的師姪——她音樂上的知友綠竹翁。

任盈盈記得當時她和綠竹翁離開了位於河北平定州附近的黑木崖，漫無目的地往南走去，一路上訪名勝、遊古蹟，倒也大開眼界，胸襟爲之一闊。不過，對江湖的風波險惡她也有了比以前深刻得多的了解和疑懼。也正因爲如此，當她閒步古城洛陽，在城東無意中看到了一條幽靜的小巷時，她竟忽然萌生了長期隱居於此的念頭。

從此以後，在屬於任盈盈的記憶裡，便一直有一條窄窄的小巷子。巷子的盡頭有很大一片竹叢，竹叢裡面是五間小舍，左二右三，也以粗竹子架成。在綠竹翁的陪伴和保護下，她就住在那竹舍裡面，摒絕煩冗，整日價彈琴吹簫，雖說吃的是粗茶淡飯，穿的是布衣葛裙，用的是竹床竹榻，和往日的錦衣玉食不可同日而語。但因遠離了黑木崖上如影隨形、揮之不去的壓抑和沈悶，任盈盈的日子倒反而過得十分的平靜怡然。

當時，任盈盈以爲自己的一生也許就將在這分怡然自得中度過了。

可是，僅僅約一年以後的冬末春初，任盈盈的這分怡然和平靜就出乎意料地被打破了。

不過，打破她怡然心境的不是黑木崖上的人和事，也不是洛陽城裡那些附庸風雅、常常來聒噪綠竹翁的傖俗之徒，而是彷彿從天而降的一本奇妙曲譜，以及一個人——一個年輕的男人。

這本奇妙的曲譜名叫《笑傲江湖》！

這個年輕的男人複姓令狐，單名沖！

古城・小巷：愛的起點

任盈盈永遠清晰地記得，那一天陽光燦燦地透過竹葉和窗櫺，照在和往常一樣撫琴自娛的她的身上，而綠竹翁則照常施施然地剖篾製蓆。突然，那個曾經來過幾次的易師爺又來了，說道是要請綠竹翁鑑定一本樂譜的眞僞。綠竹翁一試之下，發現那樂譜簡直匪夷所思，以他非凡的琴簫技藝，竟是難以卒奏這支曲子。當下任盈盈不禁技癢難忍，親自彈奏了這首樂曲。

一曲終了，任盈盈拈簫在手，沈吟半晌，心神俱醉。她想：此曲只應天上有，人間哪得幾回聞！不知這曲譜的主人肯否允我抄錄？

任盈盈正這麼想著，不料卻聽曲譜主人，那個年輕的男子竟然像聽到了她的心聲似的，託綠竹翁將那寶貴的《笑傲江湖》曲譜慨然轉贈於她！

天哪！他居然這麼輕輕巧巧地就把珍貴無比的《笑傲江湖》送給了我——一個和他素昧平生的「老婆婆」！難道他竟不知道這曲譜是何等的珍貴嗎？任盈盈一向平靜似鏡的心湖不自覺地泛起了一絲漣漪。於是，一向叮囑綠竹翁不要輕易和江湖人往來的「聖姑」任盈盈，這時竟不等師姪進來請示，就馬上表示她願意領那少年人的情。她收下了「他」饋贈的曲譜，溫言相詢：「那兩位撰曲前輩的大名，可能見告否？」

那少年男子回答：「撰曲的兩位前輩，一位是劉正風劉師叔，一位是曲洋曲長老。」

任盈盈聞言十分詫異，驚道：「劉正風是衡山派高手，曲洋卻是魔教長老，雙方乃是世仇，如何會合撰此曲？此中原因，令人好生難以索解。」——這奇妙的曲子竟然和本教長老曲洋有關！她太驚訝了，心中的疑惑便脫口而出。其實，這句問話差不多是自言自語，任盈盈並不曾抱有得到答案的希望，因為那年輕男子和自己素不相識，又已贈予厚禮，他還有什麼理由非得把他和曲譜之間的淵源告訴她這個年已耄耋的「老婆婆」呢？更何況也許他根本不知道曲、劉二人的事情。

不料，那少年人居然毫無顧忌，當即源源本本地將劉正風如何金盆洗手，嵩山派左盟主如何下旗令阻止，劉、曲二人如何中了嵩山派高手的掌力，如何荒郊合奏，二人臨終前如何委託自己尋覓知音傳曲等情況一一照實說了，然後又把自己的師承來歷、和金刀王家紛爭的緣起、他自己眼下的身體狀況等也都和盤托出。

任盈盈一言不發地傾聽著，一顆芳心卻如春風乍起、吹皺了一池碧水，漣漪陣陣，一時難以恢復素日的平靜——她發現自己開始關心起眼前這個傷重垂危的年輕人了。

其實，任盈盈哪裡知道，在她看來珍貴無比的《笑傲江湖》曲譜對於根本不識宮商的令狐沖來說，也只不過是一本自己看不懂的怪書而已，並沒有太多值得珍視的地方；而且曲洋和劉正風的臨終囑託對於他來講也委實過於艱難和沈重了，他眞不知道對音樂一竅不通的自己能夠到哪裡去找《笑傲江湖》曲譜的合適傳人？何況令狐沖此時既失信於至親至愛的師父師娘，又失歡於暗戀多年的小師妹岳靈珊，自己體內的八道異種眞氣也無法化解，眼看連命都快保不住了。更傷心的是，他重傷之餘竟誤殺了同門師弟中和自己情誼最深的六師弟陸大有！要不是決意找回師門珍物《紫霞秘笈》向師父師娘賠罪的話，令狐沖早就自刎以謝六師弟了，又怎會苟活於人世？

所以，在綠竹巷遇到了這位精通琴簫的「婆婆」，令狐沖雖然沒有和她見過面，但聽了她彈琴吹簫之後，只覺得她是個又清雅又慈和的前輩高人，是完全值得尊重和信賴的，心中對她大是仰慕。於是令狐沖便油然而生喜出望外和如釋重負之感——「我終於能夠了卻劉師叔和曲長老的臨終心願了，我也終於能夠實現自己對他們許下的諾言了」，他這樣一邊轉著念頭，一邊就捧出曲譜，恭恭敬敬地請綠竹翁代呈「婆婆」。而且當婆婆問他爲什麼正邪殊途的劉、曲二人會合撰神妙絕倫的〈笑傲江湖〉，最終又爲此一曲而雙雙命喪荒郊時，他明白了這位婆婆也是武林中人，心裡又是一喜，覺得她不僅是決計不會欺騙和出賣他的長者，而且還是武林同道，那又何妨將當日在衡山腳下的一番奇遇訴於她聽？更何況那一日的遭遇委實奇特，令狐沖一直以來沒有機會向人訴說，也正欲宣洩一番。

殊不知，令狐沖這順理成章的舉動卻宛如一個不速之客，不由分說地闖入了任盈盈一直重門深鎖的芳心，令她心旌搖蕩，從此竟難以自制。當然，在情愛之路上始終「有心栽花花不開」的令狐沖，此時並不知道，這，其實便是他的「無心插柳」了。

也就是從這一刻起，任盈盈出於對令狐沖不由自主的關心，她不僅著意兒替他分析情勢，很肯定地判斷：「你師弟不是你殺的」，簡明扼要一句話搬掉了壓在令狐沖心頭的一塊巨石；而且還主動彈奏起〈清心普善咒〉，爲令狐沖調理體內眞氣，以減其胸中煩噁欲嘔之痛苦。可是，桃谷六仙和不戒大師的功力都很深厚，任盈盈的琴音雖妙，卻不可能化解他們注入令狐沖體內的八道眞氣。當下令狐沖稍一運氣便頭暈目眩，倒在了地上。

對這一切，任盈盈那名雖師姪、實乃父執的綠竹翁在一旁自然全都悄悄地看在了眼裡。這位飽經滄桑、熟諳人情的老人其實一直在私心裡希望任盈盈能夠早日有個歸宿，但惜乎機緣可遇而不可求，又礙於任盈盈的特殊身分和特別靦覥的個性，故而長期以來只得將此意放在心上，從不曾形之於色，更未曾宣之於口。今天，冷眼旁觀的綠竹翁認定此乃大好良緣從天而降，心念一動，便趕緊提筆蘸墨，寫紙條指點令狐沖：「懇請傳授此曲，終身受益。」

令狐沖是個聰明人，一見紙條登時省悟，對任盈盈道：「弟子斗膽求請前輩傳授此曲，以便弟子自行慢慢調理。」綠竹翁聞言，臉上露出了「孺子可教」的喜色，連連點頭表示嘉許。

不過，任盈盈正自芳心搖曳，她人又在房內，當然並沒有留意到綠竹翁暗中的這些小動作，她還以為是令狐沖自己主動提出這樣的要求的，不禁芳心又是一蕩——她得到了曠世奇曲《笑傲江湖》本是喜悅非常，但她自己不可能同時彈琴吹簫，綠竹翁又不能和她合奏，這實在不能不讓她在喜悅之餘又倍感遺憾。不料，這少年男子居然想跟她學琴！難道他也酷嗜音律，竟是自己的同好？於是，任盈盈急不可耐地想要考察一下他的技藝：「你琴藝如何？可否撫奏一曲？」

雖然令狐沖的回答令任盈盈有些失望，但她依然克制不住想要和這年輕男子再度聚首的強烈願望，終於婉轉地答應了他學琴的請求：「承你慨贈妙曲，愧無以報，閣下傷重難癒亦令人思之不安。竹姪，你明日以奏琴之法傳授令狐少君，倘若他有耐心，能在洛陽久耽，那麼……那麼我這一曲〈清心普善咒〉便傳了給他，亦自不妨。」——說到最後，內心的羞澀使得她語聲細微，幾不可聞。

於是令狐沖開始每天到綠竹巷學琴。他雖然對音律一竅不通，但天資很高，一點便透，學了沒幾日，綠竹翁就已做不成他的老師，需要任盈盈親自執教了。隔簾晤對，任盈盈對令狐沖有了更深刻的了解。她知道他不僅聰明穎悟，還生性豁達，好酒尚氣，端的是一個眞性情的血性男兒。更讓任盈盈欣喜的是，令狐沖居然和她一樣，非常想彈奏〈笑傲江湖〉曲！

她心潮激蕩，過了半晌，才低聲回答：「倘若你能彈琴，自是大佳……」說著說著，她的語聲又漸漸細微，彷佛害怕被令狐沖看破了心事似的。

一日，任盈盈將漢代古曲〈有所思〉傳授給令狐沖。令狐沖依法試彈，不知不覺竟想起以前和小師妹岳靈珊兩小無猜、同遊共樂的情景，又想到瀑布中練劍、思過崖上送飯時小師妹對自己的柔情蜜意。後來無端來了個林平之，小師妹對待自己竟一日冷淡過一日，不禁心中悽楚，指下琴音亦爲之一變，竟爾出現了幾下福建山歌的曲調——他知道，那正是岳靈珊那日下崖時所唱的林平之的家鄉俚歌。令狐沖大驚，立時住手不彈。

竹簾內的任盈盈也吃了一驚，道：「這一曲〈有所思〉你本來奏得極好，意與情融，深得曲理，想必你心中想到了往昔之事。只是忽然出現閩音，曲調似是俚歌，令人大爲不解，卻是何故？」

令狐沖生性開朗，苦戀岳靈珊的心事又在胸中淤積已久，早欲宣洩傾訴，只是身邊沒有可以吐露衷懷的親朋。近一個月來，「婆婆」任盈盈對他始終是溫言細語，關懷備至，如今又辨音知情，柔聲相詢，就像是自己的親祖母、母親，或是親姐妹一般，於是他忍不住打開了話匣子，把事情原委原原本本地來了個竹筒倒豆子。

這一席話曲曲折折，聽得隱含心事的任盈盈又驚又喜，又心痛無比！

原來，原來他已經有了意中人！

原來，原來他所深愛的人並不愛他，還愛上了別人！

原來，原來他不僅身染沈疴，還心受重創！

這，這可教他如何承受這如泰山壓頂般的雙重壓力？又如何排遣來自生命深處的深深絕望呢？

他年輕俊朗、善良正直，本應前途無量，如今卻孤獨地站立於天地之間，四顧茫然，煢煢孑立，形影相弔，眞是可憐、可歎……

任盈盈驚、喜、心痛之餘，竟對令狐沖說出一番大有深意的安慰之語：「『緣』之一事，不能強求。古人道：『各有姻緣莫羨人。』令狐少君，你今日雖然失意，他日未始不能另有佳偶。」好在令狐沖一直以爲她是一個年近百歲的老婆婆，根本沒有體會到任盈盈的言外之意，否則，她眞是要羞死了。

從這一天起，任盈盈開始教令狐沖彈奏〈清心普善咒〉。她告訴他大約十天就可以學完了，而且「以後每日彈奏，往時功力雖然不能盡復，多少總會有些好處。」

可惜，令狐沖才學了五天，就告訴任盈盈說他要走了。任盈盈大感意外和遺憾，愣了半晌，才回過神來。當下只得強作鎮定，和往日一樣依然傳授令狐沖曲調指法。傍晚，令狐沖走到任盈盈的窗下，依依不捨地跪下拜別。竹簾內，任盈盈趕緊跪倒還禮，推辭道：「我雖傳你琴技，但此是報答你贈曲之德，令狐少君為何行此大禮？」

她見令狐沖依戀之情甚篤，連說話聲音都有些哽咽了，不禁又加了一句：「令狐少君，臨別之際，我有一言相勸。」

可是，話雖如此，但到底勸他什麼呢？任盈盈只覺得心頭有千言萬語，卻不知從何說起，她沈吟半晌，斟酌再三，才將滿腹話語凝成十個字：「江湖風波險惡，多多保重。」

待到令狐沖步出竹舍，任盈盈纖指輕拂，琴聲切切，一曲〈有所思〉，彷彿訴盡了她的無限心事和憂思。

當然，這一刻的任盈盈根本不曾注意到綠竹翁臉上「有所思」的表情，也根本不知道在這一個月來，令狐沖已經從她的琴聲和話語中知道她對自己十分關懷，心裡頗爲感激。同時因爲近來小師妹已將全副心思放到了林平之身上，師父師母也對他有了疑忌之意，故而他已將她和綠竹翁當成了他在這世上僅剩的親人。就在這學琴的最後一日之中，令狐沖其實幾次三番欲向綠竹翁陳說，要在小巷中留居，既學琴簫，又學竹匠之藝，不再回歸華山派。只不過終究割捨不下岳靈珊，就把已經湧到喉嚨口的話給咽回去了。

是夜，任盈盈久久未能成眠。窗外，明月在天，銀光瀉影，映出綠窗內妙人兒的孤寂。

「嫦娥應悔偷靈藥，碧海青天夜夜心！」

任盈盈凝望月影遠黛，心頭忽然一片清明，閃過一個大膽的念頭：假如我以「聖姑」的身分著力幫他，說不定他不但不會短命夭亡，日後還能夠闖出一片新天地呢！

對！任盈盈立即捉住這個念頭，而且還鬼使神差似地馬上將它付諸了實際的行動——

任盈盈隨即動手認眞抄錄〈清心普善咒〉的譜子，待天一亮，便急急命綠竹翁帶著剛剛謄抄完畢的曲譜和她那具從未離身的「燕語」古琴，趕去替她送別令狐沖。當然，她也沒有忘記眼下的當務之急是必須千方百計治癒令狐沖的傷病，於是令狐沖的行舟剛剛揚起風帆，她就以「聖姑」的名義頒下急令，要求手下三山五嶽的豪傑們替令狐沖尋醫問藥。

不過，任盈盈的這番舉動在客觀上卻起了離間令狐沖師徒的作用，使他和師父師母以及小師妹的關係進一步惡化。這自然絕對不是令狐沖之所願，也並非完全出於任盈盈的初衷。

愛的芽兒既然已經萌發，那就應該努力讓這小芽繼續開花、結果……

從五霸岡到少林寺：無悔的愛

「聖姑」任盈盈一聲令下，令狐沖的生活從此充滿了奇遇，令狐沖的生命也從此改變了方向。

在洛陽受盡了金刀王家的熱情款待後，華山派諸俠在岳不群的率領下買舟東下，繼續他們的逃亡之旅。一路上，「殺人名醫」平一指、「黃河老祖」祖千秋和老頭子、「五毒教主」藍鳳凰等人相繼找到他們所乘坐的大船，或是施展自己的絕技爲令狐沖治病，或是騙令狐沖服下了珍貴的藥物，那苗女藍鳳凰甚至還和四名手下一起將自己的鮮血輸入了令狐沖的體內，弄得滿船的人都目瞪口呆。另外，還有好幾個不肯透露姓名的江湖人士指名道姓地給令狐沖送來了不少金錠銀錠、精緻點心、下酒菜餚和珍貴藥材，甚至還有十六罈最中令狐沖下懷的美酒，什麼「三鍋良汾」，什麼「紹興女兒紅」，還有「極品貢酒」，那十六罈佳釀竟然還罈罈不同，足見送禮人用心之誠、之細，當下可把生性好酒卻又一直阮囊羞澀、少有品嚐上等好酒機會的令狐沖給高興壞了，根本顧不上師父岳不群「酒裡可能有毒」的提醒！

不久到了魯豫兩省交界處的五霸岡，那兒更是聚集了一千餘人，說道是仰慕令狐沖的風采，願爲他獻醫獻藥！一時間把和群豪素不相識的令狐沖感動得話語哽咽：「各位朋友，令狐沖一介無名小子，竟承各位……各位如此眷顧，當眞……當眞無……無法報答……」於是和衆人豪飲，並相約日後有福同享，有難同當。

正當令狐沖感動莫名之際，群豪卻突然向他辭行，一下子散了個乾乾淨淨——他們臨走前還很古怪地要求令狐沖日後不要提起他們到過五霸岡，更不要和旁人說認識他們。而華山派諸俠對令狐沖早有猜忌，這時見他混跡於邪魔歪道，也就都拋下他走了。令狐沖一時間成了孤家寡人，面對滿地狼藉、空無一人的五霸岡，他眼前一黑，暈了過去。

等到令狐沖再次睜開眼睛，他的耳旁已經縈繞著〈清心普善咒〉的曲調——他知道自己又一次和洛陽綠竹巷的那位「婆婆」近在咫尺了。那「婆婆」告訴他自己的棘手之事：「我有個厲害的對頭，尋到洛陽綠竹巷來跟我爲難，我避到了這裡，但朝夕之間他又會追蹤到來……我只想找個隱蔽所在暫避，等約齊了幫手再跟他算帳……」令狐沖聞言，慨然道：「你要去哪裡，我送你到哪裡便是。不論天涯海角，只要我還沒死，總是護送婆婆前往。」

任盈盈聞聽此言，頓覺不虛此行，剛才撒了個小謊也算有效果。要知道，她下達爲令狐沖治病的命令在群豪看來其實就是宣布「聖姑」愛上了令狐沖，於是便都竭盡了效忠巴結之能事。可是，她任盈盈畢竟還是個及笄未久的女孩兒家，幽微隱秘的閨女心事又怎可公諸天下！當她恍悟自己忙中出錯，既沒能治好令狐沖的傷，又大大丟了自己的面子的時候，她眞是害羞得連綠竹翁的面都不敢見了。可是，她心中對令狐沖的思念卻是日甚一日，難以自己。最後，她不得不說服自己，給自己製造了再次見到令狐沖並和他兩相廝守的機會和藉口。這一去，任盈盈知道自己再也回不了綠竹巷，再也作不回那個曾在綠竹巷怡然獨處的自己了。

在和令狐沖同行的路上，任盈盈半是被迫半是自願地逐步向令狐沖揭開了自己神秘的面紗——首先，和少林寺的人一動手，她的「魔教」中人的身分就被揭穿了，好在令狐沖對此倒並不怎麼在意，讓她放下了壓在心上的一塊大石頭；然後圍繞少林寺傷藥的一番爭執又讓她不僅暴露了女兒家的眞面目，還連閨名「盈盈」也給洩露了。那令狐沖生性不羈，口無遮攔，一會兒說：「你是婆婆，我是公公，咱們兩個公公婆婆，豈不是……」一會兒又說：「姑娘生得像天仙一般，凡間哪有這樣的人物？」過一會兒又說：「你不會成爲老婆婆的，你這樣美麗，到了八十歲，仍然是個美得不得了的小姑娘」，甚至還膽大包天，居然在她的臉頰上吻了一下！以任盈盈素日的脾性，自然不可能任他胡言亂行，所以就在令狐沖臉上重重打了個巴掌，疾言厲色地告誡對方若再無禮，自己就要把他宰了！然後又正色道：「我把名字跟你說了，可不許你隨便亂叫。」

可是，盈盈心裡卻十分清楚，令狐沖雖然油嘴滑舌，但他的那些「瘋話」聽在自己耳朵裡倒並不怎麼刺耳，反而還十分受用，不由自主地想要多聽幾句。這也許是因爲她的「聖姑」身分過於高高在上，從無一人敢和她說一句笑話的緣故吧。所以當令狐沖帶著三分調笑的口吻說「我愛聽你的話」的時候，任盈盈秀眉微蹙，欲要發作又不忍發作，只得趕緊轉過了頭，以掩飾自己滿臉的紅暈。

任盈盈這一害羞不打緊，手上的一串青蛙卻給烤焦了，任盈盈不禁嗔怪令狐沖：「都是你不好。」

令狐沖聞言笑道：「你該說虧得我逗你生氣，才烤了這樣精彩的青蛙出來。」他取下一隻燒焦了的青蛙，撕下一條腿，放入口中一陣咀嚼，還連聲讚道：「好極，好極！如此火候，才恰到好處，甜中帶苦，苦盡甘來，世上更無這般美味。」

令狐沖一邊說笑，一邊搶著把最焦的蛙肉自己吃了，而把並不甚焦的部分留給了任盈盈。任盈盈格格而笑，恣意地接受著令狐沖的細心和體貼，心裡甜甜的，彷彿這焦青蛙肉是平生從未得嚐的美食似的。

正當盈盈盼望日子就這樣永遠地過下去的時候，「黃河老祖」祖千秋和老頭子，還有「夜貓子」計無施三個人的出現，揭穿了任盈盈又一重秘密：她的「聖姑」身分和她對令狐沖的情意。大羞之下，任盈盈口不擇言，居然下令誅殺令狐沖！

等祖千秋他們走遠了，任盈盈一反適才發號施令、指揮若定的威嚴風範，頓足抹淚地埋怨令狐沖：「都是你不好，教江湖上這許多人都笑話於我。倒似我一輩子……一輩子沒人要了，千方百計的要跟你相好。你……你有什麼了不起？累得我此後再也沒臉見人。」一下子從一個高高在上、說一不二的「公主娘娘」變成了習慣於向大哥哥撒嬌使性的鄰家小妹，十足一副小兒女的情態，煞是可觀。

可惜，令狐沖只懂使劍喝酒，連從小一起長大的小師妹岳靈珊的心意有時尚且體貼不到，又哪裡能夠猜詳相識不久、且心較比干多一竅的任盈盈的細密心思？他聽任盈盈這麼一說，衝口就是一句笨話：「果然是我不好，累得損及姑娘清名。在下這就告辭。」

盈盈這下急了，趕忙用令狐沖說要保護她的諾言來挽留他，誰知令狐沖兀自蠢笨，竟又微笑著道：「在下不知天高地厚，說這些話可教姑娘笑話了。姑娘武功如此高強，又怎需人保護？便有一百個令狐沖，也及不上姑娘。」說著轉身便走。任盈盈無奈，只得追了上去，咬咬嘴唇，狠狠心，說出了自己的心裡話：「我叫祖千秋他們傳言，是要你……要你永遠在我身邊，不離開我一步。」──這當兒，她可真害怕令狐沖執意要走，眨眼間就會死於江湖豪客們的刀劍之下，於是她的兩隻掌心竟沁滿了冷汗；而等到令狐沖答應留下陪伴她，她又隨即心花怒放，笑靨如春花初綻，嬌豔不可方物。她不再計較令狐沖的油嘴滑舌和蠢笨如豬，向他要過「燕語」，開始彈奏〈清心普善咒〉，為他療傷。

就這樣，他們在這個荒谷中一住就是二十餘天。任盈盈自己也料不到，在這個少有人經過的山澗之旁，平日裡那個自大任性、頤指氣使的任大小姐突然了無蹤影了——她憐惜令狐沖身染沈疴，每時每刻都會突然死去，就對他加意溫柔，千依百順地服侍，即使偶爾忍不住使些小性兒，也是立即懊悔，馬上向他賠不是。

那些天裡，爲了令狐沖的傷重難癒，任盈盈不知道哭了多少次，流了多少淚。眼見令狐沖一天比一天瘦，他昏迷的間歇愈來愈短，每次昏迷的時間也愈來愈長，最後狂噴鮮血，竟是昏迷不醒，人事不知。任盈盈束手無策，心如刀絞。她想，他如果離開這個世界，那我也決計不活了。

忽然，她想起那日少林寺的方生和尚說過他的掌門師兄有一門內功心法能夠治療令狐沖的內傷，不禁破涕爲笑。她想，即使只有百萬分之一的希望，也要去試一試，更何況那少林寺的武功博大精深，方生此言當非虛誑，令狐沖痊癒的可能還是很大的！想到這兒，她全身熱血沸騰，力量倍增，背起奄奄一息的令狐沖就往少林寺方向走去！這時候，她的心裡面只有一個念頭，那就是令狐沖你不能死，我一定要把你救活！無論要付出什麼樣的代價，我也一定要把你救活！

從魯豫交界處的無名荒谷，到位於河南登封縣北少室山北麓五乳峰下的少林寺，路途迢遙，崎嶇難行。嬌怯怯的任盈盈背著不省人事的令狐沖跋涉前行，一路上竟不敢有片刻的停留。她想好了，到了少林寺，一見到掌門方丈，就馬上坦承自己是在五霸岡外約二十里處，施辣手殺死少林寺四大高手的「魔教」前任教主任我行的獨生愛女、「聖姑」任盈盈！只要少林寺能夠救得了令狐沖的性命，那麼自己就任由少林寺處置，要殺要剮，絕不皺眉！

盈盈知道，自己其實是在拿年輕的性命作賭注，和少林寺交換令狐沖的生命。她也知道，自己早已將令狐沖的生命看得比自己的生命更重要，只要令狐沖能得不死，那麼自己就是被千刀萬剮，也將含笑九泉！

從此以後，任盈盈被胸中的柔情所牽纏，將自己的人生和令狐沖緊緊相連，再也不能分開。

幽居少林：情到深處

日月神教的聖姑任大小姐親自背負華山派棄徒令狐沖去到少林寺，甘願捨卻自身為令狐沖求醫的特大新聞被少林寺俗家弟子洩露了出去，登時轟動了整個江湖。不僅任盈盈屬下那些旁門左道的好漢們知之甚詳，就連名門正派中人也多有耳聞，日常閒談，往往引為笑柄。人們固然讚賞任盈盈對待令狐沖情深義重，卻也笑她太要面子，明明愛上了令狐沖，為了情郎連自己的性命都可以不顧，卻還嘴上硬得很，死也不肯承認這個事實，眞是欲蓋彌彰。

不過，好在少林寺掌門方證大師畢竟是有道高僧，並沒有以怨報怨，以仇報仇，把主動送上門來的任盈盈給殺了，以了卻覺月禪師和辛國樑、易國梓、黃國柏四名少林弟子死於非命的一樁公案。不過，他也並沒有就此把任盈盈放了，而是將她囚禁在少林寺後面的一個山洞裡面，說是要以佛法化去她的戾氣。

這下可急壞了黃伯流、司馬大、祖千秋等任盈盈的手下。他們紛紛去到少林，要救大小姐出來。可是一人一幫之力終究有限，往往他們敬若神明的「聖姑」還沒救成，自己倒失手被擒，也被囚在了少林寺。數月之中，少林寺沒有一天是安寧的，而被少林寺所擒的江湖漢子，少說也有一百餘人了。

要知道，這些旁門左道的人物平日裡除了聽從聖姑任大小姐的號令以外，個個狂妄自大，好勇鬥狠，誰也不肯服誰。可是，任大小姐待大家恩重如山，她被囚少林寺，大夥兒無論如何都要將她救出來。但少林寺是天下武學的正朔，救人之事頗為棘手，更何況單獨去闖寺救聖姑的，個個有去無回。於是，便有人提議廣集人手，結盟而往。

可是，為了爭奪盟主之位，群豪又是各不相讓，許多人動上了手，死的死，傷的傷，聖姑還沒救成，自己的人手倒折損了不少，且還兀自吵鬧不休。

為了救任盈盈重出生天，長江白蛟幫的好漢們甚至不分青紅皂白，差點鑿沈了恒山派衆師徒的座船。

看來，「聖姑」任盈盈的愛情尚未開花結果，江湖卻因此而竟要發生一場大大的爭鬥了。

爲了阻止這場無謂的爭鬥，恒山派定閒和定逸兩位師太主動去少林寺向方證大師求情，要他放了任盈盈，化干戈爲玉帛；甚至，連很少插手過問江湖之事的衡山派掌門「瀟湘夜雨」莫大先生也坐不住了，他打聽得令狐沖和恒山派師徒在一起，隨即啓程趕往漢水，悄悄跟蹤恒山派的座船，一直到了一個叫做雞鳴渡的小鎮。

這時的令狐沖雖然已經被師父岳不群逐出門牆，但孺慕依戀之情依舊，對岳靈珊的思念則更是有增無減；而且他還剛剛從「長江雙飛魚」易、齊兩位白蛟幫堂主的口中得知了任盈盈被囚少林寺的消息，正爲如何救她脫險而煩惱。趁停船休息，他上岸找了一家小酒舖，悶著頭顧自借酒澆愁。

令狐沖連乾了幾大碗酒，又隨手抓起幾粒鹹水花生抛入口中。這時忽然聽得背後有人嘆了口氣，說道：「天下男子，十九薄倖。」

令狐沖轉過面來，向說話之人瞧去。在搖搖晃晃的燭光之下，只見小酒店中除了自己之外，只有一個衣衫襤褸、形狀猥瑣之人伏案而臥，似乎不像是吐屬文雅之輩，當下便不予理會。不料那人又說：「人家爲了你，給幽禁在不見天日之處，自己卻整天在脂粉堆中廝混，小姑娘也好，光頭尼姑也好，老太婆也好，照單全收。唉，可歎啊可歎……不相干之輩，倒是多管閒事，說是要去拚了性命，將人救將出來。偏生你要作頭子，我也要作頭子，人還未救，自己夥裡已打得昏天黑地。唉，這江湖上的事，老子可眞沒眼瞧的了。」——這人自然就是「瀟湘夜雨」莫大先生。

幾碗酒一下肚，平日落拓寒酸的莫大先生已是逸興遄飛。他問明了令狐沖在少林寺曾得方丈方證大師親口許諾傳以少林神功《易筋經》，但令狐沖因不願改投別派而放棄了旁人求之不得的大好機緣，帶傷離寺下山的情況之後，就口若懸河，竟將任盈盈被囚少林寺的原委對一直蒙在鼓裡的令狐沖一一道來。

當時，莫大先生凝視著令狐沖，鄭重地問：「少林派和你向來並無淵源，佛門中人雖說慈悲爲懷，卻也不能隨便傳人以本門的無上神功。方證大師答應以《易筋經》相授，你當眞不知是什麼緣故嗎？」

令狐沖答道：「小姪確是不知，望莫師伯示知。」

莫大先生道：「好！江湖上都說，那日黑木崖任大小姐親身背負了你，來到少林寺中，求見方丈，說道只須方丈救了你的性命，她便任由少林寺處置，要殺要剮，絕不皺眉。」說著說著，他不禁歎道：「這位任大小姐雖然出身魔教，但待你的至誠至情，卻令人好生相敬。少林派中，辛國樑、易國梓、黃國柏、覺月禪師四名大弟子命喪她手。她去到少林，自無生還之望，但爲了救你，她……她是全不顧己了。」所以，他要令狐沖火速趕去和欲結成聯盟、在十二月十五日攻打少林寺，營救任盈盈的群豪會合，制止他們自相殘殺，因爲：「你說什麼話，那是誰也不敢違拗的。」

最後，莫大先生正色告誡令狐沖：「任大小姐對你一往情深，你可千萬不能辜負她啊！」

然後，他又怕正邪殊途，令狐沖和任盈盈好事難諧，所以又加勸了幾句：「哼，魔教雖毒，卻也未必毒得過左冷禪。令狐沖兄弟，你現在已不在華山派門下，閒雲野鶴，無拘無束，也不必管他什麼正教魔教。我勸你和尙倒也不必做，也不用爲此傷心，儘管去將那位任大小姐救了出來，娶她爲妻便是。別人不來喝你的喜酒，我莫大偏來喝你三杯。他媽的，怕他個鳥？」

這一番話聽得令狐沖熱血賁張，恨不得馬上孤身去闖少林寺，以報答任盈盈的深情厚意。

在莫大先生默許替他照顧恒山衆尼後，令狐沖隨即像一支箭似的向北射去。

令狐沖只行得一夜，就碰上了祖千秋和夜貓子「無計可施」計無施等一干人，並順理成章地被群豪推舉爲盟主。他想：「盈盈對我情意深重，可是她臉皮子薄，最怕旁人笑話於她，說她對我落花有意，而我卻流水無情。我要報答她這番厚意，務須教江湖上好漢衆口紛傳，說道令狐沖對任大小姐一往情深，爲了她性命也不要了。」於是，令狐沖主張大張旗鼓地去往少林，不僅買布製旗，寫明「天下英雄齊赴少林恭迎聖姑」的字樣，而且還買了很多皮鼓，一路敲擊而往，眞是竭盡張揚之能事，唯恐有人不知此事。

不過，外面發生的這一切，幽居古寺的任盈盈卻一點兒也不知情。當日她是抱著必死的決心來這裡賭運氣的，雖然方生說過少林寺和黑木崖井水不犯河水，但自己畢竟沒來由地殺了他們四個弟子啊。所以，當她向方證大師說出願以自己的生命換取令狐沖生存的希望時，她只感到了一種恣意無悔的愛的快樂，以及一分從容領死的凜然和悲壯。

可是，任盈盈沒有想到，方證大師沒怎麼猶豫就答應了她救治令狐沖的請求，而且還不殺她爲覺月等報仇。相反的，這位容顏削瘦、神色慈和的高僧卻溫言相告，說道是少林寺要留女施主在少室山上住一段時間，以期能用佛法化解盈盈身上的戾氣。於是，她就被關進了寺後的一個山洞，失去了自由。軟禁的日子自然過得並不舒暢，不過，對於來時抱著必死決心的任盈盈來說，倒也不十分難熬。每隔十天，有個老和尚會給她送來柴米，生活雖然十分清苦，但有綠竹巷一年的青菜豆腐生涯打底，又兼心事重重，任盈盈很快就適應了自己升火、洗米，每大鹹菜就薄粥的日子。於是，她每日就與平和、淡泊卻又不失洪亮深沈的晨鐘暮鼓爲伴，聽著淙淙的山泉從身邊不斷流過，凝視山中的煙嵐濃濃淡淡地在樹梢起落，對自己的生死和自由與否的大事，她竟然沒怎麼放在心上，唯一縈念的就是令狐沖的安危！她總掰著手指頭計算著令狐沖到達少林寺的時間，盼望著他已經學會《易筋經》的無上心法，恢復了往日的健康和俊朗。雖然，自己不能夠和他朝夕相處，但只要和他身處同一座古刹，聽著同樣的佛號，她就心滿意足了。

端的是，情到深處人已癡！

花開花落，月缺月圓，時光從任盈盈凝望天際的眸子間輕輕滑過。任盈盈剛到少林時，柳才點碧，絲若垂金，乃是初春光景。轉眼，便是綠肥紅瘦，然後便在蟬鳴聲中漸漸迎來了金風送爽、橙黃橘綠，而如今卻已是萬物蕭瑟的冬天。任盈盈正在惦念令狐沖身上是否有合體的寒衣，方證大師卻派小沙彌將她帶至一間潔淨素樸的禪堂——這是任盈盈入少林以來第一次離開那個山洞。

睽違了大半年，方證大師依然清瘦慈和。他微笑著給任盈盈引見了兩位師太——恒山派的定閒和定逸。兩位師太告訴她，她們上山來請求方證方丈釋放她，否則，令狐沖和盈盈的屬下們不日定要來爲難少林寺。

天哪！原來方證沒有把《易筋經》的功夫傳給令狐沖，令狐沖也早就離開少林寺了！

任盈盈發覺自己上當了，令狐沖依然命在旦夕！

她心中劇痛，不禁破口大罵方證不守信用，倚老賣老，欺負後輩。方證由她罵，並不生氣，仍然微笑著說：「女施主，老衲當日要令狐少君歸入少林門下，算是我的弟子，老衲便可將本門《易筋經》內功相授，助他驅除體內的異種眞氣。但他堅決不允，老衲也是無法相強。再說，你當日背負他上……當日他上山之時，奄奄一息，而下山時內傷雖然未癒，卻已能步履如常，少林寺對他總也不無微功。」言下之意自然是說當日任盈盈自願捨身少林，以換取令狐沖的性命，現在他們雖然沒治好令狐沖，但也沒傷她任盈盈的性命，並不算言而無信，更不是以大淩小，仗勢欺人。而且最後還說衝著恒山兩位師太的金面，願意馬上放任盈盈下山。就是被少林寺擒獲的那一百多名盈盈的部屬，再聽方證講十天經以後也將被釋放。

任盈盈聞言，轉怒爲喜，隨即拜別方證，和定閒、定逸一同下山。

不知不覺中，任盈盈自己也沒有意識到，她再也不是那個一句話就將人流放荒島絕域的「聖姑」，和那個頤指氣使的大小姐了。她，結了佛緣。

二進少林：愛的考驗

任盈盈在隨定閒和定逸兩位師太離開少林寺的時候，以爲自己再也不會踏入這座古寺的山門了。

她沒有想到的是，僅僅七八天之後，自己就二進少林，而且還得知了兩位師太居然已經雙雙圓寂於少林寺的噩耗！

任盈盈和恒山兩位師太在離開少林寺的第三天就聽說令狐沖率領群豪，打著「恭迎聖姑」的旗號，正浩浩蕩蕩地往少林寺進發。定閒師太長眉一軒，道：「須得兼程前往，截住衆人，以免驚擾了少林寺的衆位高僧。」同時又考慮到江湖豪士龍蛇混雜，又來自四方，未必都能夠聽從令狐沖的指揮調遣。於是當下決定三人分道揚鑣，讓任盈盈趕去會合令狐沖，節制群雄，讓他們馬上散去；而兩位師太則原路返回少林，欲協助方丈，維護佛門福地的清淨。

任盈盈和定閒、定逸雖只相處了短短的三天，但受其薰陶，對她們已然頗爲景仰孺慕。聽得定閒師太如此安排，她毫無異議，即刻照辦。可惜，當天晚上她就落入了嵩山派的羅網，給囚禁起來，數日後才由向問天和任我行一起將她救出。

任盈盈這才知道原來父親並沒有去世，而是東方不敗爲奪教主之位，將他囚禁在杭州孤山的梅莊地牢裡！要不是向問天忠勇，任盈盈恐怕永遠也見不到親生父親了。當時他們父女團聚，細述別情，均喜極而泣，連鐵錚錚的硬漢子向問天在一旁看了，也不禁動容。

當任盈盈從父女團圓的喜悅中回過神來，馬上想到令狐沖一定不知道她已經脫險，還要攻打少林寺，眞是既危險又不義。爲了令狐沖的安全和名聲，也爲了自己向定閒、定逸作出的承諾，任盈盈央求父親和她一同去少林寺。任我行自然不能不管女兒的事情，更何況他認爲令狐沖是後輩中的佼佼者，也不禁心中歡喜，當下答應了盈盈的請求。那向問天自然也是唯老教主馬首是瞻，更何況他和令狐沖還是生死之交。於是，三人一起上了少林寺。

他們一進少林便遇強敵，以少林方證大師、武當沖虛道長、丐幫幫主解風和嵩山掌門左冷禪、華山掌門岳不群等爲首的九個正派高手和他們約法三章，以三戰定輸贏，若是任我行一方輸了，他們三人就得留居少室山十年，不得下山。

這是正邪雙方絕頂高手之間的殊死決鬥，拳來掌往，凶險無比，把偷偷躲在「清涼境界」木匾後面的令狐沖看得心潮起伏不定，不知到底該幫哪一方。

整個偏殿之中，只有任盈盈對孰勝孰敗似乎並不關心。在她父親任我行和方證大師過招的時候，向問天在旁觀戰，其臉色忽喜忽憂，一時驚疑，一時惋惜，一時攢眉怒目，一時又咬牙切齒，內心的關切顯而易見。可是，這時任盈盈卻眼瞼低垂，臉上並沒有什麼驚異或擔心的表情。

其實，對任盈盈來說，父親和方證的激戰哪裡有父親剛才在衆人面前稱令狐沖為乘龍快婿、說要將自己許配給令狐沖的事情重要！不管殿上雙方的爭鬥如何激烈，她卻顧自神遊物外，心裡的念頭一個勁兒繞著令狐沖轉——

他體內的異種眞氣怎麼樣了？

他也和我一樣急切地盼望著重逢嗎？

他率領天下英雄到少林寺救我是因為他喜歡我呢？還是只為了要報答我對

他的恩義？

他既然一心一意要重歸華山，爲了能遂此願甚至放棄了拜入方證大師門下的絕好機緣，那麼即使父親將我許配給他，他也可能因爲正邪殊途而斷然加以拒絕，如果眞是這樣，我該怎麼辦？

……

還有，他還在苦苦思念他的小師妹岳靈珊嗎？

這樣想著，任盈盈心亂如麻，竟對眼面前的激戰視而不見。

當然，這樣轉著念頭的任盈盈並不知道她苦苦思念的令狐沖正在高處暗暗地觀察她。

令狐沖雖然萬分感激任盈盈對他的恩義，每次想到盈盈，就總是想到要報答她的相待之恩，要助她脫卻牢獄之災，要在江湖上大肆宣揚，是自己對她傾心，並非她對己有意，免得江湖豪士譏嘲於她，令她尷尬羞慚。可是，每當盈盈的倩影在他的腦海中出現時，他心中並不曾感到喜悅不勝之情和溫馨無限之意，和他想到小師妹岳靈珊時纏綿溫柔的心境大不相同。

令狐沖回想自己和盈盈初遇，一直以爲她是一個年老的婆婆，心中對她有七分尊敬和三分感激。其後見她舉手殺人，號令群豪，尊敬之中就不免摻雜了幾分懼怕，直到得知她對自己頗有情意，這幾分厭憎懼怕之心才漸漸淡了。其後又得悉盈盈爲自己捨身少林，那更是深深地感激。然而感激之意雖深，卻無親近之念，只盼能夠報答她的恩情。雖然，盈盈的容貌其實比岳靈珊要美許多，自己也曾和盈盈口沒遮攔地調笑，可那卻只是個性使然，並非心生愛慕之意。這時，他和盈盈久別重逢，近在咫尺，可見了盈盈的麗色，心裡卻覺得和她相距極遠極遠。

懷著這種複雜心態的令狐沖沒想到任我行不僅在衆人面前公開宣稱要將盈盈許配給他爲妻，而且在前二場比試一勝一負的關鍵時刻，居然還把他叫下來，稱他「沖兒」，說要傳他日月神教教主之位，並不由分說地要他代表己方出戰！

當著這麼多人的面，尤其是岳不群夫婦也在場，令狐沖倍感尷尬，可又無法分說。所以，在解風笑他「色膽包天」時，他便正色道：「任大小姐有大恩於我，小子縱然為她粉身碎骨，亦所甘願。」——他只說是要報答任盈盈對他的恩情，卻並不自承愛慕任盈盈。

好在風清揚所傳授的劍術高明異常，連武當掌門沖虛道長也自嘆不如。這一局，令狐沖竟不戰而勝！於是，他如願救得任盈盈下山。

這時，意外發生了——岳不群竟然親自向自己的棄徒令狐沖宣戰！

面對從小將他養大、恩同父母的師父、師娘，令狐沖根本無法出招。要不是顧及到任盈盈的去留，他只怕拆不到十招就已經棄劍認輸了。

任我行見狀很著急，示意女兒站到令狐沖的對面去，提醒令狐沖不要忘了他現在應該有的立場。

不過，任盈盈卻一動也不動。她想：「我待你如何，你早已知道，你如以我為重，決意救我下山，你自會取勝。你如以師父為重，我便是拉住你衣袖哀求告，也是無用。我何必站到你的面前來提醒你？」深覺兩情相悅，貴乎自然，倘要自己有所示意之後，令狐沖再為自己打算，那可乏味至極了——這時的任盈盈雖然已經將令狐沖放在自己生命最重要的位置上，甚至超過了父親和她自己，雖然她一時間並沒有領悟到父親當著少林、武當和華山等名門正派諸位掌門的面稱呼令狐沖「沖兒」，說要將愛女許他爲妻的做法，其實含有著意離間令狐沖和正派人士之間的關係，讓他回不了華山派的深層用意，可是她畢竟是一個見過大世面、經過大場面的姑娘，雖然情到深處不能自拔，但卻還保持著應有的冷靜和固有的矜持。

這時，一個讓任盈盈能夠準確掂量自己在令狐沖心目中分量的絕好機會出現了——岳不群在和令狐沖交戰的過程中，居然驀地使出令狐沖和岳靈珊兒時遊戲所「創」的「沖靈劍法」裡的招數，暗示令狐沖師父可以將他重新收歸門下，而且還可以將女兒岳靈珊許他爲妻！

要知道，重歸華山和娶岳靈珊爲妻自始至終就是令狐沖的兩大夢想，長期以來，他簡直就是爲這兩個夢想而活著的。現在師父突然當著天下高手的面，向他允下這兩件事，霎時間，令狐沖只覺得喜悅之情充塞胸臆，臉上也不禁笑逐顏開。在劍招往復中，令狐沖心裡甚至還想到岳靈珊如果迫於父命嫁給自己，「初時定然不樂，但我處處將順於她，日子久了，定然會感於我的至誠，慢慢的回心轉意」，此念一動，他差點立刻就棄劍認輸。

任盈盈自然把這一切點點滴滴都看在了眼裡，心中不知道是酸澀還是苦痛。她想，自己這次二進少林，雖是如願和令狐沖重逢，可是這重逢卻完全不似想像了無數次的那樣歡樂。此刻，她與令狐沖的距離很近很近，可小師妹岳靈珊的影子卻使得她感覺到他們之間相距很遠、很遠。

於是，那種重獲自由以及父女再聚天倫的巨大歡樂，一時間都淡去了，代之以難言的失落和惆悵。

不過，精誠所至，金石爲開，你就是一塊石頭，我也要用我的至誠把你捂熱了——當令狐沖打敗岳不群後暈倒，任盈盈和父親、向叔叔抬著令狐沖勝利離開少林寺的時候，她暗暗地對自己如是說。

雪地：潔白的誓言

從少林寺出來後，任我行等就在離少林寺不遠的一個山洞歇腳——而且任我行爲了給女兒製造一個單獨和令狐沖在一起的機會，讓令狐沖醒來後能與女兒細敘離情，就藉口要向問天陪自己出去溜躂溜躂，把令狐沖和任盈盈兩個年輕人單獨留在了山洞裡。

任盈盈見父親和向叔叔都避了出去，就放任自己將一雙妙目凝視著昏迷的令狐沖，瞬也不瞬。待到令狐沖悠悠醒轉，她馬上滿臉喜色，歡聲叫道：「你……你醒轉來啦！」

令狐沖卻沒有她那麼開心，只是問：「我師父、師娘呢？」

任盈盈很不願意聽他再提起岳不群，就扁扁嘴埋怨道：「你還叫他作師父嗎？天下也沒這般不要臉的師父。你一味相讓，他卻不知好歹，終於弄得下不了台……」——不知不覺中，任盈盈不再掩飾自己的感情，第一次這樣半是撒嬌半是埋怨地對令狐沖說話，渾沒有平日裡「聖姑」的端莊和矜持。

爲了安慰令狐沖，她又替他找了幾條可以刺傷岳不群的理由：「他幾次三番的痛下殺手，想要殺你。你如此忍讓，也算已報了師恩。像你這樣的人，到哪裡都不會死，就算岳氏夫婦不養你，你在江湖上作小叫化，也決計死不了。他把你逐出華山，師徒間的情義早已斷了，還想他作甚？」

說到這裡，任盈盈心旌搖蕩，不由地慢慢放低了聲音，又道：「沖哥，你為了我而得罪師父、師娘，我……我心裡……」話語未完，她低下了頭，暈紅雙頰——大羞之下，她竟沒注意到自己已經改「令狐少君」為「沖哥」，等於是當面付託芳心了。

令狐沖見她露出了小兒女的靦覥神態，火光映照下眞是明豔不可方物，不由得心中一蕩，伸出手去握住了她的左手，嘆了口氣，不知說什麼好。

盈盈柔聲問：「你爲什麼嘆氣？你後悔識得我嗎？」令狐沖趕忙分辯：「沒有，沒有！我怎會後悔？你爲了我，寧可把性命送在少林寺裡，我以後粉身碎骨，也報不了你的大恩。」任盈盈禁不住幽幽道：「你爲什麼說這等話？你直到現下，心中還是將我當作外人。」

令狐沖聞言，心裡一陣慚愧。因爲他很清楚，自己一直以來睡裡夢裡想著的都是小師妹岳靈珊，而對盈盈，哪怕近在咫尺，卻總是有一層隔膜。想到任盈盈對他的恩義，他改口道：「是我說錯了，自今而後，我要死心塌地對你好。」——可這句話一出口，他就不禁想到：「小師妹呢？小師妹？難道我從此忘了小師妹？」

任盈盈當然不知道這時令狐沖的腦海裡又掠過了岳靈珊的倩影，她聽令狐沖這麼說，眼中閃出喜悅的光芒，道：「沖哥，你這是眞心話呢，還是哄我？」她這一問出口，令狐沖再也不自計對岳靈珊銘心刻骨的相思，全心全意地道：「我若是哄你，教我天打雷劈，不得好死。」

令狐沖此言一出，任盈盈喜心翻倒。她將左手慢慢翻轉，也將意中人的手握住了，良久、良久，只覺得一生之中，實以這一刻光陰最是難得。她全身暖烘烘的，一顆心卻又如在雲端飄浮，唯願天長地久，永恒如此。

就這樣，兩個年輕人在經歷了許多波折之後，終於訂下了白首的盟約！

令狐沖低低道：「我要叫你一輩子，只不過不是叫婆婆。」盈盈聽了，俏臉兒上又浮起紅雲，心下甚甜，也低聲道：「只盼你這句話不是油嘴滑舌才好。」

令狐沖「壞壞」地一笑，道：「你怕我油嘴滑舌，這一輩子你給我煮飯，菜裡不放豬油豆油。」

任盈盈聞言，忽然想到了當日在五霸岡外的荒野，二人都受了傷，只能烤青蛙充饑的情景，心裡倍覺溫馨纏綿，於是微笑道：「我可不會煮飯，連烤青蛙也烤焦了……只要你不怕我煮的焦飯，我便煮一輩子飯給你吃。」

令狐沖自幼在華山長大，習慣了要事事哄岳靈珊開心，任盈盈這樣的話頭又豈接不上？他隨即道：「只要是你煮的，每日我便吃三大碗焦飯，卻又何妨？」

盈盈其實明白令狐沖並非眞的浮薄無行，只不過愛油嘴滑舌，以致於連最疼愛他的師娘寧中則都說他「胡鬧任性，輕浮好酒」，雖然十分疼愛他、信任他，但卻也不願把女兒許配給他，江湖上的人更是視他作浪蕩子弟。所以她也並不把令狐沖的話都當眞，輕輕道：「你愛說笑，儘管說個夠好了。其實，你逗我歡喜，我也開心得很呢。」

接著，任盈盈又簡略地敘述了自己在日月神教中的特殊身分、地位以及群雄之所以如此敬她畏她的原因，解開了縈繞在令狐沖心頭許久的謎團，進一步拉近了雙方的距離。

言罷，二人四目交投，半晌無語，沈浸在相知相守的無限快慰之中。

這時，山洞外面傳來異常的動靜，令狐沖和任盈盈遂出去察看。原來，任我行在少林寺中了左冷禪的「寒冰眞氣」，一直強自抑制，此刻終於鎭壓不住，寒氣發作了出來，不得不全力運功散發體內的陰寒之氣，向問天則竭力助他抵擋。任盈盈和令狐沖當即上前幫忙，不一會兒，漫天大雪將他們塑成了四個「雪人」。

任盈盈作爲「雪人」，親耳聽聞了岳靈珊和林平之「海枯石爛，兩情不渝」的誓言，也親眼看見了令狐沖爲了他的小師妹不致受辱於賊人，竟不顧任我行的寒毒還未驅盡，也不顧自己的身體，更不顧剛剛對她許下了終身之約，一改平時不輕易開殺戒的習慣，喊一聲：「你們辱我小師妹，一個也休想活命」，一鼓作氣，竟讓那十七個欲淩辱岳靈珊的壞人無一例外地成了他的劍下鬼！

當岳靈珊離去的時候，令狐沖還怔怔地瞧著她的背影，直到再也看不見了，才慢慢轉回身子。

任盈盈深深了解令狐沖的心，她知道要讓令狐沖在心頭完全抹去岳靈珊的影子是不可能的，也是不明智的，自己若是拈酸吃醋，反而會破壞了二人間好不容易醞釀起來的情緒和氣氛，更加圓夢無望。所以，當任我行說「乖女婿給爹爹驅除寒毒，泰山老兒自當設法治好他的手臂」，弄得令狐沖頗爲尷尬的時候，任盈盈就主動替心上人解圍，低聲阻止父親說：「爹爹，你休說這等言語。沖哥自幼和華山岳小姐青梅竹馬，一同長大，適才沖哥對岳小姐那樣的神情，你難道還不明白麼？……沖哥爲了我大鬧少林，天下知聞，又爲了我而不願重歸華山，單此兩件事，女兒已經心滿意足，其餘的話，不用再提了。」

任我行不知這是女兒善解人意，給足令狐沖面子，還道是愛女的大小姐脾氣發作，爭強好勝，就不再說兩家結秦晉之事，反過來又一次要求令狐沖入教。誰知令狐沖仍然毫不猶豫地說不屑於和日月神教的人爲伍，而且他已經答應了定閒師太，要去接掌恒山派的門戶！

他一言甫畢，任我行哈哈大笑起來，直震得周遭樹上的積雪簌簌而落。任盈盈知道父親是笑話令狐沖堂堂七尺男兒竟要去做尼姑頭目，眞是滑天下之大稽，所以，雖然她自己也覺得這事太過荒唐，可還是很快就提醒父親「定閒師太是爲了女兒而死的」，言外之意就是令狐沖爲定閒效勞也是應該的。於是，任我行終於慢慢止住了笑聲，慨然支援令狐沖上恒山。

這時，令狐沖看著盈盈的眼光中充滿了感激。

「海枯石爛，兩情不渝」，這是岳靈珊的理想，更是任盈盈的理想。

從見性峰到懸空寺：爲誰百計費綢繆？

令狐沖啓程返回少林寺，去取定閒、定逸兩位師太的遺體歸葬恒山時，任我行問女兒是否隨令狐沖同行，其實就是告訴盈盈，若她欲和情郎相廝守，爲父的也絕不反對。可是，任盈盈卻出人意料地選擇了和父親在一起。

當然，任盈盈並不是因爲岳靈珊而生令狐沖的氣，也不是依戀久別重聚的父親不忍離開。她之所以違心地暫別心上人，其實還是在爲令狐沖考慮。

令狐沖一介武夫，當日答應定閒師太作恒山掌門，實在是逼於形勢，迫不得已；現下要上恒山，一來是必須信守諾言，二來也是爲了搪塞一再要求他入教的任我行。他上恒山前固然未曾想到自己接掌門戶後的具體事宜，去到恒山以後，也只是爲接掌之事倍感尷尬。他和儀清等大弟子商定二月十六日舉行接任典禮，且以恒山派大仇未報尙在居喪爲名，只是遣弟子知會四方，並不請武林人士上山觀禮。可是，令狐沖根本不願意去想，這樣消極的躲避畢竟是不能徹底解決問題的事實，每日裡除了暢飲衆尼破例爲他買來的美酒，就是將華山思過崖後洞石壁上所刻的恒山劍法傳授給師姐妹們。爲了不至於因自己的狼藉聲名而壞了恒山派的清譽，他很少和誰說什麼閒話，把往日裝瘋喬癡的小丑模樣收拾得乾乾淨淨；對於任盈盈，他卻幾乎沒有想到過。

可是，任盈盈卻是無時無刻不在想念令狐沖，她擔心令狐沖的掌門會作得不尷不尬，思慮了很久才想出一個主動出擊、打破這分尷尬的絕好計畫——爲了這分計畫能夠實行得萬無一失，她苦心安排經營了近二個月，竟連和父親團圓後的第一個年也沒能好好地過一過。

二月十六日，令狐沖接任恒山派掌門的日子。

本來，令狐沖和一衆弟子料想各門各派都不會派人上山道賀觀禮，不免有點意興闌珊。可是，令他們十分詫異、十分驚喜的是，上峰來的賓客居然絡繹不絕。

一大清早，不戒大師就帶著田伯光上了見性峰，言道特來加入恒山派！然後桃谷六仙、老頭子、祖千秋、計無施、黃伯流、司馬大、藍鳳凰、游迅和漠北雙熊等一干人也都來了。

而且，除了這些當日曾在令狐沖的麾下參與攻打少林寺的群雄以外，崑崙派、點蒼派、峨眉派、崆峒派、丐幫等各大門派也都遣使者呈上掌門人、幫主的賀帖和賀禮。還有，武林的泰山北斗——少林和武當的掌門人方證大師和沖虛道長也都親自上山向令狐沖表示祝賀。

甚至，連魔教教主東方不敗也派教中極有頭臉的「黃面尊者」賈布和「鵰俠」上官雲送來了禮物！

只有左冷禪以五嶽劍派盟主的名義，像當年阻止劉正風金盆洗手一樣，派「大陰陽手」樂厚等人手持五嶽劍派的盟旗，以令狐沖並非出家女尼，且結交奸邪為理由，下令阻止他接掌恒山門戶——其實，左冷禪的眞正用意是想置令狐沖於死地，然後藉機控制恒山派。

於是，一向清淨的恒山主峰見性峰一時間魚龍混雜，情勢複雜，連德高望重、衆望所歸的方證大師都頗爲躊躇。

衆人正自爭執不下，亂作一團之際，一乘青呢小轎來到見性峰頂，轎帷掀開，走出一位身穿淡綠衣衫的美豔少女，向方證和沖虛斂衽爲禮——她自然是任盈盈。

只聽任盈盈大聲道：「衆位聽了，咱們今日前來，都是來投恒山派的。只要令狐掌門肯收留，咱們便都是恒山弟子了。恒山弟子，怎可算是妖邪？」

於是令狐沖恍然大悟，感激地想：「原來盈盈早料到我身爲衆女弟子的掌門，十分尷尬，倘若派中有許多男弟子，那便無人恥笑了。因此特地叫這一大群人來投入恒山派。」——要知道，那不戒是個粗人，哪裡會想到如此絕妙的計策？他的行事自然也是出於任盈盈的安排。

方證大師聞言頻頻點頭，喜道：「如此甚好。這些朋友們歸入了恒山派，受恒山派門規約束，眞是武林中一件大大的好事。」

樂厚和他帶來的嵩山、華山等各派弟子見敵衆我寡，對方倘若翻臉動手，那自己這方面可占不了什麼便宜，當下只得灰溜溜地鎩羽而歸。

令狐沖終於順利地接任了恒山掌門！

換言之，任盈盈未雨綢繆，指揮若定，就這樣輕輕巧巧地用一句話平定了大局，不僅幫助心上人渡過了眼前的難關，而且還消弭了一場一觸即發的血腥殺戮。否則，佛門善地見性峰就得像當年劉正風的府第一樣，成了嵩山派肆意為非作歹的地方。

方證和沖虛見大局已定，就按原計畫邀令狐沖密議阻止左冷禪稱霸的大事。為免隔牆有耳，他們去了見性峰旁翠屏山的懸空寺。

那懸空寺共有兩座樓閣，左為靈龜閣，右名神蛇閣，皆高三層，凌虛數十丈，相距數十步。兩座樓閣之間有一飛橋相連。飛橋闊僅數尺，一般人若登臨此處，放眼四周皆空，雲生足底，如身處天上，自不免心目俱搖，手足如廢。好在方證、沖虛和令狐沖均是當世一等一的高手，臨此勝境，俱都胸襟大暢，三人之間的談話也就完全開誠布公，很快就商定在三月十五日那一天聯手大鬧嵩山，阻止野心勃勃的左冷禪成為五嶽派掌門，以避免武林從此多事。

可是，這三人的武功誠然冠絕當世，但卻都是正人君子，從見性峰到懸空寺一路行去，竟無一人察覺他們身後還有人悄悄跟蹤。待得他們密議已畢，欲離開天橋，踏上歸程的時候，卻突然發現靈龜閣和神蛇閣中都伏得有人——他們被幾十枝水槍包圍了，而且這些水槍所發射的黑色水箭十分厲害，不僅奇臭無比，還具有極強的腐蝕性！他們身處二閣之間窄僅數尺的天橋之上，下臨萬丈深淵，既不能縱躍而下，又無迴旋餘地，加之三人均未攜帶兵刃，猝遇變故，不禁都吃了一驚，臉上變色，眼中微露懼意。

設伏者們的頭領見狀，得意非凡，竟獅子大開口，向令狐沖他們「借三隻右手」！令狐沖識得他的聲音——原來竟是東方不敗派來的使者賈布。

在這千鈞一髮之際，忽聽得靈龜閣屋頂一個清脆的女子聲音喝道：「且慢！」跟著便似有一團綠雲冉冉飄落，擋在令狐沖身前——她自然是任盈盈。

令狐沖見她自陷羅網，急忙大叫：「盈盈，退後！」可盈盈只是反過左手，在身後搖了搖，身子卻並不曾有半點後退。只見她右手高舉日月神教教主的黑木令，大聲呼喝：「教主有令，賈布密謀不軌，一體教眾見之即行擒拿格殺，重重有賞！」又呼喚上官雲道：「上官叔叔，你將叛徒賈布拿下，你便升作青龍堂長老。」——她從容地使起了離間計，自然是經過深思熟慮的。

雙方正僵持間，靈龜閣下忽然有人驚慌地呼叫著火了，任盈盈趁機一邊喊著日月神教的切口「千秋萬載，一統江湖」，一邊向前疾衝，混亂中，賈布手下的二十名教眾很快被令狐沖他們三人徹底解決了。任盈盈在方證的幫助下將賈布扔到了翠屏山外的深谷之中，又拿言語收服了上官雲。這一場短兵相接，便這樣以盈盈的大獲全勝而告終。

令狐沖十分感激任盈盈，向她一笑，說道：「虧得你來相救！」又心裡疑惑，忍不住問：「你怎知賈布他們前來偷襲？」

原來任盈盈在賈布他們送禮的時候就開始懷疑了，她回答道：「東方不敗哪有這等好心，會誠心來給你送禮？我初時還道四十口箱子之中藏著什麼詭計，後來見賈布鬼鬼祟祟，領著從人到這邊來，我起了疑心，帶老先生他們一起過來瞧瞧。那些守在翠屏山下的飯桶居然不許我們上山，一下子便露出了馬腳。」上山後，盈盈就帶人伏在四周，並安排好了硫磺硝石和茅草，要在關鍵時刻點燃茅草擾亂賈布他們的心神。此計果然奏效，終於成功救得了令狐沖和方證、沖虛。

盈盈一天之內建立了兩番奇功，連方證、沖虛都對她刮目相看，令狐沖雖然仍覺得近在咫尺的任盈盈形象飄飄渺渺，如煙如霧，不似小師妹岳靈珊雖多時不見，卻常常面目清晰地入夢來。但是，他對她的感激卻是無以復加的。

當然，盈盈並不需要令狐沖感她的恩。在並肩回見性峰的路上，當令狐沖感謝她讓手下的豪客們投歸恒山，爲他解了大圍，說：「若不是聖姑有令，這些放蕩不羈、桀驁不馴的江湖朋友怎肯來做大小尼姑的同門？來乖乖地受我約束？」盈盈卻抿嘴一笑，不肯居功，她說道：「那也未必盡然，你做他們的盟主，攻打少林寺，大夥兒都很服你呢。」

同時，任盈盈還針對令狐沖的心病，竭盡安慰之能事。她說：「連少林、武當掌門對你也禮敬有加，還有誰敢瞧你不起？你師父將你逐出華山門牆，你可別永遠將這件事放在心頭，自覺愧對於人。」她又道：「你身爲恒山掌門，已於天下英雄之前揚眉吐氣。恒山華山兩派向來齊名，難道堂堂恒山派掌門，還及不上一個華山派的弟子嗎？」

這一番話體貼入微，合情合理，說得令狐沖胸口一熱，馬上表示自己願意和她一起去黑木崖，襄助任我行奪回教主之位。

早在親眼目睹令狐沖為了小師妹岳靈珊大開殺戒的那個大雪紛飛的時刻，任盈盈就想明白了，既然自己愛的是一個眞性情的漢子，那麼愛就未必一定要獲得回報。

其實，付出就是愛，付出就是幸福。

月夜傷逝・翠谷合奏：心心相印

三月十五日，嵩山派定下的五嶽併派的日子。令狐沖和少林、武當兩位掌門按照既定的方針，先後來到了嵩山封禪台。任盈盈心繫令狐沖，也易容到此。

比武爭奪五嶽劍派掌門的結果非常出人意料——令狐沖爲了逗岳靈珊開心，竟置自己與方證和沖虛的約定於不顧，不顧一切地自殘在小師妹的劍下；

而岳不群居然刺瞎了左冷禪，成為五嶽劍派的第一任總掌門。他所使用的武功令任盈盈想到了詭異無比的東方不敗。

然後，偷偷修習了《辟邪劍譜》的林平之武功突飛猛進，終於殺了余滄海和木高峰，報了父母的血海深仇，但他自己卻也被木高峰駝峰裡暗藏的毒水弄瞎了雙眼。他的新婚妻子岳靈珊雖然惱他數度置她於險境而不顧，致使她受傷受辱，但仍然對丈夫情深款款，護著林平之雙雙離去。

令狐沖想小師妹青春年少，父母一向愛如掌珠，同門師兄弟對她也無不敬重愛護，如今卻見她受林平之這等折辱，情不自禁地流下淚來。任盈盈把這一切看在眼裡，心裡便有了計較。她主動告訴令狐沖，不必為了顧慮她會不高興而放棄保護岳靈珊的念頭，而且她還願鼎力相助——其實，這時的令狐沖身負重傷，若遇強敵，自保都困難，更不必提保護小師妹了。任盈盈這樣說，等於是把護衛岳靈珊的責任完全攬到了自己身上。

令狐沖聞言，心下自然好生感激，尋思：「她為了我，什麼都肯做。她明知我牽記小師妹，便和我同去保護。這等紅顏知己，令狐沖不知是前生幾世修來？」——其時又是初春，離他們在洛陽綠竹巷的邂逅正好是一年了。這一年裡面，他倆經歷了多少坎坷、多少波折啊，到這時候，令狐沖才確認在這世上，他已經只有任盈盈一個親人了。令狐沖伸過右手，按在盈盈左手的手背上；盈盈的手微微一顫，卻不縮回。

令狐沖忍不住對盈盈說：「若得永遠如此，不再見到武林中的腥風血雨，便是叫我作神仙，也沒這般快活。」

任盈盈聽了心花怒放，輕輕道：「直到此刻我才相信，在你心中，你終於是念著我多一些，念著你小師妹少些。」——她的愛終於得到了回報。

任盈盈和令狐沖沒有想到，林平之爲了投靠左冷禪，竟然狠心殺妻！而岳靈珊雖然死在狠毒的丈夫手裡，卻絲毫不怨恨他，相反的，還苦苦哀求令狐沖在她死後照顧她的「平弟」。

令狐沖對岳靈珊一向有求必應，她這最後的哀懇自然是不忍拒絕的，只有任盈盈忍不住插了一句：「你……你怎可答允？」不過，眼見令狐沖爲岳靈珊的慘死暈了過去，而岳靈珊臨終前又是那樣的無怨無悔，任盈盈覺得自己彷彿就在這一剎那間明白了許多人生的道理，更加懂得了愛就是只求付出，不求回報！這種付出，其實就是一種幸福，至高無上的幸福！

於是，任盈盈好好地安葬了岳靈珊，等令狐沖醒來，就遞給他一串烤熟的青蛙——又是焦的！

兩次吃蛙，中間已經過了無數的變故，但終究兩人還是相聚在一起。

令狐沖道：「盈盈，我對小師妹始終不能忘情，盼你不要見怪。」

盈盈笑道：「我自然不會怪你。如果你當眞是個浮滑男子，負心薄倖，我也不會這樣看重你了。我開始……開始對你傾心，便因在洛陽綠竹巷中，隔著竹簾，你跟我說怎樣戀慕你的小師妹。」

從此，任盈盈和令狐沖開始合奏〈笑傲江湖〉曲。

「千秋萬載，永爲夫婦。」

任盈盈的人生哲學

處事篇

任盈盈，這個《笑傲江湖》的頭號女主角，與《射鵰英雄傳》的第一女主人翁黃蓉一樣，自現身以後，就無時無刻不在影響著男主人翁的生命。

如果沒有黃蓉，郭靖只是一個粗豪的大漠漢子；而如果沒有任盈盈，令狐沖也不過是華山派貪杯好酒的大師兄。如果沒有黃蓉，郭靖只是一個受人戲弄的「蠢小子」；而如果沒有任盈盈，令狐沖在失了武功、成了棄徒之後，身敗名裂地死亡也許會是他唯一的下場，更不用說成爲以後義薄雲天、同時受黑白兩道敬仰的令狐大俠了。

卻說任盈盈與黃蓉、趙敏一樣，同是不能見容於正統人士的所謂邪魔歪道。可在黃蓉、趙敏不約而同地被正派大俠們稱作「妖女」，被迫爲她們的愛情而奮力抗爭時，任盈盈，這個日月神教教主任我行的女兒、教中高高在上的「聖姑」，卻意外地被少林寺掌門方證大師等尊稱爲「任大小姐」，博得了絕大多數白道人士的好感。即使是在任我行意圖稱霸江湖之時，作爲他唯一直系親屬的任盈盈，卻仍意外地未被遷怒在內。

應該說，這在武俠世界裡是非常罕見的。

還有，黃蓉、趙敏之所以最終能夠被白道人士所接受，其先決條件在於她們捨棄了自己慣常的生活方式——桃花島的小蓉兒變成了黃女俠；汝南王府的郡主趙敏則爲了愛情背叛了親情，成爲有家歸不得的「孤兒」。只有任盈盈不一樣，一向門戶之見森嚴的白道諸派，幾乎在一開始就接受了她，於是她不但不必脫胎換骨、改變身分，反而在黑白兩道之間游刃有餘，這，不能不說是一個特例。

那麼，任盈盈究竟有什麼魅力，使得江湖英雄爲之盡相折腰呢？

正邪難辨的武林局勢

雖然金庸先生的《笑傲江湖》刻意模糊時代背景，但在故事的發展中，我們仍然可以窺探到一些屬於時代特徵的東西。在閱讀中，我們發現當時的武林局勢空前嚴酷，人人自危，各派劍拔弩張，一點點火星都有可能引發燎原之火。

就大局來說，「魔教」與以少林爲首的名門正派歷來對峙，近幾十年裡，爲了武林奇書《葵花寶典》，「魔教」與五嶽劍派更是爆發了兩次大規模的戰事，雙方各有死傷。而江湖上的其他小規模衝突也是接連不斷。那「魔教」行事詭秘、出手狠辣，名門各派只要提及「魔教」二字，便會爲之色變。

同時，「魔教」與名門正派又有著千絲萬縷的聯繫——且不論任盈盈與令狐沖的愛情、劉正風與曲洋的友情，即使是名門正派之首的少林掌門方證大師，亦與「魔教」的黃鍾公有交情，更遑論其他。而且，滿口武林大義的名門正派其實常常名不副實，不但各派之間互有算計之事，即使在同一個門派之內，也是充滿了殺機。比如，左冷禪與岳不群不擇手段地爭奪五嶽盟主之位，青城派爲了《辟邪劍譜》濫殺無辜，左冷禪還在各派之間廣布陷阱，勞德諾就是他在華山派內部埋伏下的奸細。

又比如，岳不群爲了《辟邪劍譜》不惜算計自己一手撫養長大的令狐沖，更有甚者，他還在謀奪劍譜的過程中把親生女兒岳靈珊當成了一枚隨用隨棄的棋子；而泰山派門下諸長老爲了一己之貪欲，則不惜背叛自己的老祖宗；還有，華山派劍、氣二宗之間的爭鬥也十分殘酷，氣宗甚至買了妓女冒充小姐去欺騙劍宗同門風清揚，最後兩宗自相殘殺，死傷慘重。

總之，在名利的誘惑之下，所謂的俠士亦隨時會變成修羅。那「魔教」內部也不安寧，先有東方不敗陰謀篡奪教主之位，後有楊蓮亭借東方不敗之名行屠戮之逆，只弄得一干老臣走的走、死的死。況且這楊蓮亭能力平平，所仗的不過是東方不敗的寵信和慘絕人寰的「三尸腦神丹」而已。

於是，這種正邪難辨的局勢和任盈盈本身的處事智慧相結合，造就了武林的一個奇蹟，爲任盈盈追求理想的生活提供了可能。

怎一個「恩」字了得

與讓人單純地感到畏懼、害怕的東方不敗不同，任盈盈雖然也是日月神教高高在上的首腦人物，但她給人的感覺卻是——仁義。

在那些稱霸江湖的武林群豪們心中，任盈盈的形象是神聖的，他們甚至覺得聖姑若生氣把自己殺了倒沒什麼，但假如衝撞了她、惹得她生氣，那可大大的不妙。甚至當老頭子誤以爲令狐沖對自己女兒圖謀不軌時，想到的居然是

「糟蹋了我不死孩兒那就罷了」，卻怕因此對不起任盈盈。

書中反覆強調，任盈盈之所以能讓群豪如此相待，是因爲她曾經多次爲他們向東方不敗求情，使他們按時得到「三尸腦神丹」的解藥，保住了性命和尊嚴。換言之，任盈盈對於「三尸腦神丹」解藥的發放有著一定的支配權。

那麼，這「三尸腦神丹」究竟是什麼玩意？任盈盈又爲什麼能夠擁有其解藥的發放權呢？

第三十六回〈傷逝〉說到，這「三尸腦神丹」是「魔教」中最厲害的東西，服了這丹藥後，每年端午節必須服食解藥，抑制住丹中所裹的尸蟲，否則尸蟲脫困鑽入人腦之中，嚼食腦髓，不但痛楚難當，而且到時狂性大發，連瘋狗也不如。

由此記載可知，這「三尸腦神丹」大概與傳說中苗人所養之蠱蟲有異曲同工之妙。而所謂日月神教的端午節大宴，其實就是得到解藥的倖存者之慶祝宴。於是，一年一度的端午佳節成了決定那些游離於白道之外的能人異士們生死的分界嶺。

當日任我行在位之時，群豪的日子尚可過得，到了東方不敗接任教主之後，就動輒扣住解藥不發，搞得他們憂心忡忡，惶惶然直如喪家之犬。幸好教中有了任盈盈，這位前任教主的女兒、現今的「聖姑」，在東方不敗的有意抬高之下，差不多和教主一樣擁有支配解藥發放的權利。於是只要任盈盈開口求情，東方不敗就立即發下解藥，也就是說東方不敗是成就任盈盈在群豪眼中「救命菩薩」般崇高地位的最根本原因。

其實，因解藥而得到任盈盈恩惠的江湖異士並不多，因爲「這等靈丹妙藥，製煉極爲不易，我教下只有身居高位、武功超卓的頭號人物，才有資格服食」。但這些人大多是血性漢子，比如黃河老祖、計無施、司馬大等，「滴水之恩，湧泉相報」的精神在他們身上得到了充分的體現，他們都將任盈盈看作是自己的再造恩人。同時他們也並非泛泛之輩，或是武藝高強，或是統御一方的幫主島主，門下師兄弟、徒子徒孫衆多。正所謂一人受惠，上下感恩，直接得到解藥的雖只是少數人，感任盈盈之恩的卻是極多。

其後，在江湖人口耳相傳之下，使得任盈盈對少數人的恩義以一種輻射的方式傳遍整個江湖。於是在聲勢浩大的輿論與衆人的盲從之下，確立了「聖姑」任盈盈在江湖人心中的崇高地位。

可是，我們必須看到一個事實，那就是任盈盈的恩義並非完全基於悲天憫人的仁慈思想。她從未主動地爲人求藥，她只在衆人哀哀懇求之下才這樣做。甚至，在十八歲時，任盈盈就拋下了這些需要她幫助的人，離開黑木崖去躲清淨了。

由此可知，任盈盈在主觀意識裡並沒有把群豪的生命當成一回事。在她的心目中，這些江湖漢子是絕對無法與自己生活的安適相提並論的，當然，他們的生命也不值得自己特別掛懷。在她下令要殺令狐沖後，她曾經對令狐沖說如果他離開了她，「只怕過不了明天，便死在那些不值一文錢的臭傢伙手下」——群豪爲了「聖姑」可以傾其所有，可以出生入死，但在任盈盈眼裡卻是不值分文！

所以，當任盈盈向令狐沖解釋自己與群豪的淵源時，她只是輕描淡寫地道：「不過老是要我向東方不敗求情，實在太煩。……前年春天，我叫師姪綠竹翁陪伴，出來遊山玩水，既免再管教中的閒事，也不必向東方不敗說那些無恥言語。」雖然她強調「他們來向我磕頭求告，我可硬不了心腸，置之不理」，但其實她的實際行動就已經是一種「置之不理」了。

如果說任盈盈對江湖群豪的恩義，只是無心插柳的結果，那麼她對令狐沖的恩義則是一種有意栽花的行爲了。

任盈盈遇見令狐沖時，正是令狐沖一生中最黑暗的時光，不僅是撫養他長大的師父師娘、青梅竹馬的心上人岳靈珊以及同門師兄弟都唾棄他，甚至連他本人都對自己失去了信心，心中已經萌生了死的念頭。在這種英雄末路的悲慘境遇中，任盈盈是第一個全然信任他的人，而且還是個陌生人。

試想，當時的令狐沖怎能不爲這種知遇之恩而感動莫名？

而且，任盈盈對於令狐沖的幫助，不僅在於救治他的身體，更在於對他內心的包容與理解。因爲雖然任盈盈曾不只一次救過令狐沖，但對於令狐沖這種不羈浪子，挽救他精神上的獨立完整比單純命令「殺人名醫」平一指爲他治傷的意義更大。

正因爲這樣，當任我行逼婚時，任盈盈曾大度地說：「沖哥爲了我大鬧少林，天下知聞，又爲了我而不願重歸華山，單此兩件事，女兒已經心滿意足，其餘的話，不用提了。」在任我行嘲笑令狐沖要去作恒山派掌門時，任盈盈則以一句「定閒師太是爲了女兒而死的」，讓令狐沖看著她的眼光中充滿了感激之意。

任盈盈對令狐沖的恩義，還表現在她對岳靈珊的寬容和幫助。岳靈珊是令狐沖的初戀，是令狐沖內心最柔軟且不可碰觸的一角。令狐沖對岳靈珊的癡情幾乎赤裸裸地暴露在每個人的眼裡，而在嵩山爭奪五嶽盟主一戰中，岳靈珊劍傷令狐沖使得恒山派的衆尼姑都憤怒了，可任盈盈卻仍然採取了一種包容的態度，不僅毫無怨言，而且在岳靈珊落難之時，還主動地去幫助她。

甚至，任盈盈還允許令狐沖在內心深處保留初戀的一角。所以，露宿嵩山封禪台的那一夜，當她看到令狐沖仍然癡戀小師妹時，就以裝睡應付自己的尷尬；共赴華山時，雖然他們已經兩情相悅，互有誓盟，但當令狐沖在小師妹房間裡睹物思人之際，任盈盈仍然主動退出，留給他自由緬懷的空間。

這種以退爲進的處事方式效果很好，使得任盈盈逐步在令狐沖的心中紮穩腳跟，最後成爲他心的一部分——這個不羈的江湖浪子，終於不知不覺被一張「恩義」的網牢牢縛住，成爲了任盈盈感情的「俘虜」。

「恩」的背後

雖然群豪們都毫無異議地堅決服從「聖姑」任盈盈的命令，但這種恩義是建立在一種名叫「三尸腦神丹」的毒藥上的。而且，在恩義的背後，任盈盈還有心狠手辣的一面。

「三尸腦神丹」一直是日月神教教主控制部下的得意利器，尤其在東方不敗執掌日月神教之後，這種作用更是被空前地運用發揮著。作爲教中的「聖姑」，任盈盈同樣也接受了這種「三尸腦神丹」文化的影響。所以任盈盈一方面可以爲群豪求取解藥，而另一方面也可以在談笑之間以「三尸腦神丹」制服那些需要利用的人。比如她就曾經脅迫教中長老上官雲與五嶽盟主岳不群等人服下「三尸腦神丹」。其中，尤以強迫岳不群服下「三尸腦神丹」的那一段最爲經典：

盈盈先是揮動長劍，割斷了綁縛住岳不群的繩索，走近身去，解開他背上一處穴道，右手手掌按在他嘴上，左手在他後腦一拍。岳不群口一張，嘴裡已多了一枚藥丸，同時任盈盈以右手兩指揑住了他的鼻孔，岳不群登時氣爲之窒，不由張嘴吸氣。盈盈手上勁力一送，登時將那藥丸順著氣流送入岳不群腹中。

任盈盈這樣做的時候故意背向令狐沖，遮住了他的眼光，是以令狐沖不但沒有察覺，心裡還爲任盈盈肯聽自己的話放了他的師父而甚感安慰。

然後任盈盈藉口教中長老穴道點得狠，怕岳不群承受不起解穴的衝擊，故意又等過了一會，料知岳不群腸中藥丸漸化，已無法運功吐出，才替他解開餘下的兩處穴道，並俯身在他耳邊低聲道：「每年端午節之前，你上黑木崖來，我有解藥給你。」

那麼，盈盈爲什麼要騙令狐沖呢？原因很簡單，岳不群是令狐沖的恩師，如果令狐沖知道她以「三尸腦神丹」控制岳不群，他必然會出言制止。而以她的立場，「此人在武林中位望極高，機智過人，武功了得」，他若歸屬日月神教，定將大大有利於任我行統一江湖的霸業，她怎能輕易放棄這顆有用的棋子？

然後，任盈盈馬上改變了原來要鮑大楚把岳不群揮刀自宮的事宣揚得江湖上人所盡知的主意，說：「五嶽派掌門岳先生已誠心歸服我教，再也不會反叛」，「那麼於他名譽有損之事，外邊也不能提了。他服食神丹之事，更半句不可洩漏」，就這樣很輕巧地爲父親保全了岳不群的使用價值，可見她心思之縝密。

同樣是爲了情郎而改變殺人的初衷，任盈盈之不殺岳不群和黃蓉之不殺傻姑相比，其性質大不一樣。想來即使是機變無雙的黃蓉，也會因爲盈盈的高明手腕而生佩服之心吧！

同時，雖然金庸先生在寫作時礙於任盈盈在小說中的地位和自己對這種類型女人的憐惜，不能也不忍心將任盈盈這種有悖於「俠義」精神的「小心思」寫得過於明白，但只這麼寥寥的幾筆，任盈盈那不爲人所熟識的陰狠的一面就被淋漓盡致地刻畫出來了。而如此面目的任盈盈，正是平時被掩蓋在「聖姑」華冠之下的另一部分眞實的任盈盈。

如果說在收服岳不群事件上，我們還能以「三尸腦神丹」煉製不易，服用它是受日月神教教主器重的標誌來作爲替任盈盈辯護的理由，那麼，在五霸岡群雄會後，任盈盈的出現居然嚇得那些大男人們迫不及待剜了自己的眼睛，以示他們眞的什麼也沒看見，唯恐不能取信於聖姑的事實，就很值得讀者尋思玩味了。

在任盈盈看來，將這些中原英豪們發配到那座人跡不至、極是荒涼的東海蟠龍島，只不過是「上去玩玩罷」了。同樣的，那些在她的一聲命令之下齊齊投奔了恒山派的江湖豪士們，在她眼裡也只是比不上她的沖郎任何一根頭髮的一群臭男人而已，不值得她一掛懷。

而任盈盈的這種看法，必然地也影響到了她的行爲處事。所以當她判決那十數個武林豪傑充軍荒島之時，他們臉上流露出的不是悲苦，而是喜色——看來，流放在聖姑的「刑罰庫」裡算是很輕的一種。也正因如此，令狐沖既驚奇又駭然，在內心深處產生了一種戰慄、恐懼之感。而此後很長時間裡，這種情緒一直影響著他與任盈盈的交往。

至於任盈盈因爲不願與少林寺和尚照面，就毫不猶豫地出手殺了覺月和易國梓等四個少林弟子，還有，在令狐沖繼任恒山掌門之際，爲告誡群豪不得騷擾恒山派的大小尼姑、姑娘，她說：「過了今天之後，若是有人踏上見性峰一步，上左足砍左足，上右足砍右足，雙足都上便兩腿齊砍。」這些更是充分說明了任盈盈的處事方式有著狠辣的一面。

小說中，雖然令狐沖在驚異群豪對任盈盈的敬畏與無條件服從之餘，相信了任盈盈對此的解釋，並一直深信不疑。可當我們仔細分析之後，卻會發現事實其實並不盡然。

試想，這些桀驁不馴的江湖豪俠之士，平日裡個個狂妄自大，好勇鬥狠，誰都不服誰，就算是在要去攻打少林寺，救出他們奉若神明的「聖姑」時，也會在半路上爲了爭奪「討伐軍」盟主之位而大打出手，弄得還沒開戰就死的死、傷的傷，著實折損了不少人手。但爲什麼他們一見了「聖姑」就一個個變得像綿羊似的了？

按常理推之，對救命恩人的態度應是由感激而生親近之意，即使礙於任盈盈乃本教「聖姑」的特殊身分而不敢親近，那也不至於心生懼怕，甚至爲求取盈盈的信任而自剜雙眼。

所以，我們幾乎可以肯定，雖然作者沒有明寫，可群豪能敬畏任盈盈到主動剜目流放的地步，其中的內情絕不是像任盈盈所說的，只是幫他們求取解藥這麼簡單！

而根據任盈盈能隨時取出一顆「三尸腦神丹」強令人服下的事實，我們又可以進一步證實上文所作的推測：任盈盈和東方不敗一樣，也擁有掌握和控制「三尸腦神丹」的權力，也就是說她對這些江湖豪士有著生殺予奪之大權。

另外，任盈盈當日在五霸岡上能夠隨口叫出二個少林弟子的名字，而且還知道他們以及崑崙派譚迪人的底細。而作爲華山首徒的令狐沖卻只能透過他們自己的談話知道一個姓易，一個姓辛。而且，在任盈盈想要流放人的時候，她又隨口就說出了東海蟠龍島的名字。這兩件事，一個只有名號沒有實權、沒有行事魄力的姑娘家能做得到嗎？

優游江湖，進退自如

任盈盈雖沒有如黃蓉輔助郭靖那樣，調兵遣將，決勝於沙場；也沒有像小昭那樣，揮舞著令旗以一個丫頭的身分指揮明教教衆抵擋住了元人的圍攻。可任盈盈的心思縝密，善於佈局的指揮才能仍然在字裡行間透露了出來，成爲她的智慧亮點。

早在任盈盈與令狐沖相識之初，她就曾爲使令狐沖無法離開自己而匪夷所思地下了誅殺令狐沖的命令。在令狐沖主動遞過劍去要她親手殺了他時，任盈盈則哭泣著承認是因爲喜歡他、不願他離開自己，才借殺他之名，行留他之實——這樣的愛的表白方式新穎獨特，可比喊千萬句「我愛你」更能打動人！何況令狐沖正在失意之際，他眼見面前美人如帶雨梨花，雖然此時仍心繫小師妹，卻也忍不住心神爲之一蕩。

於是，任盈盈一掃令狐沖對她心狠手辣之舉的不快，爲今後兩人關係的進一步發展奠定了很好的基礎。

而最能體現任盈盈這種智謀的，莫過於她與少林寺之間的淵源糾葛了。

雖然「魔教」與名門正派對峙已久，可從方生大師所說的一句「敝派與黑木崖素無糾葛，道兄何以對敝派師姪驟施毒手」中可以判斷得出，在任盈盈出手殺了覺月與易國梓等四人之前，少林寺與日月神教之間並無直接的仇怨過節。

當時任盈盈尚未得知少林寺能夠解救令狐沖，也未體會到即將失去令狐沖的那種撕心裂肺的痛楚，所以在她看來殺個把人是無所謂的，即使他們是天下第一大派少林寺的弟子也沒什麼兩樣。可是，不久她就得知少林和尚有辦法救令狐沖，而自己對他的感情也已到了可以生死相許的地步。但若要救令狐沖，就必須上少林寺。可是以她目前的武功是絕對打不過那些少林和尚的，何況自己還在前不久殺了四名少林弟子，與少林寺結下了最新的樑子。

這該如何定奪呢？

如果貿然前去求取，恐怕不但無法求得，還得把自己失陷在裡面；如果派人去少林寺偷盜，還不知多久才能找到武學秘笈《易筋經》，而且即使找到了，少林寺高手如雲，偷取也是一件極難的事，稍一失手，可就打草驚蛇，完全斷了後路了。況且，即使盜來了《易筋經》，在無人指點下修習也是一件極凶險的事，何況這一拖兩拖的，還不知令狐沖能否等得到得手那天。

任盈盈思之再三，覺得還是自己親自上少林寺求取經書更為可行一些。當然，鑑於自己前不久剛殺死了少林寺的弟子，普通的求取方法必然是行不通的了，於是任盈盈就擬出了一個以生命相搏的連環計。

當然，這其中也有賭上一賭的成分，更包含著任盈盈對令狐沖那種可以生死相許的愛情，否則，以任盈盈之智慧，是斷不會拿自己的生命去冒險的。後來，事實證明，這一賭任盈盈不但贏了，而且贏得相當漂亮。不但令狐沖本人恨不得以生命來回報她的恩情，公然率領她手下那些江湖群豪來圍攻少林寺，徹底把自己與她捆在了一起。即使是那些名門正派之士也為此而感動，甚至恒山派的掌門師太定閒也主動前來少林寺保她出去。

當然世事並不是都那麼十全十美的，不但令狐沖因不願改換門庭而放棄學

《易筋經》心法之事是任盈盈所始料未及的，而父親任我行其實是被東方不敗囚禁在西湖底下的地牢裡，在此時脫困出來，重返江湖，更是大大出乎任盈盈的意料。

不過這幾個月的少林寺囚徒生涯，極大地改善了名門正派對任盈盈的印象，塑造了一個有情有義的「任大小姐」的良好形象，爲她以後與令狐沖的交往掃除了一部分障礙，這倒是任盈盈的意外收穫。

當任盈盈打定主意非令狐沖不嫁之後，她就面臨一個迫切的問題，即如何在當時那種混亂的環境下持續經營發展她的愛情。在父親的支持下，日月神教這方面當然沒有什麼麻煩，問題在於令狐沖曾是華山派的弟子，然後又成了恒山派掌門，始終是正教中有頭有臉的人物。所以，礙於令狐沖的身分，如何爭取白道對他們聯姻的認可成了任盈盈面臨的最大難題。

名門各大派中最有地位的莫過於少林武當二家，任盈盈首先必須爭取他們的支持。

少林方證大師與武當沖虛道長都是深藏不露的第一流角色。方證處事寬容，慈悲爲懷；沖虛計謀過人，謹言愼行。任盈盈若要爭取他們不是不可能的，重要的是怎樣爭取。而翠屏山懸空寺之變則爲任盈盈與少林武當攀上交情提供了絕佳的機會。

令狐沖接任恒山掌門那一天，東方不敗居然派賈布與上官雲送來賀禮，天性聰穎的任盈盈不禁暗暗起了疑心。於是任盈盈在他們跟蹤令狐沖、方證方丈與沖虛道長之時，悄悄來了個「螳螂捕蟬，黃雀在後」。當賈布與上官雲用腐肉蝕骨的毒水逼著令狐沖等三人自斷一臂之時，任盈盈飄然出現，制伏了賈布，收服了上官雲，對他們帶來的八十名大漢【注二】也或殺或收，很快就完全控制了局面。

任盈盈此舉雖然主要是爲了救情郎，但是在衆目睽睽之下，她無疑也對方證和沖虛有了救命之恩。而以這二人在武林的表率地位，又豈能知恩不報？

在別人眼裡，任盈盈飛身擋在毒水前面可是危險得很，足見她對情郎令狐沖的感情深厚。可此舉對於「聖姑」來說，其實並不太危險，因爲一來在教中她積威已久，二來她手中持有日月神教至聖之物——黑木令，料想教衆斷無敢傷她之意。

果然，雖然賈布下了射毒水之令，可手下人卻無人敢執行他的命令。即使退一萬步，賈布手下眞有人聽令射出了毒水，我們也能斷定受害人絕不會是任盈盈，甚至也不會是令狐沖。

所以，此時的任盈盈雖然面對腐肉蝕骨的毒水，可形勢反而比在少林寺的時候安全多了。而就這樣做的結果來看，既然她對方證、沖虛有了救命之恩，礙於此，他們也不可能再對令狐沖說什麼「魔女」、「妖邪」之類勸其疏離她的話了，即使他們說了，聽在令狐沖耳裡也只會覺得他們恩將仇報，不夠厚道，而絕不至於爲他們的話而變了心意、亂了方寸。

再者，賈布服誅、上官雲受制於「三尸腦神丹」的結果，還讓任盈盈意外地爲父親任我行重新得回教主的地位進一步掃清了障礙。事實上，任我行之所以能攻破黑木崖，很大一部分原因也是借了上官雲這顆引路棋子的光。任盈盈此舉，可謂一石三鳥。

不久，在令狐沖的幫助下，任我行終於奪回了被東方不敗篡奪長達十二年之久的教主之位。而在任我行霸業未成身先死之後，打定主意要與令狐沖廝守終生的繼任教主任盈盈又面臨一個棘手的問題：父親任我行可以不在乎與名門正派交惡，可她與令狐沖的幸福自由，卻必須首先構建在她本人得到名門正派認可的基礎之上。

幸好任盈盈早就埋下了與少林武當修好的暗棋，這時她很自然地就將此暗棋走明走活，把日月神教意欲與少林武當交好的願望擺上檯面。對於一直苦於樹大招風的少林、武當來說，巴不得能夠兵不血刃地保有自己江湖老大的地位，於是雙方一拍即合。

自小在黑木崖那種詭異的環境中長大的任盈盈，對於權術的駕馭已達到了爐火純青的地步。寶物足以動人心，這是人性的弱點，所差的只是貪婪者覬覦俗世重寶，好武者視武學秘笈爲性命，而能讓少林方丈與武當掌門看重的則是什麼東西呢？

任盈盈送給少林寺一本《金剛經》的梵文原本和一串骨董沈香念珠；送給武當派一柄武當祖師爺張三豐當年所用的「眞武劍」和手錄的《太極拳經》。這下可把兩位武林泰斗樂開了懷，方證大師當即恭恭敬敬伸出雙手，將那部梵文《金剛經》捧起，然後取過念珠，鄭重表示「實不知何以爲報」；而沖虛道長則先跪倒在地向那一經一劍磕了八個頭，再站起身來，說道：「任教主寬宏大量，使武當祖師爺的遺物重回眞武觀，沖虛粉身難報大恩。」他接過拳經寶劍時，雙手還抖個不停，似乎全然忘卻了這兩件東西是魔教八十年前奪自武當的。這一來，任盈盈的目的也就完全達到了。

而在方證和沖虛看來，任我行死後，繼任教主之位的任盈盈一心只想作令狐家的新婦，對父親和東方不敗經營多年的霸業毫無興趣，江湖上倒可以消弭紛爭禍患，從此太平無事。這自然是武林之福，當然求之不得。更何況，他們對任盈盈這小姑娘的印象也很不錯，於是方證和沖虛不但不反對這樁婚事，反而大力促成。

至此，任盈盈憑藉著她的處事智慧，爲她與令狐沖的婚姻之路完全鋪平了道路。

任盈盈的智慧還使得她在複雜的江湖中如魚得水。

初見令狐沖之時，聽了他的一番敘述，任盈盈馬上識破了他被陷害的關鍵所在，於是在令狐沖人生最黑暗的時刻爲他撥開迷霧，指點他走向光明。以後當令狐沖繼任恒山派掌門之時，她又料先機於前，以三山五嶽人馬盡歸恒山派門下，不動聲色地解了令狐沖之窘迫。而岳不群、林平之思慮周密的陰謀，在任盈盈解來竟也不費吹灰之力，還令深藏不露、蒙蔽天下人的「君子劍」岳不群敗下陣來，並爲己所用。

至於方證方丈玩的借名傳經之術，在任盈盈看來也不過是效小兒戲耳。先前她之所以不揭穿，只不過是擔心她的沖郎牛脾氣發作，寧願不要性命，也不學少林寺的武功，從而白白辜負方證的一番好意，也斷送了他倆的大好姻緣。於是直至令狐沖學成《易筋經》神功，完全治好了內傷，任盈盈才向他說明眞相。

不過，任盈盈和黃蓉、霍青桐、趙敏等一干聰明女子不同，她的智慧沒有能夠得到盡情發揮，卻一直被壓抑著，這主要是因爲任盈盈在黑木崖上微妙的處境——就明處而言，任盈盈是日月神教高高在上的「聖姑」，受到手下部衆們的敬畏；可在暗處，任盈盈不過是個寄人籬下的孤女罷了。她的一切都是東方不敗賜予的，離開了東方不敗的寵愛和縱容，她就什麼也不是了。

所謂伴君如伴虎，伴東方不敗和伴虎一樣危險。以黑木崖上的凶險環境，任盈盈必然很早就結束了無憂無慮的孩提時代，甚至連一個普通孩子都能享受的自由奔跑以及對父母隨意撒嬌使氣的快樂，在任盈盈也是全然沒有獲得過的，而這一點極大地影響了她的處事思維。

與黃蓉、趙敏那種咄咄逼人的聰慧不同，任盈盈的智慧是隱蔽的，不太為人知，也不欲為人知。在絕大多數人眼裡，任盈盈只是一個令人崇拜、以致於生畏的偶像，而不是一個可以交心的朋友。因此，任盈盈的地位雖然崇高，可她的精神卻極度寂寞，而這種寂寞直到她遇見了令狐沖才告結束。於是令狐沖順理成章地成了任盈盈心目中的第一人。

在任盈盈眼裡，令狐沖比世上的一切都要珍貴得多了。併派風波中，在嵩山封禪台上，任盈盈暗中指點桃谷六仙插科打諢，弄得左冷禪百口莫辯，狼狽不堪，眼見這場口水戰就要大獲全勝之時，令狐沖卻被岳靈珊的長劍所傷，於是任盈盈馬上將一切悉數拋到了腦後，急忙搶過去，一把抱起令狐沖，然後眼裡心裡就只有令狐沖一人，沒有什麼爭奪盟主、阻止野心家爲禍武林的大事了——這個細節固然體現出任盈盈用情之深長，可是，若與絕情谷黃蓉智救小郭襄時所表現出來的大智大勇和大無畏，任盈盈所有的，只不過是不顧全局、徒逞口舌之利的小聰明罷了。

而在愛情上的不平衡付出和傳統思想的束縛，也是使任盈盈無法盡情發揮自己能力的重要原因。從書中可以看出，「在家從父、出嫁從夫」的觀念一直影響著任盈盈的行事，否則，任我行剛剛重出江湖時，她就未必能夠立即拋開養育了自己十二年的東方叔叔，毫不猶豫地站在父親這邊，並不遺餘力地幫助父親重定教主之位。於是，一心想要引起令狐沖的注意和愛憐的任盈盈，在意中人面前又哪敢使出自己的全副智慧呢？畢竟那是女子無才便是德的時代呀！

還有，任盈盈曾經親耳聽祖千秋說過：「像令狐公子那樣瀟灑仁俠的豪傑，也只有聖姑那樣美貌的姑娘才配得上。」說明即使像祖千秋這樣對盈盈奉若神明的忠實部下，也同樣有男尊女卑的傳統看法，覺得盈盈在婚姻上的最大籌碼是美貌，而不是她的能力或別的什麼。於是盈盈就更覺得找一個屬於女人的好歸宿比展現自己的智慧來得重要了。

何況，任盈盈本無稱霸之心，她所渴望的是一家之樂，親情之聚。而東方不敗與父親的慘死則更堅定了任盈盈的初衷，畢竟，這兩個與她關係十分密切的武林梟雄，生前威風赫赫，可死後所占的也只不過是一抔黃土罷了。

當斷則斷

常言道得好，當斷不斷，反受其亂。當令狐沖這個大男人因癡戀岳靈珊而無法自拔時，任盈盈卻有幸擁有行事上當斷則斷的特質。這種女子少有的決斷，使她在塵世中保有自己的一分清明，在紛紛擾擾的世界裡不至於受太大的苦楚。

雖然任盈盈這種當斷則斷的處事智慧，並未如她對令狐沖的一往情深那樣得到作者的大力宣揚和渲染，但在故事發展的夾縫裡，自金庸先生的不經意中，我們仍能看見任盈盈這種足以媲美鬚眉的幹練和決斷。

如在第三十六回〈傷逝〉中，就有這樣一個典型的細節：

當時是在山道之上，任盈盈與令狐沖駕著騾車悄悄跟在岳靈珊夫婦後面，打算在暗中保護他們的安全。不料夜半三更有青城派來襲，令狐沖拖著重傷的身體急欲前去營救，黑燈瞎火中不小心驚了拉車的騾子，眼見騾子的叫喊將要暴露他們的行蹤，只見「任盈盈短劍一揮，一劍將騾頭砍斷，乾淨利落之極」，連令狐沖都忍不住輕輕喊了一聲「好」。

其實，一劍砍下騾頭的武功並不見得有多麼精妙，但任盈盈這種瞬息間的決斷能力卻讓人折服。要知道二人當時正處於荒無人煙的山道之上，前不著村，後不著店，加之令狐沖又身受重傷，必須用騾車代步。這騾頭一斬，就意味著他們從此沒有了代步工具，而前路茫茫，他們又該如何才能得以繼續前進呢？

如換了另一個人，絕對會先考慮後果問題，而就在這一瞬間的遲疑之中，騾子早就發出聲音，讓前面的人覺察他們的存在了。姑且不說前來報仇的青城派必然會循聲過來大打一場，就是深夜男女同車所帶來的詬誹，也足以使任盈盈懊惱千次百次。就算退一步，任盈盈此時已不在意被人知道她和令狐沖在一起了，但以她的精細亦不願令狐沖和小師妹碰面，讓岳靈珊此時的落魄可憐，再來攪亂令狐沖好不容易平靜下來的心湖。更何況她剛剛還知道了岳靈珊與林平之並非眞正夫婦的內情。

能在瞬息作出決斷之人，不但要有敏捷的思維和過人的勇氣，更要能「捨得」，有「看得破」、「放得下」的超凡見識，而任盈盈正是這樣的人。其後的華山思過崖山洞之險，更映證了我們的推論。

當時五嶽各派的人中了岳不群的毒計，被困在華山思過崖的山洞裡，又兼黑燈瞎火的，衆人空有一身武功，卻成了左冷禪和林平之等一干瞎子的籃中菜、俎上肉。就當時危急的形勢而言，最正常的舉動是像令狐沖那樣，爲了留著性命與心愛之人見面，在黑暗中胡亂砍殺一氣。衡山派、泰山派與嵩山派衆弟子在亂刀亂劍之下，也是死的死、傷的傷，活著的也只能以胡亂屠殺來保護自己。

可是，處於同樣境況的任盈盈卻及時想到了一個最淺顯的道理，那就是當衆瞎子揮劍大肆屠戮時，最安全的地方莫過於躲到高處。所以她居然能夠雙手未沾無辜血腥，安然度過這場劫難，何也？

就當時的情景看，沒有細心，是無法及時注意到山洞中的形勢，從而找到安全的藏身所在的；沒有機智，是無法在當時刀來劍往的危急局面裡，迅速想出絕妙主意的；而更重要的是，如果沒有決斷的智慧，那麼縱使任盈盈及時想到了絕妙的主意，也會因爲顧慮重重而失去了實施它的大好機緣。

縱覽人類歷史的長河，優柔寡斷之人多半成不了大事，而任盈盈只憑能夠決斷的天賦，就足以躋身於梟雄的行列了。由此可見，最後任盈盈被向問天和教中十長老公推爲日月神教的教主，以盈盈弱質統御群雄，絕不僅僅因爲她是前任教主的獨生女兒。

與任盈盈超凡脫俗的決斷智慧相配套的是，她在必要的時候並不特別看重誓言和爲人要誠實的傳統準繩。

中國人一向強調重然諾，但重然諾之人往往因爲遇事必須先思及諾言，到關鍵時刻反而束手束腳。如令狐沖就認爲大丈夫言出如山，必須做到。他當初在五霸岡上答應在護送「婆婆」的路上絕不回頭看一眼，所以一路行去無論發生什麼希奇古怪的事情，他都絕不看「婆婆」一眼，有一次竟把脖子都扭酸了。於是他屢屢喪失了瞭解眞相的機會，後來連少林寺的方生大師都誤以爲他自甘墮落，與妖邪爲伍。

而任盈盈就和令狐沖大不相同了，她以自己獨特的思維跳出了這個束縛。比如任盈盈在五霸岡上爲了讓令狐沖陪伴在自己身邊，就隨口撒謊說她有厲害的對頭到綠竹巷來尋仇，她是避出來的。她說謊，說完了，達到目的了，就好了，心裡渾沒半點負擔和內疚。哪像儀琳，摘個西瓜也要思想爭鬥好半天。

與此同時，任盈盈還常常以自己的獨特思維方式幫助令狐沖解決難題，如岳靈珊臨終前要求大師兄令狐沖代爲照顧丈夫林平之，令狐沖答應了。於是，重然諾的令狐沖面臨了一個兩難的選擇：就感情而言，他恨不得將林平之碎屍萬段；可就理智而言，如果殺了林平之就是違背了對岳靈珊許下的諾言。於是令狐沖爲此茫然且痛苦不已。

可在任盈盈看來事情就簡單得很了，「她活在世上之時，不知道誰眞的對她好，死後有靈，應該懂了。她不會再要你去保護林平之的！」雖然令狐沖當即就搖頭道：「那也難說。小師妹對林平之一往情深，明知他對自己存心加害，卻也不忍他身遭災禍。」可在任盈盈的啓迪之下，他終於在兩者的夾縫中找到了一個平衡點，就是將林平之終生囚禁在西湖梅莊的地牢裡，讓他性命無慮、衣食無憂，但也不得自由。

有時候，任盈盈還表現出一種對世俗觀念的不在意。比如古人認爲，死者爲大，入土爲安，可任盈盈「扮作」老婆婆時，只因「殺人名醫」平一指的屍體在草棚裡有礙於她的觀瞻，就輕輕巧巧地用藥粉化去了他的屍體。

對於此事，即使不羈如令狐沖也覺驚世駭俗，訝異於這個「老婆婆」到底是怎麼樣一個可怖的大魔頭？

任盈盈的處事思維探秘

父母親對孩子的影響往往很大，而先天的因素亦是任盈盈形成其處事原則和方式的基本原因。

雖然《笑傲江湖》並未有片言隻字提及任盈盈的母親是怎樣一個女人，可任我行處事果斷、智慧超群，又心狠手辣，這些都能在任盈盈身上找到對應點。

在任我行的得力手下向問天看來，童年任盈盈雖然年幼，可聰明伶俐，心思之巧，實不輸於大人。雖然小說沒有花多少筆墨描述任盈盈的兒時生活，可就這一個細節已足以讓我們從中得窺堂奧了。

任盈盈七歲時，任我行還是大權在握的日月神教教主。一日正逢教中端午節大宴，任盈盈照例在席上清點人數，然後忽然說了一句驚人之言：「爹爹，怎麼咱們每年端午節喝酒，一年總是少一個人？」聽了這句話後，心計頗為深沈的東方不敗因害怕陰謀敗露，匆匆發動了叛亂——以東方不敗與童年任盈盈的親密關係，除非他不再經常抱著盈盈「姪女」去山上採果子遊玩，否則他的背叛之意要瞞過聰明過人的任盈盈是非常困難的。於是在端午節大宴之後，東方不敗就多了二件心事：既擔心任盈盈一天天長大，愈來愈聰明，在一二年間便會識破了機關；又擔心聰慧的任盈盈成年以後，任我行會將教主之位傳了給她，所以不敢再多等，寧可冒險發難。

所以向問天認爲，當年東方不敗之所以匆匆反動政變，一方面固然是怕素來心機深沈的任我行因任盈盈的這句童稚之言起了疑心，所以決定先下手爲強；而另一方面，這個小姑娘非同尋常的洞察力也使得他起了提防之心。

另外，黑木崖上詭異多變的複雜形勢也是影響任盈盈處事思維的一個重要因素。

正所謂一朝天子一朝臣，雖然任盈盈的父親是前任教主，可在新主繼位之後，要誅殺的往往就是她們這些前朝「餘孽」。所以在父親「死」後，任盈盈的處境有了急劇的變化，即從人人捧在手中的公主一下變成了寄人籬下的孤女。即使東方不敗因爲怕別人懷疑他篡位，對任盈盈一直恩寵有加，可畢竟心虛，對任盈盈的聰慧又十分忌憚，叔姪間再也不可能像以前那樣親近了。

小孩的心都是敏感的，聰慧如任盈盈則更是如此。本來她就因父親的突然「死亡」而驚懼萬分，此時又要經常面對環境和境遇的改變，比如東方不敗忽然有些疏遠了她，而熟識的父執輩常常或被無故罷免或突然失蹤……這所有的一切造成了任盈盈的心理恐慌，於是她深深地渴望安寧。

在危險中，人可以選擇的命運不外乎兩種：生存或是死亡。雖然任盈盈能夠得以在黑木崖那種複雜的生活環境中安然生存，可在耳濡目染之下，她已不是也不可能是當初那個天眞的小女孩了。

如果沒有令狐沖的出現，那麼任盈盈只是令人畏懼的「魔教聖姑」而已；而令狐沖的出現，則使任盈盈甘心走下高高在上的聖姑寶座，完成了從青澀的女孩向成熟女人的蛻變。

不妨也順便提一下，東方不敗之所以善待任盈盈，也許一開始完全只是出於自私的目的，可隨著歲月的流逝，他的《葵花寶典》愈練愈深，心態就有了很大的變化。於是他對任盈盈的態度由一種單純的利用轉變成一種複雜的情緒：既羨慕又嫉妒，還隱隱地摻雜著一分說不清道不明的愛。也許，我們還可以推測，在東方不敗帶著幼年的盈盈去山上採果子玩時，其中就包含了一種隱約的父愛，畢竟任盈盈一直是一個非常美麗可愛的姑娘啊。

正是東方不敗這種複雜的情感，使得本該成爲階下囚的任盈盈，得以安然從容地活到亭亭玉立的十九芳華；也正是這種複雜的情感，造就了黑木崖上屬於「聖姑」的神話。

我們知道，趙敏為了愛情必須放棄郡主名位，甚至必須幫著心愛之人與自己的父親為敵；小昭為救心愛之人而必須遠離中土；紀曉芙在既不能背叛師父又不願背棄愛人的情況下，不得不選擇了死亡……

任盈盈和她們都不一樣。

也許命運也曾強加給任盈盈一些什麼，但任盈盈都以她的聰明智慧外加心狠手辣、計謀無雙，將之化險為夷了。在任盈盈的一生中，她總是懂得適時的把握，也懂得適時的捨棄，於是她成就了完滿的人生。

和許多才能超群卻歷盡坎坷的武林奇女子相比，任盈盈是幸運的，而她的獨特處事智慧正是造就她個人完滿人生不可或缺的主因。

注：

【注一】關於賈布和上官雲帶去恒山的人數，在第二十九回〈掌門〉中有兩種說法：

1.賈布和上官雲一行剛到時，只見「絲竹聲中，百餘名漢子抬了四十口朱漆大箱上來。每一口箱子都由四名壯漢抬著……」——按照這段描寫，賈布和上官雲帶的人應該是一百六十個。

2.任盈盈制伏賈布、收服上官雲以後，小說則交代：「賈布與上官雲這次來到恒山，共攜帶四十口箱子，每口箱子二人扛，一共有八十名漢子……」

任盈盈的人生哲學

人生觀篇

任盈盈從小就是一個很有主見的姑娘。

她必須掌握自己的命運，她也能夠掌握自己的命運。

也許是因爲從小就失去了母親，而父親又一直忙於練功和處理教務，把女兒扔給一堆僕婦了事，所以在任盈盈的記憶裡，她雖然貴爲日月神教的教主之女，教內上下人人都拿她當公主般看待，但盈盈卻幾乎從來沒有過每個孩子都應該有的恃寵撒嬌的甜蜜——哪怕是在童年時代。普通人家的小姑娘雖然沒有錦衣玉食，沒有堆成小山般的玩具，沒有成群的僕人丫鬟，但是，在狂風暴雨、雷電大作的夜晚，卻可以理所當然地以害怕爲理由鑽進父母溫暖的被窩。可是，小盈盈卻無福消受父母慈祥的擁抱，哪怕是父親虬髯的扎刺、逗樂，在她的印象中也似乎從來未曾有過。

盈盈是父親在這個世界上唯一的親人，可是，他似乎並沒有把女兒眞正放在心上。他關心的只是他的武功，還有教務。甚至，連盈盈母親的不幸早逝都未能夠讓他有絲毫的分心。

所以，無論發生什麼事情，任盈盈永遠都得自己拿主意——不管是心愛的泥娃娃打破了，還是過年時新衣服的顏色不合心意，或是做了惡夢、從沈睡中驚醒過來再也無法入寐，還有，她要不要學武功，要學的話，學哪門武功比較合適？誰可以做她的師父呢？……事無巨細，她必須自己作出決定，因爲人人都認爲她天生就很了不起，所以沒有人敢冒犯高高在上的小「公主」，沒有人敢越俎代庖——哪怕她其實很希望有人能夠替她把一切都安排料理得妥妥貼貼的，不需她自己操心。

僕人們永遠只是唯唯諾諾，部下們永遠都是畢恭畢敬，父親則永遠忙得見不著面。

任盈盈很孤獨，很寂寞，很無助，有時候，她甚至懷疑自己在這個世界上是多餘的。

印象中，這種落寞的感覺維持了相當長的一段時間，直到有一天任盈盈的生命中奏響了音樂的旋律——那一天，她偶遇綠竹翁，迷上了他的琴聲和簫聲，從此，她的生命跳動著音符，她把自己全心地投入了音樂的天地。只有在撫琴弄簫的時候，她才能夠暫時忘記日月神教，忘記自己身處日月神教的總壇黑木崖，忘記自己還有深刻的孤獨和深刻的徬徨、無助。

感謝綠竹翁——他名義上是她的師姪，其實卻是她的音樂老師和武功老師，甚至還是她的人生導師！

綠竹翁的武功、畫藝和琴簫技藝等在黑木崖都是首屈一指的，不過，他生性閒散，不慕名利，在盈盈的父親任我行在位的時候就已經是一副不求聞達的樣子；後來，東方不敗掌了權，綠竹翁不滿教中阿諛成習的惡劣風氣，就更加不再插手教中的事務了——記得盈盈七歲以前的某一天，綠竹翁代替師父循例來拜望教主任我行，可任我行正忙著練「吸星大法」，無暇見他，於是他正好作了寂寞的小姑娘任盈盈的玩伴——人人都懼怕威嚴的教主，也不敢接近教主的愛女，但綠竹翁卻看出了小女孩眼眸中深深的孤獨和無助，不禁起了憐惜之意。他抽出掛在腰間的洞簫，說：「姑姑，我給你吹一曲簫，好嗎？」

一曲既罷，綠竹翁看到盈盈眼中閃著驚喜和激動。

從此，綠竹翁成了黑木崖上唯一和任盈盈平等交往的人。他常常過來陪伴盈盈，教她彈琴吹簫，教她武藝和輕功。雖然盈盈在音律上的悟性奇高，過不多久，綠竹翁就不再能夠教她了，但是，盈盈依然非常感激綠竹翁把她領進了音樂的天地，使她心醉神迷，從此靈魂有了寄託和安慰。否則，她簡直不敢想像在父親突然「在外逝世」的時候，她是否能夠承受自己完全成爲「孤兒」的重大打擊。

當然，綠竹翁的淡泊名利也深刻地影響了任盈盈，她在綠竹翁身上看到了一種和父親、東方叔叔、向問天叔叔以及教中的絕大多數人截然不同的人生觀念和生活方式。而且，很顯然，綠竹翁的生活方式對任盈盈更有吸引力。

還沒等到長大成人，任盈盈就已經開始厭惡黑木崖的生活了，而且，隨著盈盈年歲的逐漸增長，這種感覺愈來愈強烈了。

任盈盈想：我不要什麼教主、長老、堂主，我也不必呼奴使婢、穿金戴銀，我只要求心靈的恬適和安寧。

任盈盈甚至還想：將來，如果我有孩子，一定不讓他像我一樣寂寞無助，我要讓他過普通人的幸福生活；當然，孩子的父親也絕不能是爭權奪利之輩，或是貪慕功名和富貴的傖俗之徒。

換言之，她的那個「他」絕對不可能是黑木崖上的人，也不可能是和黑木崖有關聯的人，這些人任盈盈看多了，看夠了，又有誰是不爲名繮利鎖所牽絆的？

「聖姑」任盈盈從不對教中的任何男人加以青眼，這似乎是人人都知道的事實。所以，藍鳳凰說任盈盈「從不把天下男子瞧在眼裡」。可是，任盈盈之所以如此的原因，從來沒有體驗過「聖姑」的生活狀況的藍鳳凰又怎麼可能知曉？

易求無價寶，難得有情郎

「易求無價寶，難得有情郎」【注一】，這大概是古今所有女人的共識，任盈盈自然也不例外。

父親突然「逝世」的時候，東方叔叔告訴任盈盈，她的父親「遺命」由東方不敗繼任教主。當時任盈盈年紀還小，東方不敗又十分機警狡猾，把篡位陰謀做得不露半點破綻，向問天又沒有敢告訴年幼的姪女自己心裡對東方不敗的懷疑，所以盈盈對此也就沒有絲毫疑心。而且，這位東方「叔叔」對前任教主留下的孤女任盈盈異乎尋常地優待客氣，任盈盈不論說什麼，他從來沒一次駁回的。於是，盈盈雖然成了孤女，但在教中的地位卻甚為尊榮，被教眾尊稱為「聖姑」。

日月神教的教眾或歸屬神教統領的江湖豪士的頭領們，為了表示對教主的忠心，必須服下「三尸腦神丹」。這藥丸服下後，每年必須吃一次解藥，否則毒性發作，將死得慘不堪言。盈盈是「聖姑」，又受到東方不敗的優待，自然不必服用。可是東方不敗對屬下卻很嚴厲，小有不如他意，便扣住解藥不發，每次都要任盈盈去求情，他才把解藥給他們。於是，「聖姑」任盈盈就成了那些江湖豪客們的救命恩人，他們以及他們的部眾無不對她敬若天神，如果任盈盈有所差遣，他們就是赴湯蹈火，也在所不辭。

當然，這其實不過是東方不敗掩人耳目的策略，他要借此使人人都知道他對任我行留下的孤女是如何的愛護和尊重，以免有人懷疑他的教主之位是篡奪來的。可對於這一點，任盈盈當時自然並不知道，她只是覺得老是要她去向東方不敗求情，實在很煩。更何況，漸漸地教中的情形愈來愈不堪，人人見了東方不敗都得滿口諛詞，任盈盈覺得自己實在是張不了那個口。可是，那些江湖漢子來向她苦苦求告，雖然他們在她的心目中根本不值分文，他們的命活不活得成和她也毫無關係，但她畢竟不能硬起心腸面對面地不予理睬，於是，她在不得已中想到了逃避。

為了求得心靈的恬適和安寧，「聖姑」任盈盈終於在某一天離開了黑木崖，隱居在洛陽城東的綠竹巷。隨侍她的，只有綠竹翁一個人。

任盈盈之所以這樣做的原因，除了可以不再管教中的閒事，不必向東方不敗說那些「文成武德、仁義英明、澤被蒼生」之類肉麻無比的歌功頌德之語，似乎還因為她在等待著什麼——等待什麼呢？任盈盈說不清楚，但她知道，她必須等待，她也只有等待。

等待的日子在閒看花開花落、雲淡雲濃和月缺月圓之中緩緩度過，任盈盈不急不躁，反倒是綠竹翁有時候會找些藉口讓盈盈多出去走走，比如去白馬寺燒香，或是到龍門石窟看盧舍那大佛。春天一到，綠竹翁則往往建議任盈盈出去賞牡丹。任盈盈明白，綠竹翁是在替她著急，希望她能夠及早有個滿意的歸宿，畢竟，女人和男人不一樣，更需要一個家，一個合身的家。

任盈盈的等待在一年後的春天終於有了答案，她等來了一個突然闖入她生活的年輕男子——令狐沖！

令狐沖其實並不是丰神如玉的翩翩濁世佳公子，他滿臉病容，一身落拓，剛開始並沒有引起綠竹翁的注意，而任盈盈深處閨房，更加不會留意到這個和一大群傖俗之徒一起湧進綠竹巷的落魄失意的男人。

不過，令狐沖很快就表現出了他的與衆不同！

他有一本十分珍貴的琴譜，名叫《笑傲江湖》，要是任盈盈擁有這譜子，一定是要藏之密室，鎖於箱籠，不輕易示人的，可是，令狐沖卻把它無償地送給了素不相識的任盈盈！

正所謂寶劍贈於烈士，紅粉送給佳人，將音樂視爲生命的任盈盈得到這樣的饋贈，怎能不喜出望外？

而且，令狐沖還坦率眞誠、毫無機心，初次見面就把自己的身世遭遇原原本本地告訴了任盈盈。從他的敘述裡，任盈盈感覺到了眼前這個年輕人的生性豁達開朗，不愛名利權勢，和她以往所見的一般男人眞的有很大的不同。這，引起了盈盈的好奇。

更令任盈盈芳心栗六，夜不能眠的是，令狐沖對他的小師妹鍾情之深，令人動容！

原來令狐沖不僅身受重傷，命不久長，而且他所深愛的小師妹卻並不愛他，公然和林平之出雙入對，讓令狐沖倍受刺激，了無生趣！

弱者總是容易博得同情的，何況令狐沖所面對的任盈盈是個天生比男人更具有同情心的女人——這時的令狐沖在任盈盈眼裡無疑是個大大的弱者，她不由地十分同情他，還同意教他學琴。

就這樣，短短二十餘日，任盈盈就了解了令狐沖的一切；他就像是一個透明的玻璃人，讓她一覽無遺。她對他，不僅有最初的好奇，而且還有了一分深深的憐憫。

同時，任盈盈還相信，像令狐沖這樣的男人是不會如父親那樣置妻兒於不顧，一味追求權利和地位的；同時，他也絕對不會像東方叔叔似的，朝秦暮楚，陸陸續續地，竟娶了七個小妾！

換言之，令狐沖應該是一個能夠給妻子穩定感和安全感的男人。而一個能夠給女人以穩定感和安全感的男人，正是任盈盈所需要的和所等待的。雖然她知道，令狐沖的文才和武功都大大不如她，但她發現自己還是願意將自己的一生交託給他的。

在發現了這一點以後，任盈盈沒有猶豫，很快就採取了行動——和別的女人尤其不一樣的是，她甚至都沒有顧及到岳靈珊的存在！

任盈盈再一次見到令狐沖是在五霸岡上。在那兒，她欣喜地發現自己眞的沒有看錯人，令狐沖確實値得信賴，因爲他爲了她——一個脾氣古怪的「老婆婆」，居然捨命相拚！於是，她忍不住找了個藉口，讓自己擁有了繼續和令狐沖在一起的機會。

唯一叫她舉棋不定的是，到底要不要向他揭開自己這個「婆婆」的眞面目呢？如果他知道自己年紀其實比他還小，而且已經鍾情於他，那豈不是要羞死人了嗎？況且，要是他知道了自己對他的感情，然後委婉而堅決地說，我愛的不是你，是我的小師妹！那，又該怎麼辦呢？

可是，如果不在令狐沖面前卸下「婆婆」的面具，任盈盈又怎麼能夠知道自己在意中人心目中的形象如何呢？而她又實在是太想知道這個問題的答案了。

一路上，任盈盈芳心忐忑，其亂如絲，極度的羞澀使得她無論如何也下不了決心去和令狐沖正面相對。最後，還是迫不得已的情勢幫她解決了這個問題——在山澗旁邊，令狐沖終於從水中的倒影裡看到了任盈盈豔如春花的眞實容顏！

當時，令狐沖不禁驚道：「婆婆，原來你是一個……一個美麗的小……小姑娘。你爲什麼裝成個老婆婆來騙我？冒充長輩，害得我婆婆長、婆婆短的一路叫你。哼！眞不害羞，你做我妹子也還嫌小，偏想做人家婆婆！要做婆婆，再過八十年啦！」

然後，令狐沖又嘆了一口氣，說自己眞傻，其實任盈盈的聲音清脆嬌嫩，比黃鶯兒還好聽，怎麼可能是個年老婆婆呢！

任盈盈聽她稱讚自己，雖然暈紅滿面，心中卻是大樂，笑道：「好啦，令狐公公、令狐爺爺，你叫了我這麼久婆婆，我也叫還你幾聲，這可不吃虧、不生氣了罷？」

令狐沖順口接道：「你是婆婆，我是公公，咱兩個公公婆婆，豈不是……」

任盈盈知道他要說「豈不是一對兒」，不禁又羞又急，臉上頓時有了怒色。那令狐沖反應好快，馬上改口說：「我說咱兩個做了公公婆婆，豈不是……豈不是都成爲武林中的前輩高人了？」

任盈盈聽令狐沖如此和她說話，心裡感覺甜甜的，有心要把自己的閨名告訴他，但又害羞不好意思說。

令狐沖見她賣關子，就道：「我雖不知道，卻也猜到了八九成……到得晚上，那便清清楚楚。」

任盈盈奇道：「怎地到晚上便清清楚楚？」

令狐沖答：「我抬起頭來看天，看天上少了哪一顆星，便知姑娘是什麼星宿下凡了。姑娘生得像天仙一般，凡間哪有這樣的人物？」

任盈盈臉上又是一紅，「呸」的一聲，心下卻十分歡喜，低聲假意兒埋怨道：「又來胡說八道。」

這時候，令狐沖的口無遮攔、胡說八道，在任盈盈眼裡，不僅不討厭，反而大大增添了他的魅力——要知道，盈盈自幼就高高在上，從來沒人敢和她調笑。平日說話，只有她順理成章地頤指氣使，又哪有別人和她開玩笑的分？所以，當她以眞實面貌和令狐沖進行交談時，談話的內容和方式就馬上給予了她一分全新的感覺——原來，話還可以說得這麼有趣、這麼好玩。

以前在黑木崖上，任盈盈很少說話，因爲她覺得這種表達方式很骯髒、很肉麻，她看不起那些一味拍東方不敗馬屁的人，尤其是像賈布、上官雲這樣的人，他們的武功遠在一般尋常門派的掌門人與幫主、總舵主之上，算得上是鐵漢子，可見了東方不敗就滿口阿諛奉承，竟把肉麻當作了有趣，簡直叫人噁心。所以，任盈盈就打定主意盡量不開口，每日價只是彈琴吹簫，將滿腔鬱悶盡付弦索。

後來，她隱居在洛陽綠竹巷，因爲身邊只有綠竹翁一個人，二人又是音律上的同好，所以說話也很少，更多的時候則是將心事付諸琴弦，和綠竹翁透過音樂進行交流。

可是，現在她卻發現和令狐沖說話居然可以說得很快樂，很有情趣。

於是，任盈盈又覺得，令狐沖除了能給女人安全感和穩定感以外，還能給她無窮的樂趣，尤其是令狐沖苦中作樂的心境和本領，對任盈盈有著很大的吸引力。

任盈盈第一次發現自己在一個年輕男子面前不僅沒有頤指氣使，對他呼來喝去，反而乖乖地聽起他的話來——令狐沖叫她去拾些枯枝來生火，她就馬上依言去拾了，而且連說話也似乎染上了他的腔調，信口和令狐沖開起了玩笑：「古人殺雞用牛刀，今日令狐大俠以獨孤九劍殺青蛙……古時有屠狗英雄，今日豈可無殺蛙大俠？……」

就這樣說說笑笑，二人都彷彿忘記了自己身上的傷痛，忘記了外面世界裡的血腥殺戮和生死爭鬥，似乎到了世外桃源。

於是，任盈盈暗暗地更加慶幸自己沒有看錯人，因爲，生活中的樂趣是沒有人會加以拒絕的。更何況，任盈盈從令狐沖身上體會到的是一分忘機的、了無拘束羈絆的樂趣。

為了令狐沖，為了令狐沖所給予她關於生命眞諦的啓示和生活的樂趣，任盈盈知道自己可以毫不猶豫地拿自己的性命去交換令狐沖的生存！很快地，江湖上盛傳黑木崖的聖姑任盈盈為了情郎令狐沖，甘願捨命少林寺！而令狐沖為了報答任盈盈的這番深情厚意，也做了江湖豪客們的盟主，大張旗鼓地到少林寺去救她。於是，江湖好漢紛紛傳言昔日的華山首席大弟子令狐沖對任大小姐一往情深，為了她不僅甘心被師父逐出了師門，丟掉了大好前程，而且為了救她，連性命都不要了。

令狐沖這樣的舉動，自然是給足了任盈盈面子。他以為，他已經給了任盈盈最合適的和最好的報答。

不過，令狐沖卻一點也不知道，對於這時的任盈盈來講，為他捨棄自己的性命固然並不太困難，她在天下人面前的顏面也已經並不十分要緊。最讓她懸心的卻是她從未謀面的岳靈珊的存在，因為令狐沖將小師妹深銘心版，無時無刻不在想她念她，甚至連睡夢裡思念的也是岳靈珊。

當時，任盈盈下決心離開綠竹巷，離開自己固有的生活模式，去追尋令狐沖的足跡，意欲把自己和他緊緊聯繫在一起的時候，任盈盈雖然已經知道岳靈珊的存在，可是她其實並不曾眞正意識到這位岳小姐的存在對於自己來說將意味著什麼。或者說，任盈盈在初初看到愛的契機時，她便趕緊向著那一線愛的曙光急急奔去，根本無暇考慮在自己和令狐沖中間，還有一個莫大的障礙，那就是令狐沖多年以來所深深愛戀的他的小師妹岳靈珊。

無論任盈盈怎樣努力，只要岳靈珊一出現，「聖姑」就只有黯然失色的分了——

首先，在少林寺，令狐沖代表任盈盈一方和岳不群決戰，他本來完全可以取勝的，但當昔日師父使出幾招幼稚可笑的「沖靈劍法」，暗示他可以重歸華山並娶岳靈珊爲妻時，他就把任盈盈的恩義拋在了一旁，打算故意棄劍認輸；

然後，在野外雪地，岳靈珊遭到一群人的淩辱，令狐沖勃然大怒，竟大開殺戒，將那些人盡數刺死！

後來，岳靈珊已和林平之成了婚，但令狐沖對她的眷戀和愛護絲毫不減，先是在嵩山封禪台，令狐沖僅僅爲博小師妹一笑，就置爭奪五嶽派總掌門的大事於不顧，不顧一切地自殘在岳靈珊的劍下！

再後來，岳靈珊被六個青城派弟子圍攻，連連呼救，但她新婚燕爾的丈夫林平之卻聽而不聞。而重傷未癒的令狐沖雖然很想看林平之施展「辟邪劍法」，但他卻無法忍耐，急忙命恒山派的師姐妹去救岳靈珊！

……

如果是一般的女人，在這種自己落花有意，對方卻流水無情，萬分尷尬的情況下，大概十有八九不是和令狐沖大吵大鬧，指責男兒薄倖，就是索性拂袖而走，讓那負心人去作孤家寡人了。

可是，任盈盈畢竟不是一般的姑娘，她思考問題比較全面，也比較冷靜，得出的結論也就和常人不同。

誠然，令狐沖念念不忘岳靈珊，確實令任盈盈感到痛苦、難堪和尷尬。

記得任我行剛剛復出江湖時，他們父女差點被正派中人困在少林寺，唯一的生機是令狐沖能夠代表己方戰勝岳不群，但令狐沖顧念師門舊情，未盡全力出招。當父親示意她站到令狐沖的對面，提醒他為己方力戰時，她無言而堅決地拒絕了，因為她要的是令狐沖發自內心的愛和尊重，而不是要他的報答，否則她便會倍感無趣——在生死關頭任盈盈都這樣想，那麼在平常時候她的內心其實就更加難以承受令狐沖另有所愛的壓力了。

可是，任盈盈反過來又想，無論岳靈珊是否移情別戀，是否已經嫁與他人，令狐沖對她的感情自始至終都沒有一絲一毫的改變，這，難道不是正好說明他絕不是一個負心薄倖的尋常男兒嗎？他一旦鍾情，便矢志不渝，這，難道不值得看重和為之驕傲嗎？

更何況，岳靈珊愛的是林平之，令狐沖為她再癡再傻，她也不可能回頭了。

而且，在這時的任盈盈看來，對令狐沖這樣的男人，即使只有付出，沒有得到，也是值得的。

所以，任盈盈忍一般姑娘所不能忍，做一般姑娘所不能做，積極主動地爭取著意中人，要讓令狐沖最終眞正愛上自己。

於是，對於岳靈珊，任盈盈不僅沒有絲毫的嫉妒，沒有一點的厭惡，相反地，在儀和、儀清等都很討厭岳靈珊，形勢對她任大小姐十分有利的當兒，任盈盈卻主動挺身而出，幫助岳靈珊打退了青城派弟子的圍攻；然後，她又主動向令狐沖提出要跟在岳、林夫婦的後面，暗中保護岳靈珊的安全；最後，岳靈珊慘死在丈夫的劍下，令狐沖傷心得暈了過去，任盈盈又細心地安葬了岳靈珊，讓令狐沖的小師妹得到了最終的安寧。

試問，任盈盈如此大度無私，如此苦心周全，令狐沖又怎能不感激、不感動？有道是精誠所至，金石爲開，令狐沖縱然是塊頑石，也要被任盈盈感動了，更何況他是一個性情中人！

令狐沖最後終於敞開胸懷，接納了任盈盈！

於是，在暗中保護岳靈珊的路途之上，令狐沖居然暫時忘卻了小師妹，和盈盈「公公、婆婆」地好一陣說笑，還逗盈盈道：「我夢見帶了一大塊牛肉，摸到黑木崖上，去餵你家的狗。」

然後，令狐沖眞情流露，誠摯地對盈盈說：「若得永遠如此，不再見到武林中的腥風血雨，便是叫我作神仙，也沒這般快活。」

盈盈聞言，欣慰地說：「直到此刻我才相信，在你心中，你終於是念著我多些，念著你小師妹少些。」

隨後，任盈盈陪令狐沖返回恒山處理事務，不料雙雙被啞婆婆點了穴道，縛在靈龜閣上，生死懸於一發。他倆雙雙躺在地上，相隔只丈許，四目交視，心意相通。只覺死也好，活也好，既已有了兩心如一的此刻，便已心滿意足，眼前這一刻便是天長地久，縱然天崩地裂，這一刻也已拿不去、銷不掉了。

所以，當「滑不溜手」游迅等犯上作亂，欲殺盈盈、擒令狐，去向岳不群邀功領賞的時候，任盈盈自知大限已到，便目不轉睛地看著令狐沖，心裡只想著和意中人一起度過的甜蜜時光，竟是毫不懼死，嘴邊還現出了溫柔的微笑。

而令狐沖在這時候則忘了小師妹，心中唯有盈盈！他生怕盈盈有事，急中生智，大叫：「辟邪劍法！」

他這一叫立竿見影，要殺盈盈的七個人一齊回頭，露出了豔羨和貪婪的神情。

令狐沖見計得逞，心念電轉，迅速將華山劍法的歌訣改頭換面，嘴裡振振有辭：「辟邪劍法，劍術至尊。先練劍氣，再練劍神……」他唸一句，那七人就向他移近半步，唸得六七句，七個人都已離開盈盈身畔，走到了他的身邊。

游迅等齊問：「劍譜在哪裡？」令狐沖故弄玄虛，一邊說「這劍譜……可絕不是在我身上」一邊往自己的腹部望去。這話當眞是「此地無銀三百兩」，他話音未落，就有兩隻手伸入他懷中摸去，與此同時，這兩隻手的主人慘叫一聲，霎時遭了同伴的毒手。

令狐沖一開始假裝唸誦《辟邪劍譜》，只是想把衆人引開，盼望拖延時辰，自己或盈盈被點的穴道能夠解開。沒想到此計十分靈驗，不但如願引開了七人，救了盈盈，而且還使得他們自相殘殺，不由得暗暗心喜，趕緊繼續如法炮製，最後終於反客爲主，大獲全勝！

這又是一次生與死的考驗！而且，相對於先前任盈盈爲了令狐沖而自願捨身少林，這一回與死神的擦肩而過更加能夠引起任盈盈心靈的震顫，因爲捨身少林是經過深思熟慮的，無論結果如何都容易承受；而這一次卻是變生肘腋、猝不及防！

游迅他們平日對待任盈盈是何等的尊重、何等的敬畏，只要盈盈一聲令下，他們完全可以爲她赴湯蹈火。可是，一旦時移世易，游迅就當面說了實話：「大家對你又敬又怕，還不是爲了你有『三尸腦神丹』的解藥！把這解藥拿了過來，你『聖姑』也就不足道了。」說著，他就欲對盈盈下毒手。

在這千鈞一髮之際，是誰救了任盈盈呢？是那些一向宣稱效忠於「聖姑」任大小姐，對她唯命是從的部下們嗎？不是，是令狐沖！

驚魂甫定的任盈盈和令狐沖並肩走下靈龜閣，只見空山寂寂，鳥語聲聲，可她的心卻像潮水一般，翻騰不已。

在這個世界上，什麼東西最重要呢？是權利？地位？金錢？不，不是，世上最重要的是情——不變的眞情！望著身邊的令狐沖，任盈盈覺得自己是這個世界上最幸福的人！

所以，當令狐沖摸著自己被啞婆婆剃得光光的頭，假意兒嘆道：「令狐沖削髮爲僧，從此身入空門。女施主，咱們就此別過。」盈盈明知他是說笑，但情之所鍾，關心過切，竟不由得身子一顫，抓住他手臂，急道：「沖哥，你別……別跟我說這等笑話，我……我……」一個剛才連死都渾然不怕的大義女子，這時語聲中竟大有懼意！令狐沖聽了甚爲感動，左手在自己光頭上打了個爆栗，又道：「但世上既有一位如花似玉的娘子，大和尚只好還俗。」還說：「我和你立即拜堂成親，也不必理會什麼父母之命，媒妁之言。我和你退出武林，封劍隱居，從此不問外事，專生兒子。」

任盈盈聽他舊習不改，兀自油嘴滑舌，橫他一眼，心裡卻甜甜的甚爲受用。

得成比目何辭死，願作鴛鴦不羨仙【注二】。

有了令狐沖，任盈盈就不再是「聖姑」，更不願是「任教主」。

愛之欲其生，惡之欲其死【注三】

江湖中人常常把能夠快意恩仇作爲自己人生的一個目標，這一點對於任盈盈來說，似乎尤其重要。

任盈盈是江湖人，江湖人自然有江湖人的規矩。恩怨分明是任盈盈爲人的一條準則，她既不會以怨報德，也不願意以德報怨。

在愛上令狐沖以後，這條原則也沒有改變。換言之，在任盈盈眼裡，世界上的人大致上可以分爲二類，一類是她所愛的，一類是她所恨的。對於她所愛的人，盈盈是「愛之欲其生」；對於她所恨的人，盈盈則是「惡之欲其死」。

任盈盈的最愛自然是令狐沖。

盈盈認識令狐沖的時候，令狐沖已經身染沈疴，命在旦夕。他自己生性豁達，一向不怎麼看重生死，何況他所愛的岳靈珊拒絕了他的感情，喜歡上了別的男人，所以，令狐沖其實已萌死志。只不過，他還想追回《紫霞秘笈》，爲自己討回清白，否則，恐怕早就自己了結自己了。

不過，任盈盈卻把令狐沖的生命看得比什麼都寶貴，她一聲令下，日月神教屬下的江湖豪客們便紛紛出動，各自使出渾身解數，將治癒令狐沖當作了頭等大事——雖然令狐沖只不過是一個武林中的後輩，沒什麼名氣，而且還是華山派門下，和日月神教不僅素無瓜葛，而且雙方的關係就如同冰炭之不能同爐。

「殺人名醫」平一指爲了治好令狐沖，不僅熬白了頭髮，而且最後竟因治不好令狐沖而將自己殺了！

「祖宗」祖千秋偷了好友「老爺」老頭子好不容易配成的「續命八丸」騙令狐沖服下，老頭子一開始十分惱怒，要殺了令狐沖，用他的血治自己女兒「老不死」姑娘的病。可一等祖千秋和他說明他偷藥是爲了替「聖姑」的意中人治病，老頭子竟馬上把親生女兒的生死給忘了，向令狐沖納頭便拜，口裡還叫道：「令狐公子，令狐爺爺，小人豬油蒙了心，今日得罪了你。幸好天可憐見，祖千秋及時趕到，倘若我一刀刺死了你，便將老頭子全身肥肉熬成脂膏，也贖不了我罪愆的萬一。」說著連連叩頭，眞是何等前倨而後恭也！

還有，「五毒教」教主藍鳳凰也趕來給令狐沖注血。

……

雖然，他們並沒有能夠治癒令狐沖，甚至還加重了令狐沖的病情。可是，他們的誠心和眞意已經讓令狐沖十分感動。

這一切，令狐沖自然完全是拜任盈盈之所賜，只不過他當時並不知曉內情。

後來，令狐沖病入膏肓，只有修習少林寺的鎭寺之寶《易筋經》才能逃出閻羅的掌心。任盈盈爲了救他，竟不顧自己欠著少林寺四條人命，親自背負令狐沖去到少林，言道願意用自己的性命和少林寺方丈方證大師交換令狐沖的生存。

其實，任盈盈這樣做，她爲令狐沖所犧牲的已經不僅僅是自己的性命，還有她看得比性命還要重的名譽。因爲她是一個天生靦覥的姑娘，爲了不願讓人知道她和令狐沖的戀情，她甚至曾經毫不猶豫地將撞見她和令狐沖在一起的數十個部屬流放到了東海的蟠龍島，一輩子不允許回來。可是，她為了救令狐沖而捨身少林寺的事自然是不可能瞞過天下人的，衆口悠悠，普天下人都將笑話她任盈盈爲了情郎奮不顧身，那眞是要丟盡臉面了。但，任盈盈顧不上了。

當然，要是有人對令狐沖好，任盈盈也會很感激的。比如令狐沖的師娘寧中則從小將令狐沖撫養長大，她瞭解這個徒弟，哪怕是在丈夫岳不群將令狐沖恨之入骨的時候，她也從來沒有懷疑過令狐沖會濫殺無辜或者覬覦別人的寶物。任盈盈知道寧中則有這樣的想法的時候，就很感激這位不讓鬚眉的寧女俠，心裡想要是有機會，必須好好替她的沖哥報答師娘的知遇之恩。

「愛之欲其生」，在令狐沖身上，任盈盈的這條爲人原則體現得最爲典型和充分。

也正因爲任盈盈深愛令狐沖，所以，當令狐沖第一次向她表白愛意，發誓說「我若是哄你，教我天打雷劈，不得好死」的時候，她欣喜萬分，握住了令狐沖的手，只覺得一生之中，實以這一刻最是難得，全身都暖烘烘的，一顆心卻又如在雲端飄浮，但願天長地久，永恒如此。

不過，過了良久，她卻緩緩說道：「咱們武林中人，只怕是注定要不得好死的了。你日後倘若對我負心，我也不盼望你天打雷劈，我……我……我寧可親手一劍刺死了你。」

這樣的話，一般的姑娘說不出來，更不可能在正和心上人情意纏綿的時候說這種話。所以，當時令狐沖聽了，不禁心頭一震，大為訝異。

要是換作岳靈珊，相信她不僅不會對意中人說「你倘若對我負心，我要親手一劍刺死了你」之類的話，而且不管情郎如何負心，她都不會改變初衷——有事實為證：

後來林平之毒手殺妻，岳靈珊命在垂危，竟然還是不能忘情於他。她不僅對丈夫沒有一丁點兒的怨恨，居然還苦苦哀求大師哥令狐沖在她死後盡力照顧她的「平弟」，因為「他在這世上，孤苦伶仃，大家都欺侮他……他不是存心要殺我，只不過……只不過一時失手罷了」。

而假如是任盈盈處在岳靈珊的位置，她多半是會要求令狐沖替她將負心郎千刀萬剮，爲她報仇雪恨的。

相反，任盈盈如果遇上的是重情之人，那麼她就會加以敬重，哪怕這人冒犯過她，也能夠得到她的赦免。

話說當日在懸空寺的靈龜閣，游迅等七人乘人之危，要殺任盈盈，任盈盈好不容易才脫離險境。當時，七個背叛她的人只剩下三個了，就是「滑不溜手」游迅和「桐柏雙奇」周孤桐、吳柏英。一向行事恩怨分明的任盈盈自然不能放過他們。

任盈盈問桐柏雙奇：「你二人是夫妻麼？」

吳柏英回答：「我和他並不是正式夫妻，但二十年來，比人家正式夫妻還更加要好些。」

盈盈道：「你二人之中，只有一人可以活命……你二人這就動手，殺了對方，剩下的一人便自行去罷！」

桐柏雙奇聞言，一邊齊聲道：「很好！」一邊竟都意欲自殺！

盈盈見狀，大叫「且慢！」趕緊阻止了他們。

周孤桐大聲對吳柏英道：「我殺了自己，聖姑言出如山，即便放你，有什麼不好？」

吳柏英則道：「當然是我死你活，那又有什麼可爭的？」

盈盈在一旁聽了，頗爲動容。她點頭道：「很好，你二人夫妻情重，我好生相敬，兩個都不殺。」接著，又命他們下山去即刻拜堂成親。

當然，游迅就不可能有此幸運了。等令狐沖向他問完了情況，游迅以爲自己可以走了，說：「多謝聖姑和令狐掌門不殺之恩。」盈盈就道：「何必這麼客氣？」說著，左手一揮，短劍脫手飛出，「噗」的一聲，從游迅胸口插入，這一生奸猾的「滑不溜手」游迅登時斃命。

對於仇人，任盈盈自然是從不手軟的，游迅又怎能例外！

不過，對於大壞蛋、大惡人，任盈盈倒還捨不得把他一殺了之，因爲那樣就太便宜了他了。比如勞德諾，他奉左冷禪之命潛入華山派，爲了盜取華山派的武功心法《紫霞秘笈》，他殺了六師弟陸大有，並嫁禍令狐沖，做了很多壞事，後來岳靈珊之死也是他間接造成的。

左冷禪死後，他失去了靠山，自己練「辟邪劍法」不得其法，竟將一身武功盡數廢了。無奈，他只好帶著《辟邪劍譜》去投奔任我行。任我行死後，盈盈繼任教主，想起他是殺害陸大有的兇手，而陸大有生平愛猴，所以就叫人覓了兩隻大馬猴來，跟勞德諾鎖在一起，放在華山之上。

令狐沖和陸大有一向交好，他見了勞德諾，本欲殺之而後快。但見他在華山所受之苦，遠過於一劍加頸，也就改變了初衷，且心下頗感復仇之快意，心想：「這人老奸巨滑，爲惡遠在林師弟之上，原該讓他多吃些苦頭。」

當然，這樣的傑作必定是、也只能是屬於任盈盈的。

新婚燕爾的任盈盈伸手過去，扣住令狐沖的手腕，嘆道：「想不到我任盈盈，竟也終身和一隻大馬猴鎖在一起，再也不分開了。」說著，嫣然一笑，嬌柔無限。

草色人心相與閒，是非名利有無間【注四】

每個人都會有權力欲和物欲，所不同的只是，由於身分、地位、生活環境以及個性的差異，與生俱來的欲望或被抑制淡化，或被張揚膨脹。

在一般人眼裡，任盈盈是非常幸運的，因爲她一生下來就擁有相當高的地位，以及隨地位而來的金錢和權力。

而對於任盈盈來說，一開始，她對與生俱來高高在上的地位和手中的權柄，確實也是感到幸運的，畢竟，舒適的生活誰也不會拒絕，而且，身邊的絕大部分人都對自己俯首貼耳，自己可以說一不二，這種感覺還眞不壞。比如，在盈盈剛剛迷上音樂的時候，她很想要一具好琴。還沒等她把這想法說出來，就有人替她覓來了價值連城的古琴「燕語」；要是誰冒犯了她，任盈盈就可以任意將他流放，或對他施以刑罰，哪怕這人其實並沒有什麼過錯。

作爲「日月神教」的「聖姑」，任盈盈似乎是可以爲所欲爲，活得了無遺憾的。

可是，任盈盈慢慢地發現，其實還是有很多事情自己是無法辦到、無法稱心如意的，比如，她不可能讓母親復生，她也不能夠解除自己的寂寞淒清。

還有，任盈盈也看得很清楚，先後掌握了教中生殺予奪大權的父親和東方叔叔顯然也都並不快樂，看來權力和幸福之間並不存在必然的等號。

而將音樂帶入自己的生活，並給了盈盈無限安慰和快樂的綠竹翁對於生命、對於權力地位的觀念也對任盈盈有很大的觸動。從綠竹翁身上，盈盈發現原來這世界上還有一種和父親以及東方叔叔完全不同的處世方式，那就是視名利為浮雲，淡泊自守。相對於爾虞我詐、爭權奪利的日子，任盈盈覺得綠竹翁的彈琴自娛更有價值和意趣，更能夠體現生命的可貴意義。

也正是抱著這樣的想法，任盈盈才離開了黑木崖，隱居在洛陽綠竹巷。

不過，讓任盈盈「覺今是而昨非」【注五】，開始在很大程度上懷疑和否定自己以往的生活，從而勉力追求新的生活方式的，自然是令狐沖。

當時，令狐沖來到綠竹巷，給了任盈盈從未有過的愛的體驗。當然，他的身負重傷令任盈盈柔腸寸斷。於是，任盈盈頒下命令，要她的手下替令狐沖治病。盈盈想，她的部下遍及五湖四海，且個個身懷絕技，人人忠心耿耿，自己這一下令，令狐沖的傷病再頑固，也應該能夠拔根了——只要「聖姑」開口，天下難道還有什麼事情辦不成呢？任盈盈可是從來沒有過自己的心願和命令被部下違拗的記錄哦！

不料，令狐沖的傷竟連「殺人名醫」平一指也治不了，而祖千秋、藍鳳凰等人對「聖姑」的效忠行爲不僅沒有能夠治好令狐沖，反而更加劇了他的病情，使他很快就到了垂死的邊緣！

任盈盈很傷心，也很後悔。這是她生平第一次懷疑自己作爲「聖姑」的價值和作用，同時也更促使她逐步堅定了遠離權利的想法和決心！

後來，父親任我行被向問天救出，和盈盈父女團聚。不久，父親又成功地奪回了教主的寶座。可是，盈盈在教中的地位和權柄倒反而不如東方不敗掌權的時候了。而且，任我行還逼令狐沖入教，一旦遭了拒絕，他竟不顧令狐沖助他復仇的大功，雙眉豎起，陰森森地道：「不聽我吩咐，日後會有什麼下場，你該知道！」要不是有盈盈和向問天在旁替他著意周旋，只怕令狐沖是下不了黑木崖了。

盈盈覺得，在父親的心目中，依然和她小時候一樣，是權位第一，唯一的親生女兒卻只能屈居第二，甚至第三、第四。

如果權力讓人癡迷瘋狂，連骨肉親情都會棄之如敝屣的話，那麼，這種權力又要來何用呢？

任盈盈再一次感到了權力的冰涼和冷酷。

不多久，任盈盈在恒山懸空寺和令狐沖一起經歷了一次生死大劫——在他們被點了穴道，捆縛在地的時候，八個盈盈的屬下走了進來。這八個人一直對「聖姑」任盈盈都是必恭必敬、唯命是從的，連馬屁都拍之唯恐不及，任盈盈也一向認爲自己毫無疑問是掌握著他們的生殺予奪大權的。可是，在這關鍵時刻，八個部下中卻只有張夫人一個人對盈盈忠心不二，而游迅、仇松年、嚴三星、西寶和尙、玉靈道人和桐柏雙奇等另外七個人居然都起了反心，不僅不救任盈盈，還要對她下殺手！要不是令狐沖見機得快，用巧計賺得他們自相殘殺，然後終於搶得先機，轉危爲安，否則任盈盈的性命就要送在這些宵小之徒的手裡了。

如果說這突發事件對於令狐沖來說只是又一次的生死劫難，那麼，這次事變對於任盈盈來說就不僅僅是經受了死神的挑戰，而且在心靈和精神上也經受了嚴峻的考驗——她親眼目睹了部屬無情的反叛，也親耳聽到游迅代表他們陳述反叛的理由：「任大小姐，你是任教主的千金，大家瞧在你爹爹分上，都讓你三分。不過大家對你又敬又怕，還不是爲了你有『三尸腦神丹』的解藥。把這解藥拿了過來，你聖姑也就不足道了。」

於是，這時候的任盈盈不僅在心裡輕視鄙薄權力，而且還深深地明白，權力的大廈無論怎樣華美高大，也只不過是建立在沙灘上的危房，隨時可能倒塌，它是不值得倚重和依靠的；而人與人之間的眞情也許沒有美輪美奐的外表，但卻永遠溫暖如春、堅如金石，是經得起時間與事變的考驗的，當然，也只有它才是眞正值得重視和珍惜的。

任盈盈慶幸自己已經獲得了這分人間最寶貴的眞情——她想：「我今日已有了沖郎，還要那些勞什子的權柄風光幹什麼？」

然後，她自然是要用全部的生命、全部的眞誠和全部的時間去維護和珍惜這分情感。

任盈盈別無選擇！

所以，當父親任我行突然病逝，任盈盈被衆人公推爲繼任教主的時候，她並沒有多少手握重權的自我陶醉和欣喜。她很平靜，只是利用這分權力成全了自己和令狐沖的婚事，然後便有「夫」萬事足，主動辭去教主之位，交由向問天接任。放眼世間，看世間仍有許多人爲了名利權位，拋棄了親情，迷失了自我，爭得頭破血流，任盈盈淡淡一笑，想起了閒居洛陽時讀過的一首唐詩，是大名鼎鼎的杜牧寫的，題目叫〈洛陽長句〉：

草色人心相與閒，是非名利有無間。
橋橫落照虹堪畫，樹鎖千門鳥自還。
芝蓋不來雲杳杳，仙舟何處水潺潺。
君王謙讓泥金事，蒼翠空高萬歲山。

從此，任盈盈和令狐沖雙宿雙飛，優游林泉，再也不曾有片刻的分離。

注：

【注一】「易求無價寶，難得有情郎」：語出晚唐女詩人漁玄機的〈贈鄰女〉。

【注二】「得成比目何辭死，願作鴛鴦不羨仙」：語出初唐詩人盧照鄰的〈長安古憶〉。

【注三】「愛之欲其生，惡之欲其死」：語出《論語．顏淵》。

【注四】「草色人心相與閒，是非名利有無間」：語出唐末詩人杜牧的〈洛陽長句二首〉。

【注五】「覺今是而昨非」：語出晉代文人陶淵明的〈歸去來兮辭〉。

任盈盈的人生哲學

評語

一提起任盈盈，很多人會說：「哦，那個《笑傲江湖》裡的女主人翁。」不過，說實在的，這話並不完全切合實際，因爲任盈盈之所以能夠被公認爲《笑傲江湖》的女主角，倒並不都是由於她本身的緣故，而大概和她是男主人翁令狐沖的愛侶這個客觀因素有所關係吧！縱觀一部《笑傲江湖》，任盈盈的出場比較晚——她的出場是在第十三章〈學琴〉的後半部分，和書中另外兩個主要的女性人物岳靈珊與儀琳相比，出場亮相要遲得多；而且，任盈盈的出場也並不是特別多——不必說和岳靈珊、儀琳相比，任盈盈在書中出場亮相的次數、所占的章節數和字數並沒有壓倒性的優勢，而和當之無愧的第一主角令狐沖相比，任盈盈在小說裡的分量就更輕了。當然，由於衆所周知的歷史原因，我們看到的絕大部分文學作品均出自男性作家之手，他們都是以男性視角觀照和體察現實、傳達生活理念的。金庸先生是深受中國傳統文化薰陶的男性作家，他所創作的武俠小說自然也不例外——無論是開筆的《書劍恩仇錄》，還是使他的聲名達到顛峰的《雪山飛狐》和《射鵰英雄傳》，還有封筆之作《鹿鼎記》，無不是以男性爲敘述和表現的中心，其筆墨和主題都是圍繞著男主人翁展開的。

甚至，男性主人翁的出場也往往比女主角早，比如郭靖比黃蓉出場早，楊過比小龍女出場早，張無忌出場比趙敏、周芷若和小昭、蛛兒等都早得多，而袁承志的出場也比阿九和溫青青要早……。自然，這些男主角在故事裡面所占的比例也比女主人翁們要多一些。同時，因為作者是男性，採用的寫作視角也是男性的，所以，喜歡當代武俠小說的讀者會發現一個有趣的現象，那就是這些作品的故事框架常常是由一男和數女組成的，而《笑傲江湖》和《倚天屠龍記》就是其中的典型。這樣的作品通常是有一個男主人翁和幾個女主人翁，女主角中那個最終成為男主角妻子或被男主人翁愛上的，不管她在小說中的真正地位如何，就會被認為是理所當然的第一女主角——本書所要議論和評價的任盈盈，無疑就屬於這種情況。

所以，要解剖任盈盈，真正讀懂這位「聖姑」任大小姐，我們免不了要先分析一下令狐沖愛上任盈盈的心理過程，同時，也必須對岳靈珊和儀琳稍加注意，否則，恐怕就要霧裡看花，既不能夠深入任盈盈的心靈世界，也不能夠真正理解金大俠塑造這個人物的創作心態和深層用意了。

令狐沖眼裡的任盈盈

令狐沖在他和任盈盈的交往中一直是被動的：初時他是聞其聲而不見其人，隨後是見其威懾群豪而不知其所由，感其深情而不知其所蹤，最後才覺得盈盈是他在這個世界上唯一的親人，只盼和她締結連理，永不分離。

最初，令狐沖因爲受洛陽金刀王家的冤枉，不得不隨衆人到城東綠竹巷去找綠竹翁辨別《笑傲江湖》琴簫曲譜的眞僞。在這個過程中，他了解到綠竹翁有個姑姑琴藝高超，於是就將《笑傲江湖》的譜子送給了這個「婆婆」，以完成劉正風和曲洋對他的重託，了卻兩位前輩的心願，告慰他們於九泉之下。當然，他並不知道自己的這個舉動彷佛是往任盈盈平靜的心湖裡投入了一塊巨石，引起了陣陣漣漪。然後，綠竹翁又暗示他向「婆婆」要求學琴，他照辦了。從此，令狐沖就走進了任盈盈的生活，改變了任盈盈的生命軌跡；而他自己的命運也從此和任盈盈緊緊相連，密不可分。

不過，令狐沖當時卻一點也不知道這個只聞其聲、未見其人的「婆婆」將改變自己的命運。他只知道，在離開洛陽以後的日子裡，他的生活一直充滿了奇遇——平一指、祖千秋、藍鳳凰等相繼出現，「論杯」、「灌藥」和「注血」，樣樣事情都透著怪異，令他驚奇萬分。然後就是五霸岡上群雄聚會，千餘條漢子齊刷刷地向他後生小子令狐沖結交示好，無形中，他這個落拓失意至極的病夫竟成了好漢們關心的焦點，他的重要性似乎還超過了他的師父和師娘！雖然倍感尷尬，但令狐沖還是感動得熱淚盈眶。他生性倜儻，不拘小節，心情激蕩之下，竟不顧岳不群夫婦和眾師兄弟會對他有看法，甚至還暫時忘卻了小師妹岳靈珊的存在，當下就在五霸岡上和群豪痛飲一番，結爲知交——自然，令狐沖這樣做的結果是被華山派眾人所棄，獨自留在了五霸岡上。其實，這也埋下了他後來被岳不群逐出華山，爲名門正派所歧視，更加落魄失意的根由。

然後，「婆婆」又出現了。隨著她的出現，令狐沖心中的驚訝有增無減——首先，他知道了「婆婆」是魔教中人，而且武功不弱，根本不需要他護送；不久，令狐沖又知道了「婆婆」其實不是耄耋老人，而居然是一個美貌的小姑娘！然後，祖千秋和老頭子、計無施三人又在無意中把這個閨名盈盈的小姑娘高居「聖姑」之位，並已經愛上了令狐沖的秘密說了出來。令狐沖這一驚非同小可！有道是最難消受美人恩哪！更何況這位美人美則美矣，行事方式卻好生怪異，動輒就殺人，或是將人流放，他心裡對她不禁有些厭憎和懼怕，渾不似對小師妹岳靈珊那樣溫柔憐惜。不過，好在他生性豁達，跳脫不羈，長期以來對那個委託平一指、黃河老祖和藍鳳凰等來替他治病、並在幕後操縱了五霸岡之會的神秘人物又懷著無以復加的感激，所以也就頗自然地和任盈盈說說笑笑，甚至，當任盈盈當面親口對他表白：「……要你永遠在我身邊，不離開我一步」，他也只是更加感激對方，卻渾不知眼前這個姑娘將深深介入自己的生活，甚至漸漸取代岳靈珊在自己心目中和生活中的位置。

數月後，令狐沖又得知任盈盈為了自己，居然捨身少林寺！於是他對任盈盈的感激到了頂峰，為了報答盈盈的恩義，他作了祖千秋等群雄的盟主，惡劇似地往少林寺進發，意在解救被軟禁的任盈盈。很快，江湖上紛紛傳揚，說道是昔日的華山首徒令狐沖迷戀魔教聖姑任盈盈，為了她連性命都不要了。於是，江湖上人人都把他倆看成了一對情侶，雖然令狐沖心中所愛的仍然是岳靈珊，而不是任盈盈。不過，他對盈盈的厭憎之意畢竟漸漸淡了，有時候也會捫心自問，爲什麼任盈盈的相貌比小師妹要美得多，但自己想到盈盈時卻無溫馨喜悅之情，渾不似想到小師妹岳靈珊時的那分溫柔纏綿？

值得一提的是，任盈盈身邊的人都在促成他倆的婚事，始作俑者綠竹翁自不必提，他愛惜盈盈，也瞭解盈盈，衷心希望她能夠得到眞正的幸福，所以當他認定令狐沖是堪託終身的少年郎，就趕忙撮合他們了；盈盈的部下祖千秋等也自然以任盈盈的願望爲願望，將他倆看作是天造地設的一雙璧人。

還有，任我行和向問天出於各自的目的，也是竭盡了撮合之能事——任我行崇拜權力，重出江湖後他爲奪回教主之位而處心積慮，見令狐沖是後輩中難得的人才，又沒有一般正派中人的迂腐，行事介於正邪之間，覺得他正好爲己所用。而盈盈恰恰已經愛上了這個年輕人，於是任我行就順理成章地欲以親生女兒爲誘餌吸納令狐沖入教，爲己效命，至於女兒的幸福，他倒不怎麼放在心上。於是，他雖然看出令狐沖對任盈盈感激之意雖深，卻並無親近之念，但依然刻意地推波助瀾，用當著包括岳不群在內的江湖衆豪傑的面喚他「沖兒」等方式一方面向令狐沖示好，一方面要完全阻斷令狐沖回歸華山之路，以使他靠向己方，其用心不可謂不深。

而向問天則和他一心效忠的教主大不相同，他一方面很愛護任盈盈，另一方面又極欣賞令狐沖，對任我行又是忠心耿耿，所以，他也投令狐氏和任氏聯姻的贊成票，因爲這樣既可以使任我行得到武功高強的幫手，又能讓盈盈得配佳婿，可謂一舉兩得。

在任盈盈的不斷努力和衆人的竭力撮合下，令狐沖自然而然地和任盈盈愈走愈近了。雖然他和盈盈厮守在一起的時候，還常常覺得近在咫尺的盈盈和他的心裡距離很遠很遠——比如，在少林寺中，任我行稱他爲女婿，令狐沖就頗感爲難；後來在恒山懸空寺，令狐沖和方證、沖虛被賈布、上官雲所困，險些遇難，好在任盈盈及時出現才解除了危機。當時，令狐沖見她和賈布相鬥，身形輕靈，出手詭奇，極盡飄忽，便覺任盈盈雖然是一個實實在在的人站在他的眼前，可他心中卻仍是感到飄飄渺渺，如煙如霧。不過，當危機過去，令狐沖和任盈盈在蒼茫的暮色中並肩緩行，晚風過處，吹動盈盈的柔髮，也吹得令狐沖心中一蕩，不禁尋思：「她對我一往情深，天下皆知，連東方不敗也想到要擒拿了我，向她要挾，再以此要挾她爹爹。適才懸空寺天橋之上，她明知毒水中人即死，卻擋在我身前，唯恐我受傷。有妻如此，令狐沖復有何求？」於是伸出雙臂，便向任盈盈腰中抱去——這時，令狐沖已經將任盈盈當作未婚妻看待了。

再後來，令狐沖常常有機會再見到他念念不忘的小師妹岳靈珊，而且那又往往是在令狐沖身負重傷、岳靈珊卻遭逢了危難的時刻。以令狐沖的脾性，自然是要救岳靈珊的，可偏偏他自己又無法出手。正焦急間，任盈盈就已經主動替他完成了這項使命！每次都是這樣，從無例外。岳靈珊死後，任盈盈還替令狐沖妥善安葬了小師妹。此後不久，令狐沖重遊華山故地，在岳靈珊的舊居裡，他隨手拉開抽屜，只見都是些小竹籠、石彈子、布玩偶、小木馬等等玩物，每一樣物事，不是令狐沖給岳靈珊做的，便是當年兩人一起玩過的，他心頭一痛，淚水撲簌簌地掉將下來。把這一切看在眼裡的任盈盈不僅沒有吃醋犯酸，而且還悄沒聲地走到室外，慢慢帶上了房門，讓令狐沖獨自盡情緬懷往事、追憶前情——她如此善解人意，怎不讓令狐沖愛煞？

從一個年高德劭、七分可尊敬三分要感激的老「婆婆」，到視人命如草芥的可怕女魔頭，再到美麗嬌羞、善解人意的心上人，任盈盈的形象在令狐沖的心目中前後的變化是巨大的，而之所以會有這樣的變化，完全是因爲任盈盈能夠爲了愛而付出一切。

任盈盈和岳靈珊

任盈盈和岳靈珊都是篤於愛情的姑娘，她們倆爲了追求眞愛，都可以毫不猶豫地付出一切。

不過，任盈盈和岳靈珊的愛情觀還是很不一樣的，命運也很不一樣。

岳靈珊在《笑傲江湖》的重要女性人物中是出場最早的——全書一共四十章，她在第一章〈滅門〉裡就出場了。同時，在整個故事的開端，岳靈珊和第一主人翁令狐沖的關係也最密切——她是令狐沖的同門師妹，也是令狐沖愛戀的對象，二人耳鬢廝磨已歷十五個年頭。

岳靈珊從小在父母的百般寵愛和師兄們的小心呵護下長大，天眞爛漫，只知世上有眞善美，不知人間還有假惡醜。大師哥令狐沖自幼就是她的玩伴，他對她的愛護、容讓，在岳靈珊看來是天經地義的，就像長兄對待小妹那樣自然。她還理所當然地認爲父親岳不群的道德武功都是上上之選，自己在華山派內小公主一樣的地位也是父親所賜予的，所以她崇拜岳不群，覺得父親是世界上最了不起的人。於是，岳靈珊所喜歡的男人，應該像岳不群那樣端莊嚴肅，沈默寡言。

令狐沖是無父無母的孤兒，承蒙岳不群夫婦收留恩養，才不至於流落江湖。他對師父師母懷著深深的感激，所以對師父師母的獨生愛女靈珊師妹的照顧也就特別的細心和周到。更何況，令狐沖入華山派時岳靈珊才三歲，他是看著她長大的，可說是青梅竹馬，所以他就很自然地愛上了岳靈珊。可是一開始岳靈珊的年紀還小，渾不解事，而令狐沖雖然膽大妄爲，但愛之彌深，則慮之彌切，他畢竟始終不敢直接對小師妹吐露心聲。等到岳靈珊長大成人，華山派上上下下都已經明瞭令狐沖對岳靈珊的一往深情，但岳靈珊本人卻還是有些渾渾噩噩。在衆師兄弟中，她和大師哥相處時間最長，感情也最好，一時不見便要相問，常常惹得其他師兄弟笑話她，也使令狐沖誤以爲她心即我心。比如，當她和二師兄勞德諾完成了父親所交派的任務，從福州北返，到了衡山的時候，剛剛和衆師兄弟重逢，她劈頭就問：「大師哥呢？」

六師兄陸大有好開玩笑，就打趣岳靈珊道：「別的不問，就只問大師哥。見了面還沒說得兩三句話，就連問兩三句大師哥？怎麼又不問問你六師哥？」

岳靈珊頓足道：「呸！你這猴兒好端端的在這兒，又沒死，又沒爛，多問你幹麼？」

陸大有笑道：「大師哥又沒死，又沒爛，又問他幹麼？」

岳靈珊聞言，馬上嗔道：「我不跟你說了，四師哥，只有你是好人，大師哥呢？」

她的四師哥施戴子答道：「我們昨兒跟大師哥在衡陽分手，他叫我們先來。這會兒多半他酒也醒了，就會趕來。」

一聽令狐沖又喝酒了，岳靈珊秀眉微蹙，道：「又喝酒了？這豈不喝壞了身子，你怎不勸勸他？」

施戴子伸了伸舌頭，說：「大師哥肯聽人勸，眞是太陽從西邊出來啦。除非小師妹勸他，他或許還這麼少喝一斤半斤。」

岳靈珊又問令狐沖爲什麼要大喝起來，施戴子道：「他多半知道到得衡山城，就可和小師妹見面，一開心，便大喝特喝起來。」

岳靈珊嗔道：「胡說八道！」但言下顯然頗爲歡喜。

不一會兒，恒山派定逸師太來了，她說要找岳不群告令狐沖的狀，岳靈珊一聽急了，忙道：「師叔，你可千萬別去。大師哥最近挨了爹爹三十下棍子，打得他路也走不動。你去跟爹爹一說，他又得挨六十棍，那不打死了他麼？」

定逸怒道：「這畜牲打死得愈早愈好。靈珊，你也來當面跟我撒謊！什麼令狐沖路也走不動？他走不動路，怎地會將我的小徒兒擄了去？」

定逸師太此言一出，華山派群弟子盡皆失色，岳靈珊更是急得幾乎哭了出來，趕忙一疊連聲地替令狐沖分辯。

後來，岳靈珊隨父親岳不群和衆人去衡山群玉院找令狐沖。她一聽四師兄施戴子和五師兄高根明說令狐沖不在房內，就忙對父親說：「我也去瞧瞧。」但岳不群一把拉住她，責道：「胡鬧！這種地方你去不得。」

岳靈珊急得幾乎要哭出聲來，道：「可是……可是大師哥身受重傷，只怕他有性命危險。」

岳不群低聲道：「不用擔心，他敷了恒山派的『天香斷續膠』，死不了。」

岳靈珊聞言，又驚又喜，立即破涕爲笑——她對大師哥令狐沖的關心是明明白白寫在臉上的。

令狐沖回到華山之後，因妄交魔教匪人而被師父岳不群罰到思過崖上面壁一年。這時，剛剛求過父親不要責打令狐沖的岳靈珊又替大師哥著急了，忙言道：「那怎麼成？豈不是將人悶也悶死了？」隨後她見自己討的人情爹娘不准，就又天眞地問：「那麼大師哥吃什麼呢？一年不下峰，豈不餓死了他？」——岳靈珊對令狐沖的關心是不需要掩飾的，完全溢於言表。

令狐沖上了思過崖後，岳靈珊怕自己要整整一年都見不到大師哥的面，就哭著央求六師哥陸大有把替令狐沖送飯的差事讓給了她，然後上崖和大師哥一邊說笑，一邊共進晚餐。甚至，她還沒忘了每天偷來一小葫蘆酒，以慰嗜酒如命的令狐沖！有一天，大雪紛飛，岳靈珊上崖時摔了一跤，令狐沖十分憐惜，道：「小師妹，你答允我，以後千萬不可為我冒險，倘若你掉了下去，我是非陪著你跳下不可。」

岳靈珊低聲問：「如果我死了，你便不想活了？」

令狐沖答：「正是。」

岳靈珊於是緊緊握住令狐沖的雙手，心中柔情無限。二人四目交投，一動也不動，竟聽任漫天大雪將他倆塑成了兩個雪人！

不過，岳靈珊雖然十分依戀令狐沖，但她對令狐沖的感情卻只是兄妹之情。假如沒有林平之的中途介入，她也許最終會接受大師哥的愛情，和他成就一對相敬如賓的夫妻。可是，岳不群收林平之為徒時，岳靈珊吵著要當「師姐」，林平之不但答應了，還從此恭恭敬敬叫她師姐，她頗得意，就常和這位「林師弟」在一起。漸漸地，「林師弟」變成了「小林子」、「平弟」，同門之情也慢慢演變爲熾熱的戀情！

從表面看，岳靈珊和令狐沖相處長了，應該像令狐沖對她一樣，日久生情，很自然地愛上令狐沖，然後嫁給令狐沖，成爲華山派下一任的掌門夫人——就像她的母親寧中則當年嫁給師兄岳不群一樣。其實，細究一下的話，我們就可發現令狐沖之於岳靈珊，和岳不群之於寧中則，二者大不相同，因爲令狐沖天性跳蕩不羈，和岳不群的端凝穩重大異其趣。而岳靈珊崇仰父親，和母親一樣，並不讚賞令狐沖的口無遮攔，好酒鬥氣。她心目中的如意郎君應該具有岳不群的個性，端莊嚴肅，凡事不放在臉上，卻專在肚子裡作文章。假若她的生活裡面沒有出現這樣的人還則罷了，一旦出現這樣的人，她就會義無反顧地愛上他，矢志不渝。

所以，當深沈、寡言，滿腹心機，端凝穩重，個性酷似岳不群的林平之出現之後，令狐沖的單相思就注定不會有著落了。

而任盈盈則恰恰和岳靈珊相反，令狐沖在岳靈珊母女眼裡「輕浮好酒，胡鬧任性」的缺點在她看來，則是風趣多智的代名詞，絕對是優點！因爲任盈盈很小就失去了父母雙親，又是教主獨生女的身分，她一生下地，日月神教中人人便當她公主一般，誰也不敢違拗她半點，待得年紀愈長，更是頤指氣使，要怎麼便怎麼，從無一人敢和她說一句笑話。所以，能和令狐沖戲謔說笑，在她看來倒是人生難得的樂趣。

所以，正如前文「生平篇」和「感情篇」所評述的那樣，任盈盈對令狐沖從同情、愛憐到傾心相許，是一個十分自然的心路歷程。

換言之，任盈盈在邂逅令狐沖後愛上了這個年輕人，然後千方百計要和他結成秦晉，這是很自然的事情。當時，擺在任盈盈面前的困難主要有兩條，即令狐沖心裡只有岳靈珊，而且她和令狐沖正邪殊途，難締鴛盟。不過，任盈盈可不是淺嘗輒止、畏難退縮之輩，對於這兩大障礙，她知道自己必須一一加以克服——

首先，任盈盈有意無意地讓令狐沖結交了很多旁門左道的人物，客觀上使得令狐沖自絕於華山派、自絕於名門正派，逐漸從一個名門正派的掌門大弟子變成一個介於正邪之間的「武林路路通」，爲令狐氏和任氏的聯姻掃除了門戶不當的大障礙。

然後，任盈盈又處處體貼、關心令狐沖，事事都替他謀劃得周周到到的，比如命令衆部屬加入恒山派，一舉免除了令狐沖以青年男子而做尼姑頭目的尷尬。尤其高明的是，在對待岳靈珊的關鍵、敏感問題上，任盈盈完全不像一般姑娘那樣意氣用事，而是盡量體諒令狐沖的心境、克制自己的情緒，不僅主動幫令狐沖數次救了岳靈珊的性命，最後她還主動葬埋了岳靈珊的芳魂。當然，見她這樣，令狐沖心中對任盈盈的感激自是不必說的了，其感情的天平也自然而然地逐漸向她傾斜。

順便提一下，也正因爲如此，任盈盈和岳靈珊二人在恒山派衆師姐妹的眼中，形象也是大不一樣——任盈盈以溫婉、靦覥和深明大義贏得了恒山派上下的一致好感，不僅脾氣火爆的儀和也對盈盈頗友好，甚至連深深愛著令狐沖的儀琳對任盈盈亦毫無敵意。可是，同樣也是一心一意對待情郎的岳靈珊留給儀清、儀和她們的印象就很不怎麼樣了，比如儀和就曾經這樣比較她和任盈盈：「這女子有什麼好？三心二意，待人沒半點眞情，跟咱們任大小姐相比，給人家提鞋兒也不配。」甚至，在岳靈珊被青城派六弟子圍攻，差點丟了性命的情況下，一向慈悲爲懷的恒山衆尼也袖手旁觀，以事先有持中立立場的約定爲藉口，不打算救她——雖然，恒山衆姐妹完全清楚她們所敬重的掌門人令狐沖對待岳靈珊的感情和態度，以及他見岳靈珊有難時的那分心急如焚！

當然，在令狐沖眼裡，任盈盈和岳靈珊也是很不相同的。小師妹岳靈珊自然是他的最愛，在岳靈珊面前，一向豁達灑脫的他竟然常常呆頭呆腦，變得像木頭人似的找不到話說——即使在岳靈珊公開了和林平之的戀情，甚至嫁給了她的小林子之後，這種情況也沒有絲毫改變；可是，到了任盈盈面前，令狐沖立刻就聰明起來，無論說話做事，總是能哄得她開心。尤其是一張油腔滑調的巧嘴，最得任盈盈的歡心。比如在五嶽併派的當天晚上，恒山派衆人因爲掌門人令狐沖受了重傷不便馬上行走，同時她們又十分討厭岳不群，不願聽他號令，就露宿在嵩山封禪台畔。孰料林平之約了余滄海在此決鬥，他們欲求清淨反倒大不得清淨。最後還是岳靈珊過來找丈夫，告訴林平之岳不群命他暫時饒了余滄海，才總算平息了一場風波。她臨走前關切地問令狐沖：「大師哥，你……你的傷不礙事罷？你受傷很重，我十分過意不去，但盼你不要見怪。」令狐沖一聽她的聲音就心神激蕩，話都不會說了，只會趕緊表白自己：「不，不會，我當然不會怪你。」岳靈珊幽幽地嘆了口氣，低下了頭，輕聲道：「我去啦！」令狐沖道：「你……你要去了嗎？」失望之情，溢於言表。

等目送岳靈珊慢慢走遠，俏麗的背影完全消失在松樹後面，令狐沖才回過神來，驚悟任盈盈就在身邊，剛才自己對小師妹如此失魂落魄的模樣，當然已經盡收她眼底了，不由地臉上一陣發熱。他只見任盈盈倚著封禪台的一角，似在打盹，心想：「只盼她是睡著了才好。」但盈盈如此精細，怎會在這當兒睡著？令狐沖這麼想，明知是自己欺騙自己，於是訕訕地想找幾句話來跟盈盈說，卻又不知說什麼好。

不過，輪到對付任盈盈，令狐沖馬上就聰明起來。他想這時既無話可說，最好便是什麼話都不說，而更好的法子是將她的心思引開，不去想剛才的事——當下慢慢躺倒，忽然輕輕哼了一聲，彷彿是觸到了背上的傷痛。任盈盈果然上當，過來關心地問道：「碰到了嗎？」令狐沖一邊回答「還好」，一邊伸手過去握住了她的手。盈盈想要甩脫，但令狐沖抓得很緊，她生怕使力之下會扭痛了他的傷口，便只得任由他握著——可憐任盈盈平日何等精明能幹，但關心則亂，她因爲深愛令狐沖，竟常常栽在令狐沖的小聰明上。當然，即使她很快就明白自己栽了個小小的觔斗，但只要是爲了令狐沖，無論怎樣，任盈盈都是心甘情願、無怨無悔的！

至於以油腔滑調和任盈盈說笑，哄得她芳心暗喜，則更是令狐沖的強項，例證不勝枚舉。比如他倆在懸空寺脫險之後，任盈盈主張馬上去救被任我行擄去的恒山派衆弟子，因爲若他們到了黑木崖，「再要相救，那就千難萬難了，而且也大傷我父女之情……」令狐沖不等她說完，就搶過話頭，插上去說：「更加上大傷翁婿之情。」眞是體貼入微，聽得任盈盈嬌羞地橫了他一眼，心中卻甜甜的、美滋滋的。

令狐沖見她嫩臉暈紅，嬌美異常，就「乘勝追擊」，握著盈盈的小手，一本正經地說：「盈盈，救出恒山門人之後，我和你立即拜堂成親，也不必理會什麼父親之命，媒妁之言。我和你退出武林，封劍隱居，從此不問外事，專生兒子。」

任盈盈聽他初時說得一本正經，不由得臉上發燒，心下極喜。但聽到最後一句「專生兒子」，倒吃了一驚，急忙運力一掙，掙脫了令狐沖的雙手，板起了俏臉佯嗔薄怒：「你再胡說八道，我三天不跟你說話。」其實，她是喜心翻倒，如沐春風，如飲瓊漿，醺醺然似已中酒薄醉呢。

岳靈珊曾經追求到了她所渴望的「海枯石爛，兩情不渝」的境界，雖然最後她失去了這一切，但依然無怨無悔。她的身影將永遠刻在令狐沖的生命裡，也留在任盈盈的記憶裡。

任盈盈和儀琳

儀琳和任盈盈、岳靈珊一樣，也是性情中人。不過，她身在空門，又純潔得近乎透明，雖深愛令狐沖，但卻對他一無所求，所以，她和任盈盈雖然愛戀著同一個人，但生活軌跡卻完全不同。

儀琳是在小說的第三章〈救難〉中出場的，是繼岳靈珊之後的又一個重要的女性人物。在故事的開端，儀琳作為和華山派同氣連枝的恒山派弟子，與令狐沖也有同門之誼。一開始，她和令狐沖的關係雖然比不上岳靈珊，但自然比任盈盈和令狐沖的關係密切得多。

和任盈盈一樣，儀琳也是在很偶然的情況下認識令狐沖的。不過，不像任盈盈邂逅令狐沖的時候那樣，有美妙的音樂、幽雅的環境，儀琳遇見令狐沖的時候她正處於淫賊田伯光的魔爪之中，情勢十分危急。當時令狐沖路見不平，且儀琳乃恒山門下，也算是自己的師妹，於是不顧自己的武功和田伯光相差甚遠，毅然拔劍相助，但終因敵強我弱而身負重傷。為了救儀琳，令狐沖在衡山回雁樓和田伯光鬥智鬥勇，好一番拚殺，最後終於獲得了勝利。不過，他自己也暈死了過去。

儀琳以為令狐沖為了自己死去了，心痛如絞，抱著令狐沖的「屍體」糊裡糊塗地在道上亂走，最後暈厥在一個荷塘邊上。等她醒來，發現令狐大哥的「屍體」不見了，一時只覺自己也不想活了。

好在令狐沖並沒有死，儀琳為了給他療傷，將恒山派的治傷靈藥「天香斷續膠」如刷牆抹壁似的厚厚地敷在令狐沖的傷口上，然後又不避嫌疑，冒險把令狐沖抱出了衡山群玉院。當時，令狐沖見她臉如飛霞，喘氣不止，知道她累得不輕，就讓她打坐片刻，調勻內息。可儀琳哪裡僅僅是累了，平生第一次和一個年輕男子在一起，而這個男子又是自己的救命恩人，是自己所喜歡的，她的心怎能不如小鹿撞胸，怦怦亂跳？故而她雖依言打坐調息，但心意煩躁，始終無法安寧。

不多久，令狐沖因失血過甚，口乾舌燥，要儀琳到附近的瓜田裡摘西瓜來給他吃。可是他二人均身無分文，儀琳找了半日，又不見可以化緣的瓜田主人，但假若偷摘一個，豈不是犯了偷盜之戒？儀琳欲待空手而歸，腦海裡卻浮現出令狐沖唇乾舌燥的面容，於是咬了咬牙，雙手合十，暗暗祝禱：「菩薩垂鑒，弟子非敢有意偷盜，實因令狐大哥……令狐大哥要吃西瓜。」轉念一想，又覺「令狐大哥要吃西瓜」這八個字，並不是什麼了不起的理由，心下焦急，眼淚奪眶而出，一狠心雙手捧住一個西瓜，向上一提，瓜蒂便即斷了，心道：「人家救你性命，你便爲他墮入地獄，永受輪迴之苦，卻又如何？一人做事一人當，是我儀琳犯了戒律，這與令狐大哥無關。」

令狐沖從來不把世俗的禮法教條放在眼裡，聽儀琳說要向瓜農化緣討西瓜，只以為這小尼姑年輕不懂事，哪裡會想得到她為了採摘一個西瓜，竟在心裡矛盾鬥爭了許久，受了諸多的委屈。所以，一見儀琳捧著西瓜回來，就隨口讚道：「好師妹，乖乖的小姑娘。」把個儀琳弄得心神更亂，差點摔碎了西瓜。

儀琳細心地伺候令狐沖吃完了西瓜，然後就陪著他聊天。令狐沖從來就是多話的人，不一會兒，儀琳就已經知道他和自己一樣，也是無父無母的孤兒，心中更是一蕩。令狐沖又向她道破他和田伯光對話的奧秘，並敘述他往日在華山和眾同門說說笑笑的熱鬧。儀琳聽得意興盎然，不由得悠然神往，尋思：「我若能跟著他到華山去玩玩，豈不有趣。」

令狐沖說得累了，就慢慢閉上眼睛，入了夢鄉。儀琳怕他醒來後口渴肚餓，急忙又去摘了幾個西瓜；又用樹枝替他驅趕蚊蠅小蟲。令狐沖醒來，見她還在，就催促她回到師父定逸師太身邊去，至於他嘛，只要儀琳去通知他的師弟們，就自然有人來照顧他了。

儀琳聞言，心中一酸，暗想：「原來他是要他的小師妹相陪，只盼我愈快去叫她來愈好。」

又想自己即使到了華山，令狐大哥整日陪著他的小師妹，怎麼會陪我玩？於是，眼眶一紅，竟滴下淚來。

令狐沖見她落淚，趕緊溫言細語地向儀琳賠不是，又和她說笑話——令狐沖自幼和岳靈珊相伴，岳靈珊時時使小性兒，生了氣不理他，他是早就習慣於哄小姑娘開心的了，何況儀琳是個小尼姑，天眞無邪，所以他牛刀小試，不一會兒就逗得儀琳收了眼淚，不住口地格格嬌笑。於是，二人一起倦極入夢。

在夢中，儀琳彷彿看見自己穿了公主的華服，走進一座輝煌的宮殿。一個英俊的青年攜著自己的手，足底生雲，雙雙飄上半空，眞是說不出的甜美歡暢。而那牽起她小手的青年男子依稀便是令狐沖！

醒來後，儀琳爲令狐沖的康復，十二萬分虔誠地念起了經文，似乎在說：「觀世音菩薩，求求你免除令狐大哥身上的痛楚，把他的痛楚都移到我身上。我變成畜牲也好，身入地獄也好，只求菩薩解脫令狐大哥的災難……」

令狐沖聽儀琳爲他誦經，又是感激，又是安慰，眼中充滿了淚水。

儀琳知道，自己是愛上令狐沖了。

這，並不奇怪。要知道，儀琳自幼在庵中清修，不僅師父不苟言笑，戒律嚴峻，連衆師姐也個個冷口冷面的，雖然大家互相愛護關照，但極少有人說笑話，鬧著玩之事更是難得之極。她的兩位師伯定靜和定閒雖然收了不少年輕活潑的俗家女弟子，但她們很少與出家的同門說笑。所以，儀琳所有的生命體驗都是在冷靜寂寞之中得到的，除了打坐練功，就是敲木魚念經，實在是單調乏味得很。這會兒驀地碰上能說善道、言語有趣的令狐沖，彷佛是開闢了生活的新天地，怎不讓儀琳心嚮往之？更何況，令狐沖還是儀琳的救命恩人！

這其實是一個很俗套的英雄救美，美人報英雄以青眼的故事，只不過它的最後不是傳統的大團圓式結局，而是有點像「趙匡胤千里送京娘」，最終是美人有意，英雄無情，令人悵然。在這以後，儀琳雖然一直深愛令狐沖，但她從來沒有任何形式的表白，況且令狐沖對小師妹岳靈珊念念不忘，根本只把儀琳看作小妹妹。後來他又和任盈盈在一起，更是沒怎麼把這個儀琳小師妹放在心上。

其實，儀琳的境況和任盈盈非常相似。她倆都是在偶然遇見令狐沖以後就愛上了這個男人的，而且愛的都是令狐沖仁俠仗義的品行和風趣不羈的個性；同時，她們都知道令狐沖喜歡的是小師妹岳靈珊，若欲和令狐沖締結良緣，首先必須搬掉岳靈珊這個障礙。當然，她倆和令狐沖之間還都存在著客觀的鴻溝，阻礙著戀情發展的可能性，那就是任盈盈和令狐沖之間有正邪之隔，儀琳與令狐沖之間則有出家和俗家之別。甚至，令狐沖對她們的最初印象和感情也是一樣的——懷著深深的感激。

所不同的是她們處理這分感情的態度和方式：任盈盈選擇的是主動發起進攻，就像前文已經評述的那樣，她最終不僅成功地逾越了正邪的鴻溝，而且還取代了令狐沖心目中岳靈珊原來的位置；而儀琳則選擇了沈默和寂寞——她自幼出家，在師父定逸師太的教導下一向持戒甚嚴，又怎能夠情絲暗萌，纏到一個年輕瀟灑的男子身上？可是，倘若要她揮慧劍斬斷情絲，卻又萬萬辦不到，所以，儀琳只得將令狐沖悄悄地放在心頭溫存，既不敢向菩薩和師父說明，更不曾向令狐沖表白。

況且，令狐沖和儀琳在一起時，他三句話裡倒有二句要提到他的小師妹岳靈珊，所以儀琳很快就知道這位令狐大哥已經有了心上人。當然，以她的善良純潔，自然不僅不會眞的嫉妒岳靈珊，更不會橫刀奪愛。

等到令狐沖的生活裡又出現了任盈盈，儀琳就轉而一心一意爲令狐沖和任盈盈的幸福虔誠地祈禱，懇求菩薩保佑令狐沖和任大小姐結成美滿良緣，白頭偕老，一世快活。她唯一的「附加條件」就是希望任大小姐將來不要太多地管束令狐沖，因爲她深知令狐沖個性不羈，最喜歡快樂逍遙，無拘無束，是受不得太多的約束的。所以，當儀琳的母親啞婆婆騙女兒說，令狐沖愛儀琳比愛任盈盈勝過十倍，他已經爲她做了和尙，表示非儀琳不娶云云，儀琳聽了，根本不爲所動，她眞誠地說：「我只是盼他心中歡喜，我從來沒盼望他來娶我。」她的心，當眞是如山澗清溪，澄澈見底。

當然，除了天天虔心禮佛，爲令狐沖祈福以外，儀琳還沒忘記在令狐沖即將接任恒山掌門的時候，及時提醒她的師姐們在庵中備下好酒，否則令狐沖這個掌門怕是作不長久的。可惜，她的這番苦心雖然和岳靈珊送酒上思過崖相彷彿，但令狐沖領情的程度卻是大不相同。

儀琳所做的只是默默地爲令狐沖祝福，儀琳所願的也只是令狐沖的幸福。生活環境和個性的不同使得儀琳與任盈盈在同樣的條件下面對同樣的問題時做出了截然不同的選擇，而她們的選擇在一定程度上決定了令狐沖的命運。

我們不必假設如果認識令狐沖比任盈盈早得多的儀琳選擇的是主動的追求，那麼，任盈盈是否還會有機會贏得令狐沖的愛情。

因爲，即使是這樣的假設，也必定非儀琳之所願。

題外話：任盈盈、岳靈珊和儀琳

任盈盈、岳靈珊和儀琳是《笑傲江湖》中和第一主人翁令狐沖關係最密切的三個女性，令狐沖對她們三人都曾經產生過類似「能見到她這般開心，不論多大的艱難困苦，也值得爲她抵受」的想法。

從表面看，她們是三台道上跑的車，門派、環境、身分、個性都各不相同，命運也各不相同，除了都認識令狐沖，都對令狐沖懷有深情——未必是戀情——以外，她們之間似乎沒有什麼聯繫。

其實並不盡然。

《笑傲江湖》的核心任務是塑造男主角令狐沖的形象，其他的一切都是圍繞表現、烘托令狐沖而展開的，幾個女性人物自然也不能夠例外。

若要保證作品的可讀性，有一個很常用而且很不錯的辦法，那就是讓男性主人翁令狐沖的身邊始終有女性人物的存在。可是，故事的情節流程又不允許令狐沖永遠待在同一個地方，和同一群人在一起。另外，如果令狐沖身邊只有一個主要的女性人物，那麼故事就將是單線發展的，多少會失之於單調和乏味；更何況這也不符合作者金庸先生作爲男性作家的創作視角和創作傾向，以及他長期以來所形成的創作習慣。所以，金大俠在令狐沖的身邊安排二到三個女性角色是很自然的，這對於小說情節的處理也是頗有益的，用最通俗的話來說，就是一男三女的結構模式可以使作品「好看」，非常有利於吸引讀者。

於是，岳靈珊、儀琳和任盈盈就應運而生了。

當然，她們三人之間也就注定不可能了無瓜葛了，因爲作者塑造她們的主要目的就是爲了凸顯令狐沖的英雄形象。

所以，她們具有許多小說，尤其是通俗小說的女主人翁所共有的特點：美貌和對愛情的執著專一。

而這兩點其實是絕大多數男性心目中理想女性的代名詞——令狐沖是個一等一的好男人，所以作者理所當然要讓他得到理想的伴侶。換言之，令狐沖身邊的姑娘，自然應該是既美麗又多情的。甚至，金大俠在給她們取名字時都捨不得讓她們有太大的區別，因爲，任盈盈的「盈」字，岳靈珊的「靈」字和儀琳的「琳」字，無論讀音還是意義，都十分相近，似乎暗示著芳名的主人是那樣的靈秀，那樣的玲瓏，那樣的如花似玉，那樣的溫婉可人！從某種程度上來講，這三個姑娘是作者女性審美觀的代言人，假如把她們合三爲一的話，那麼就將是一個完美無缺的、無懈可擊的，男人眼裡最理想的女人了！

不過，作者畢竟是理性的，他知道世界上沒有十全十美的事情，更不存在十全十美的人，所以，他就將自己心目中代表著中國傳統士大夫最高美學標準的女性抽象典型一拆爲三，化爲任盈盈、岳靈珊和儀琳這三個具體的小說形象，有意無意地讓令狐沖變相地享受了齊人之福，同時，也非常隱秘地迎合了現代絕大多數男性讀者的閱讀需求——當然，關於這一點，也許作者本人也並不曾清晰地意識到。

另外，還值得一提的是在金庸先生的武俠世界裡，任盈盈並不是孤立的，獨一無二的，她和其他金派武俠小說中的不少女性人物有著共通之處。下面，我們不妨稍稍離開一下「笑傲」之「江湖」，放眼整個金氏「江湖」，替孤獨的任盈盈找尋一下「姐妹」，並借機欣賞一下任盈盈和她的「姐妹」們的人性之美、人情之美，品評她們的異同，體悟其中的深意，以期能夠更深入地了解金庸和他的武俠大廈，享受優秀作品那不絕如縷的芳馨。

任盈盈和殷素素

殷素素是《倚天屠龍記》裡的人物，天鷹教教主殷天正的愛女，主人翁張無忌的母親。她雖然不是故事裡最主要的幾個女性人物如周芷若、趙敏等中的一個，但在小說的開端部分，她卻是一個很重要的女性形象。

殷素素和任盈盈很相似，當然，她們相似的絕不僅僅是其芳名都用了疊字。

首先，她們都是魔教首領的女兒，手握重權，號令群豪，本人的武功也不弱，還精於易容。她們也都十分美麗，但卻美得刁蠻，美得帶點邪氣——任盈盈動輒就將人流放，甚或取人性命，而且她殺人是不需要充分的理由的；殷素素也同樣，爲了奪取武林至寶屠龍刀，她不僅派部下殺了海沙幫的許多人，而且還親自下手暗算俞岱巖；然後因爲臨安龍門鏢局沒有能夠完全按照她的要求將受了傷的俞岱巖送上武當山，殷素素就把龍門鏢局自總鏢頭都大錦以下殺了個雞犬不留，並嫁禍給無辜的張翠山！

其次，任盈盈和殷素素雖然出身魔教，但卻都愛上了名門正派的年輕人，而且還都百折不撓、矢志不渝！任盈盈之於令狐沖的一往情深自不必再說，那殷素素對待張翠山也是情深款款——她一見到蘊藉儒雅的張翠山就心生愛慕，難以自己。雖然明知自己和張翠山正邪殊途，好事難諧，但她依然忍不住一再找藉口和機會讓自己與張翠山在一起。她害怕自己天鷹教教主之女兼紫薇堂堂主的身分會影響這門婚事，甚至私心裡只盼望拋下一切權利地位，和張翠山去一個沒人的地方長相廝守！於是，當謝遜逼她和張翠山同赴海外的時候，她不僅不怕，反而覺得正合心意！最後，殷素素終於如願以償，和意中人結爲夫婦，在極北的冰火島上過了十年快樂的日子！後來，張翠山被逼飲劍自盡，殷素素便也自刎殉夫！

更値得一提的是，殷素素和任盈盈在愛上仁義爲懷的男子以後，都心甘情願地爲了對方改變自己，尤其是改變了自己原來視人命如草芥的兇殘惡毒，化解了身上的戾氣——殷素素在和張翠山締結鴛盟的時候虔心祝禱，願與心上人生生世世永爲夫婦。與此同時，她又發誓道：「日後若得重回中原，小女子洗心革面，痛改前非，隨我夫君行善，絕不敢再殺一人。若違此誓，天人共棄！」在作了母親之後，殷素素則更好比是變了一個人，成了賢妻兼良母，這時候在她身上又哪裡找得到半分殘暴狠辣？在終於能夠返回中原的時候，她也只盼自己不至於讓丈夫爲難。而任盈盈也是如此，認識令狐沖以後，就漸漸地不再胡亂殺人，還派船接回了以前被她流放到東海蟠龍島的那些人。

當然，任盈盈和殷素素也有不一樣的地方，其中最不相同的就是作者給殷素素安排了多姿多彩、曲折的婚後生活和最後的悲劇結局，但金庸先生卻沒有寫任盈盈的後半生——《笑傲江湖》寫到任盈盈和令狐沖新婚燕爾就戛然而止了，彷彿所有的童話故事那樣，等到王子歷盡波折娶了公主或灰姑娘，故事的帷幕就拉上了；也彷彿所有的民間傳說或戲曲故事那樣，結局是有情人終成眷屬的大團圓結局，最多再加上幾句說明男女主人翁以後景況的吉利話，如「王景隆官至都御史，妻妾俱有子，至今子孫繁盛」【注一】什麼的。

那麼，爲什麼任盈盈的後半生不像殷素素那樣在小說中加以交代呢？顯而易見，作品情節安排的需要是一條重要的理由，因爲殷素素只是《倚天屠龍記》裡男主角張無忌的母親，關於她的那部分故事只不過是整個故事的一個小小引子。換言之，殷素素悲慘的結局是她的個性和追求與社會大環境發生強烈衝突，其矛盾不可調和的必然結果，同時也是承前啓後的一個重要的情節關鍵，所以，作者的巨筆不可能繞開殷素素的婚後生活。但任盈盈就不一樣了，她是書中最重要的三個女性人物中的一個，她的結局本身就是整個故事的結束，所以，在寫到任盈盈和意中人終成佳偶時，小說也就可以收尾了。

當然，另外還有一條理由不可不提，那就是殷素素和任盈盈的結局一悲一喜，後者婚後的幸福、安寧是前者所無福消受的。有道是，幸福都是相似的，而不幸卻具有各不相同的面貌。既然任盈盈已經得到了她所追求的幸福，那麼，又有什麼必要再將她婚後的生活形諸筆墨呢？金大俠是編故事的高手，自然不會畫蛇添足啦。

任盈盈和紀曉芙

紀曉芙和殷素素一樣，也是《倚天屠龍記》裡的一個重要女配角。作爲峨眉弟子的紀曉芙，雖然出身名門正派，但她的身世遭遇、人生觀念和任盈盈卻是異曲同工。

紀曉芙出身金刀紀家，父親在江湖上名頭不弱，她自己又是峨眉派掌門滅絕師太的得意弟子，大有將來繼承師父衣缽的希望。父親將她許配給了武當掌門張三豐的第六個弟子殷梨亭，旁人看來也是門當戶對，十分的匹配。可是，有一次紀曉芙外出執行師父交代的任務，在川西大樹堡偶遇明教光明左使楊逍。楊逍對她一見鍾情，就跟上了她，紀曉芙走，他也走，紀曉芙投客店，他也投客店，紀曉芙打尖，他也打尖，而且還對她反覆表白愛意！紀曉芙武功不如楊逍，千方百計都無法擺脫對方，最後終於被楊逍所擒，且失身於他，還有了身孕，生下一個女兒。

在旁人看來，紀曉芙遭此奇恥大辱，眞是不幸之至。可是，紀曉芙一沒有恨楊逍，找楊逍報仇，二沒有覺得恥辱，尋死覓活。相反，她一點都不後悔爲了楊逍錯過了和殷梨亭的一段大好姻緣，也不後悔爲了楊逍失去了自己的大好前程，更不後悔爲楊逍生下了一個孩子——她讓女兒姓「楊」，並取名「不悔」！

是的，紀曉芙不悔！因爲愛而不悔！

最後，滅絕師太要紀曉芙去殺了楊逍，以報大師伯孤鴻子被楊逍氣死之仇，並以此銘志，表白自己和邪魔歪道勢不兩立。這事一辦完，紀曉芙就可以回來繼承師父的衣缽和武林至尊倚天劍。可是，紀曉芙毫不猶豫地拒絕了——她絕對不會去傷害楊逍的，甚至，她還隱隱地為楊逍感到驕傲，因為大師伯孤鴻子當年是名揚天下的高手，卻居然是被楊逍活活氣死的，這不正說明她的那個「他」武功造詣非凡嗎？

於是，紀曉芙為了愛而勇敢地選擇了死亡——她倒在了滅絕師太的掌下！

紀曉芙和任盈盈，一個是「由正入邪」，一個是「改邪歸正」，何也？理由只有一個字：愛！她們愛得深，愛得切，愛得執著，愛得蕩氣迴腸。

評註：

紀曉芙死後，她遺留的孤女楊不悔在張無忌的護送下到了父親楊逍的身邊。她長大後嫁給了殷梨亭！

這個情節具有強烈的暗示性，似乎是在告訴讀者，凡事皆有因果，既然紀曉芙對不起殷梨亭，那麼她的女兒就應該代替母親以身相許，以償還這筆債務。可是，這樣的安排除了能增加一點小說的可讀性以外，就無甚可取之處了。因爲金庸先生在字裡行間所表現出來的傾向性是很明確的，他既同情紀曉芙，也支持紀曉芙的選擇。可是，楊不悔的這一「嫁」卻在一定程度上削弱了這種傾向性，是對紀曉芙所作選擇的否定。這顯然不符合作者的本意，也許應該算是一處小小的敗筆。

任盈盈和趙敏

趙敏是《倚天屠龍記》裡的重要女性人物。她是汝陽王的愛女，手握重權的「紹敏郡主」，因愛上了敵方首領張無忌而「陣前倒戈」，歷盡了情海的風波。雖然張無忌是明教（即魔教）教主，代表傳統觀念中的邪魔歪道，但因爲趙敏是蒙古人，出身於非正義的一方，所以，她和張無忌的戀愛和任盈盈之愛上令狐沖一樣，都具有「改邪歸正」的特質。

趙敏和任盈盈的脾性也頗有相似之處，比如她們倆都動輒殺人，只要不喜歡、不高興就可以殺，不需要有正當的理由——「聖姑」和「郡主」都不把人命當回事。

趙敏面對的局勢和任盈盈也相彷彿——不僅敵我對立，而且意中人身邊另有姑娘。雖然張無忌對周芷若並不像令狐沖之於岳靈珊那樣癡迷，但這邊廂一個周姑娘還在張無忌的心頭徘徊，那邊廂又來了殷離和小昭，張大教主是左顧右盼，舉棋不定，郡主娘娘所承受的壓力也著實不小。雖然她是蒙古人，敢於大膽表露自己的情感，不似靦覥至極的任盈盈，明明心中愛煞，嘴上還要抵賴，但趙敏追求愛情的路走得卻比任盈盈艱難。

也許就是因爲如此，任盈盈能夠理智冷靜地對待自己的感情、處理和令狐沖的關係，最終獲得心上人的傾情回報；而趙敏則更多地表現出意亂情迷——她爲了愛情屢屢冒險犯難，還不顧一切地和父兄決裂，不僅放棄了尊貴的郡主名號和手中的重權，原來對她唯命是從的「玄冥二老」等部下也都離她而去，眞是衆叛親離。然後，又被周芷若栽贓陷害，背上了盜取屠龍刀、倚天劍，殺害殷離的莫大罪名！和任盈盈爲令狐沖捨身少林和抵擋毒水箭的舉動相比，趙敏爲張無忌付出的代價也不可謂不大。

最後，趙敏雖然也贏得了張無忌的眞心相愛，且小昭去了波斯，殷離也自我表白她愛的是記憶中咬她一口的張無忌，自動退出了競爭，可是，周芷若還在——張無忌剛要學那古人張敞畫眉的韻事，替趙敏效妝台之勞，可周姑娘似笑非笑的俏臉剛剛出現，張教主手裡的筆就掉了，也不知道他對趙敏「從今而後，我天天給你畫眉」的諾言是不是能夠好好地兌現？

看來，雖然金大俠和塑造任盈盈一樣，沒寫趙敏的後半生，但其中緣由卻並不相同——任大小姐婚後的路平平坦坦，無甚可寫，也不必寫；可趙敏前郡主卻是命途難卜，卻叫人怎生落筆？倒不如來個此時無聲勝有聲，筆勢驟然收煞，留下悠悠餘韻任讀者諸君自行評說。這，當然也是金庸先生的高明之處。

注：

【注一】「王景隆」句，語出明代短篇小說名作《玉堂春落難逢夫》。

任盈盈的人生哲學

附錄

【附錄之二】

任盈盈大事記

一歲　出生在日月神教總壇黑木崖。

七歲　在端陽節的宴會上發現教中頭目一年比一年少，一語驚四座，引起東方不敗提前發動政變。

八歲　父親任我行突然在外「病逝」，「遺命」東方不敗繼任教主。受東方不敗優待，被教中上下尊稱爲「聖姑」。

約十八歲　因不滿教中諛詞如潮的風氣，並對替群豪求取「三尸腦神丹」解藥之事感到厭煩，帶著師姪綠竹翁離開黑木崖，隱居洛陽城東的綠竹巷，琴簫自娛。

約十九歲

邂逅令狐沖，試奏〈笑傲江湖〉曲，教令狐沖彈琴並愛上了這個突然闖入她生活的年輕人。

千方百計為令狐沖治病，甚至為他捨身少林寺；但卻害羞，不願讓別人知道自己對令狐沖的感情，致使不少部下被流放，有的還自己刺瞎了雙眼。

約二十歲

和父親任我行重逢，戀情受到父親的承認和支持；

命令衆部下加入恒山派，解除令狐沖的尷尬；

和令狐沖一起幫助父親打敗東方不敗，奪回教主之位；

在恒山懸空寺歷險，更加覺得權位的虛妄和眞情的可貴；

幫助令狐沖救助岳靈珊，最後安葬岳靈珊，並開始和令狐沖合奏〈笑傲江湖〉曲；

和令狐沖在華山思過崖的山洞裡死裡逃生；

父親任我行突然逝世，被部下公推為教主；

以教主的身分與少林、武當等名門正派修好；將勞德諾和華山大馬猴鎖在一起。

約二十三歲

辭去教主職務，在杭州孤山梅莊和令狐沖成親，婚禮上二人合奏〈笑傲江湖〉之曲，從此和令狐沖永不分離。

【附錄之二】

《葵花寶典》和《辟邪劍譜》

在《笑傲江湖》中，《葵花寶典》這部武學奇書主宰了不少人的命運，也改變了不少人的命運。

別的不論，單就令狐沖身上看，如果沒有這《葵花寶典》的爭奪，就不會有介入他生活的林平之，當然令狐沖也就不會在岳不群的一連串陰謀中身敗名裂，終於被逐出了華山派。而以令狐沖師恩重於山的觀念，以及他對小師妹的癡戀，多半會娶了小師妹爲妻。而任盈盈也就多半沒有機會與令狐沖有什麼交往了，即使有，在令狐沖眼裡她也不過是「魔教」的聖姑，只能以「敵人」視之了。

而對於林平之來說，如果沒有《葵花寶典》，他也就依然是福州城裡那個受盡了嬌寵的鏢局大少爺。雖然也許有一天，林平之會死在保鏢的路上，但畢竟不會有那一系列慘絕人寰的經歷。

至於岳靈珊，則只會是父母眼裡的乖女兒，走了母親寧中則的老路，嫁了深愛她的師兄，做了華山派下一屆的掌門夫人。雖然體會不到她與她的「平弟」之間那種能讓人生也能讓人死的愛情，卻也算得上是得到世俗的幸福了。

那麼這改變了、或者說左右了許多人的《葵花寶典》究竟是一部什麼性質的武功秘笈呢？我們不妨來看一下。

《葵花寶典》——正本

根據武林中傳言，《葵花寶典》是前朝皇宮中一位不知名的宦官所著，關於著者種種已不可考，只知天下武功都是循序漸進，愈到後來愈難，可這部《葵花寶典》卻是反其道而行之，最艱難的反倒在第一步，修習時只要有半點差池，立即非死即傷。而打通了第一關之後，就如馬入平川，愈走愈順達。也許是寶典所載的入門武功實在奇絕之極，以致三百餘年來，始終無一人能練成寶典上的武功。

人世滄桑，《葵花寶典》幾度流離之後，終於在百餘年前為福建莆田少林寺方丈紅葉禪師所得。說起這位紅葉禪師也是武林中一位響噹噹的人物，可遺憾的是他參究多年，直到逝世，都未起始練寶典上所載的武功。

不過這《葵花寶典》卻因紅葉禪師而起了種種變故，也算是造化弄人了。而天下武林也為這一部《葵花寶典》而生起了種種變故。

《葵花寶典》所載的武學精微奧妙，可其中有許多關鍵之處，當年那撰作之人並未能參通解透，尤其是修習的第一關，不但毀傷身體，而且後患不小。卻說紅葉禪師以一生之精力參研這部《葵花寶典》，本有志參透其中的疏漏之處，以補全這部武學奇書，不料《葵花寶典》先天缺陷太多，終是未能補憾。有感於此書流傳於世恐怕未能有利，反倒有害，所以紅葉禪師在自知其時日有限之時，就修書給嵩山本寺方丈說明原由，並在臨圓寂之時，召集門人弟子，在說明有關《葵花寶典》的前因後果之後，將其投入爐中火化了，也算是了了一段緣法。

至此，《葵花寶典》全本絕跡於世。

《辟邪劍譜》——《葵花寶典》的「又一體」

話說紅葉禪師得了《葵花寶典》不久，雖然少林寺一直封鎖得經的消息，可是天下沒有不透風的牆，這個消息終於還是傳到了江湖上，更惹來了許多覬覦之徒。只是少林寺高手如雲，他們一直不曾得手。直到有一年，當時華山派的兩位師兄弟岳肅與蔡子峰來到莆田少林寺作客，終於覓得機會，偷看到了這部《葵花寶典》。

當時時間倉促，師兄弟二人來不及同時遍閱全書，於是就決定一人讀一半，等回到華山後再一齊參悟研討。不料回到華山後，二人將各自記得的寶典加以印證，竟發現全然合不上來。於是二人嘴上埋怨對方讀錯了書，心中則猜忌，認爲對方藏了私。如此一來，這兩部分《葵花寶典》成了兩分無法修習的廢紙，而這對師兄弟也變成了對頭冤家。由此，種下了他日華山派分裂的根苗。

卻說紅葉禪師不久即發覺華山派師兄弟私閱《葵花寶典》之事，出於對後輩的關心，於是立即派遣自己的得意弟子渡元禪師前往華山，想要勸諭他們不要修習寶典所載的武學，以免後患無窮。

可岳肅與蔡子峰一直對私錄的《葵花寶典》變成廢紙一事耿耿於懷，見到渡元禪師就如同見到了黑暗中的一抹曙光一樣。他們不但承認私閱了《葵花寶典》，還向他請教經中的武學。

渡元禪師雖然是出家人，可身為習武之人對武學自然有著狂熱的執著。雖然他從未見過《葵花寶典》，但為了得窺寶典，也就強充解人，以為岳肅和蔡子峰解釋《葵花寶典》的經文為掩護，暗中記憶他們師兄弟所背誦的經文。到得晚上，他就將記得的經文抄在所帶的袈裟上，以防遺忘。

這渡元禪師也算是武學奇人，雖然從未見過《葵花寶典》，可他對經文的演繹也算得上頭頭是道，不但在當時唬住了岳肅與蔡子峰，更直接造成了以後華山派的分裂——即分裂為注重內功修習的「氣宗」和注重劍法招式的「劍宗」。後來，氣宗、劍宗大火拚，渡元禪師也可算是間接的元兇禍首。

渡元禪師離開華山後修書師父紅葉禪師，說自己已經還了俗。自此，他一生不曾再回莆田少林寺。之後，自名林遠圖，不但娶妻生子，還創辦了福州的福威鏢局，在江湖上轟轟烈烈地幹了一番事業——不過林遠圖的後人林平之以自身情況為據，考證說估計林遠圖一下華山就開始練《葵花寶典》了，所以這兒子多半也不是親生的，妻子也只是一個掩人耳目的幌子罷了。

為掩人耳目，林遠圖將自《葵花寶典》悟出的武功命名為「七十二路辟邪劍法」，而錄在袈裟上的《葵花寶典》殘本也就成了《辟邪劍譜》。不過因為岳蔡二人所記得的經文本就不多，轉述之後打的折扣就更多了，所以《辟邪劍譜》該是保留原文最少的一個版本。林遠圖雖然也是揮刀自宮，成了一個不男不女之人，可畢竟他一生仍然縱橫江湖，且未引起相關的猜測，不似東方不敗，只得躲在閨房裡面繡花。而從後來同樣修習《辟邪劍譜》的林平之、岳不群和左冷禪的身上，也可以驗證此觀點。

林遠圖有感於自己的經歷，立下遺囑嚴令其後人不得修習《辟邪劍法》，由此威名赫赫的福威鏢局走了下坡路。匹夫無罪，懷璧其罪，林家終因藏有《辟邪劍譜》而在林震南這一代慘遭滅門之禍。

經過了一連串的曲折，《辟邪劍譜》從林家到岳不群之手，又從岳不群手中回到林家後人林平之手上，然後落到勞德諾和左冷禪的手中。最後勞德諾居然帶著《辟邪劍譜》前去投效日月神教。不過，當時任我行正忙著，沒空管他。任我行突然去世後，勞德諾就落到了繼任教主任大小姐盈盈的手上。其後此人下場淒慘無比，而《辟邪劍譜》也終於是落到了日月神教手中。雖然金氏小說未曾在後續中提到誰又練了《辟邪劍譜》，但可以肯定的是，在《笑傲江湖》中肯定沒有此劍譜被毀的記載。

《葵花寶典》殘本

自岳蔡二人偷看《葵花寶典》之後，少林的莆田下院與華山派之間就因此生出了許多嫌隙。而華山弟子窺得《葵花寶典》的消息不久也就流傳在外。

其時華山派勢弱，遠不及少林寺的威望素著，當下就成了某些野心分子的目標，一時間攪得合派不寧。幸好華山派弟子當時還未有宗派之分，齊心合力倒也打敗了不少饕餮之徒。不多時，消息傳到了日月神教，教主任我行派了十大長老前來華山奪取《葵花寶典》。

不想其時華山派因勢單力薄，已與泰山、嵩山、恒山、衡山四派結成了五嶽聯盟，十大長老一去，四派即來支援，當下在華山腳下爆發了一場大戰，結果是十大長老雖然鎩羽而歸，但還是奪得了岳蔡二人手錄的《葵花寶典》殘本，而岳蔡兩人卻雙雙因此役而斃命。

其時華山派諸人雖未能學到寶典中的絲毫武功，但經由渡元禪師解釋的寶典經文，已通過岳、蔡二人影響了他們座下的弟子，於是華山一派從此出現了在武學上或重氣或重劍的偏歧。

由此估計，偷看經書時，兩人年歲都已不小，在華山上也是有一定地位的。而且偷看可能還是得到派中長輩，比如掌門的授意，很可能在得經之後還被奉爲華山派的英雄人物。否則，因爲這兩分殘本而招致了這麼嚴重的禍患，此二人早就該綁出去謝罪了，又何來被奉爲宗祖之事？

到最後，華山派分裂爲氣、劍兩宗，而岳蔡二人則分別被奉爲氣宗、劍宗之祖。此後兩宗一直爲是「氣爲主」還是「劍爲主」爭論不休，直至同門相殘，弄得腥風血雨，不但折損了自身實力，還讓左冷禪奪得了五嶽盟主之位，也算是未得善果。

五年之後，爲報當年鎩羽而歸之仇，十大長老帶著能破五嶽諸派劍法的奇招妙法捲土重來，而華山上五嶽劍派卻也設下了埋伏，靜候十大長老自投羅網，於是二次大戰的結果是：五嶽劍派高手耆宿死傷慘重，不少精妙劍法就此失傳湮沒；十大長老中計，全軍覆沒。臨死前，他們爲一洩胸中憤怒，將各自破解五嶽諸派劍法的奇招妙法盡數刻於華山的石壁之上。而幾十年後，這些劍招先是被一個名叫令狐沖的華山弟子無意中窺得，之後又被野心勃勃的岳不群所利用，最後還被岳不群與左冷禪作爲誘餌，賺得了不少五嶽弟子的性命。

若十大長老泉下有知，也該得意地偷笑了。

而日月神教自得了《葵花寶典》殘本之後，也是折損了不少實力，十大長老之慘死華山，更是直接危及到了教主任我行的地位。東方不敗和童百熊等趁任我行大力提拔下屬人才的機會接觸到了教中的權利中心。此後，任我行被東方不敗囚居，就此看來也算是自作孽的惡果。

其後任我行察覺東方不敗有反意，一來是因為自恃太高，二來則是因為當時身受「吸星大法」練功不當之苦，沒有餘力對付東方不敗。為了爭取時間，以拖延東方不敗的謀反之舉，也為了害一害東方不敗，任我行就拋出了《葵花寶典》來轉移他的注意力。不料人算不如天算，此舉不但未能阻止東方不敗的背叛，相反，因為任我行的掉以輕心，反而使得東方不敗得手得更容易。而出人意料的是，東方不敗決定提前發動「政變」卻是源於七歲女孩任盈盈在端午節宴會上的一句童言稚語。

卻說那東方不敗自得了《葵花寶典》之後，因為抵不住絕世武功的誘惑，幾乎是毫不猶豫地馬上揮刀自宮，開始練寶典上的武功了——這也算是具有所謂成大事者的大氣魄了。而就東方不敗的野心分析，他急於修習《葵花寶典》的原因應該還有一條，那就是任我行的武功太強了，他要篡位就必須修得更高的武功。

不過東方不敗雖然如願成了「千秋萬載，一統江湖」、「澤被蒼生」的大人物，可自宮與修習《葵花寶典》已使得他的性別與心理發生了變異。他先是殺了自己的七個小妾，後又戀上鬚眉男子楊蓮亭，棄了教主的身分不要，反以作一個穿身粉衫、手執繡花針的地下「楊夫人」爲樂。

雖然東方不敗自詡「悟到了人生妙諦」，「明白了天人化生、萬物滋長的要道」，可就世俗的眼光來看，東方不敗的下場應該算是可悲得很了。

在任我行奪回教主之位後，這《葵花寶典》的殘本最終毀於任我行之手。

《葵花寶典》殘本與《辟邪劍譜》的異同

二者都源於《葵花寶典》。

就內容而言，日月神教的這部《葵花寶典》其實就是華山派岳、蔡二人手錄本的合集，比之《葵花寶典》正本，它不但殘缺不全，而且有前言不搭後語之嫌。就其合理性，即使比之林遠圖所悟的《辟邪劍譜》也是有所不及。

因爲岳蔡二人當時是分別記錄，而且彼此心中都認定對方記得不對，所以這《葵花寶典》殘本當然不可能是一個統一體了。而任我行一來是不知此中原由——要知道江湖傳聞往往是捕風捉影；二來他傳經給東方不敗的目的是要害他，所以雖然知道這《葵花寶典》其實是一部害人的書，也絕對不會告知東方不敗。而東方不敗當時的武功修爲遠遠及不上任我行，哪裡看得出這部所謂的鎮教至寶其實是害人的東西，當然就一頭往任我行彀中鑽了。

至於《辟邪劍譜》，因爲林遠圖是知道原委和此中曲折的，所以在記錄經文時，他記的不僅是經文本身，還有他從中領會的經文要旨。同時，因爲他知道此經文本是不完整的，所以他不會在求全心理的作祟下，一心想要修習到最高境界。而那東方不敗就是在追求更高更好中，將自己逼進了死胡同。所以武功無疑是東方不敗最高，而變異也是他最明顯。相反，林遠圖沒有偏執於將經文補全，而是靠自己的領悟能力，從已經殘缺的經文中悟出一家之言——《辟邪劍譜》。

因此，就其合理性而言，恐怕《辟邪劍譜》還在《葵花寶典》殘本之上。而最後得以保全的，也是《辟邪劍譜》。

【附錄之三】

《笑傲江湖》之酒文化

酒，在中國是一樣非常古老的東西，自夏禹時儀狄做酒，禹飲而甘之，歷朝歷代以來就一直讓人爲之傾倒迷醉。文人雅士常於三杯兩盞淡酒之際，寫下了千古流傳的奇文雅詩；而那俠士豪傑則往往在酒酣耳熱之時，以熱血與生命寫就不朽的傳奇。

在《笑傲江湖》中，男主人翁令狐沖天性好酒，而在他出場之際，金庸先生就借助恒山派儀琳之口，活脫脫寫出了華山派大師兄的「飲君子」形象。

當然，此時的令狐沖因爲華山派門規森嚴，手中又常常沒什麼閒錢，所以只要有酒就喝，酒質如何倒不是十分在意。故令狐沖性雖好酒，但在酒道之說卻一直是門外漢。直到他在綠竹巷中遇見了任盈盈以及她那精於音律、也精於酒道的師姪——綠竹翁，從此才開始了令狐沖另一頁嶄新的人生。

緣起

令狐沖初次得聞酒道之說，是在洛陽的綠竹巷深處。在學琴之後，綠竹翁常常拿出一罈子酒與他小飲。雖然酒並不很多，卻都是上佳精品，綠竹翁的酒量也並不甚高，可他對天下美酒的熟識程度已經足以讓令狐沖頓生酒國知音之感了。

卻說綠竹翁於酒道所知極多，深知天下美酒的來歷，更有一樣妙處，但凡天下美酒的年份產地，他一嚐即知。而他的酒道之學更是高深莫測，有些在令狐沖聽來甚至是聞所未聞的。當下令狐沖恍然大悟，原來酒中的學問，比之劍道琴理，也不遑多讓。

自此他在學琴之餘，更向綠竹翁學酒，由此開啓了酒國的另一片天地，將喝酒這個大俗之事，變成了學問之道。於是，當令狐沖離開綠竹巷時，幾乎已品嚐過天下所有的美酒，即使有少數名酒不曾親口嚐過，但經過綠竹翁的講解，對這些美酒的來歷、氣味、釀之道、窖藏之法，也已十知八九。

而他那條從此能夠分辨美酒的滋味與年份的神奇舌頭，則使令狐沖成為酒國又一個讓人驚奇的大師級品酒家。

在遇見綠竹翁之前，令狐沖並不十分在意自己喝的是什麼酒，事實上以他的身分來說，只要有酒，他很難再去挑剔什麼。只有在遇見綠竹翁之後，他才知道「美酒」究竟是什麼東西。對於他這個缺勢少錢的江湖後生來說，離開了綠竹巷也就意味著與美酒告別。不料他的生命卻因為一個深愛著他的女子而改變。

「聖姑」任盈盈喜歡令狐沖的消息一傳出，江湖豪傑紛紛想方設法討好這位令狐公子。於是令狐沖在與師父等人離開洛陽乘船東下之際，第一次擁有了屬於自己的美酒，分別是：極品貢酒、三鍋良汾、紹興狀元紅、高粱美酒、葡萄美酒、百草美酒、玉露酒、梨花酒……等，共計十六罈。

指引令狐沖入酒國之門的是綠竹翁，而帶令狐沖在酒國走得更遠的卻是祖千秋。這個一心想要討好「聖姑」的江湖奇人，用計騙得令狐沖喝下了他用從老頭子手裡偷來的「續命八丸」所調配的酒。卻不料「續命八丸」不但不曾續得令狐沖之命，更攪得八種絕世美酒變成了或苦、或辣、或臭、或澀的怪東西。但祖千秋在閒扯中透露出的那些有關酒具的學問，卻讓令狐沖得窺了酒國的另一堂奧——酒器之殿堂，使得令狐沖在酒國之中行得更遠、走得更歡。

而使令狐沖大展酒國英豪之風采的，卻是在杭州孤山梅莊。其時令狐沖憑藉著學自綠竹翁的品酒之道、學自祖千秋的酒器之道以及自家的奇妙舌頭，收服了也算是酒國老前輩的丹青生。

酒經

天下愛酒之人，於酒質之外尤重酒具。不同之酒應該有不同的酒具相配，喝甚麼酒，便用甚麼酒杯，美酒與酒具相得益彰，否則便如明珠蒙塵。故雖懂酒而不懂酒具之人，則於飲酒之道，顯是未諳其中三味。

《笑傲江湖》對此特別作了闡述：

◇三鍋良汾

此酒產於關外，屬白酒。喝汾酒當用玉杯，蓋因玉碗玉杯，能增酒色。唐人有詩云：「玉碗盛來琥珀光。」而書中令狐沖所得到的那一罈關外白酒，雖然酒味極好，卻少了一股芳冽之氣。因犀角杯能增酒之香，使酒味醇美無比，故宜用犀角杯盛而飲之。

◇葡萄美酒

此酒產於吐魯番，儲此酒宜用密閉木桶。正宗吐魯番的上好葡萄美酒在木桶外面寫有西域文字為證，再以密閉木塞使內外空氣完全隔絕，最後以火漆封住，並在火漆上蓋印，以示其完整、正宗。開封之際，剝落火漆封印，握住木塞輕輕拔開，一時芳香四溢，沁人心脾。上佳的葡萄美酒注入酒杯之中，酒高於杯緣，卻不溢出半點，甚為奇特。

喝葡萄美酒當用夜光杯。蓋葡萄美酒色澤豔紅，鬚眉男兒飲之，未免豪氣不足。可葡萄美酒盛入夜光杯之後，酒色與鮮血無異，此時飲酒有如飲血，令人頓生岳武穆「壯志饑餐胡虜肉，笑談渴飲匈奴血」之慨。唐人有詩云：「葡萄美酒夜光杯，欲飲琵琶馬上催。」

而因那吐魯番乃天下最熱之地，所產之葡萄美酒不免有些暑氣，使酒中微有辛辣之意，故飲時當以嚴冬之冰鎮之，以求去其火氣。如是飲之則覺既厚且醇，更無半分異味，再加一股清涼之意，眞乃飲酒之至樂。

◇四蒸四釀之葡萄美酒

此酒乃中原與吐魯番混血兒也，酒色嫣紅，風味奇特，使人即使只是聞到酒味，也有醺醺然之意。它也算是杭州孤山梅莊的特產。

葡萄美酒風味奇特，可此酒不耐長途運送的顛簸，長途運送之後，酒雖仍然醇美，可飲之卻往往有一股微微的酸味。而這四蒸四釀的吐魯番葡萄酒，更是多搬一次，便減色一次。可孤山梅莊的四蒸四釀之酒卻絕無酸味，更具一樣奇特：兼具一百二十年的成酒與十二三年新酒之韻，新中有陳，陳中有新，比之尋常百年以上的美酒，另有一股風味。

就中秘訣是好酒如命的丹青生以三招劍法向西域劍豪莫花爾徹換來的，即自西域運來十桶三蒸三釀的一百二十年吐魯番美酒，依釀酒秘訣再加一蒸一釀，以十桶美酒，釀成一桶。由此酒中酸味盡去，且新成二味交織，風味獨特。

在梅莊飲這四蒸四釀之葡萄美酒另有一樣奇特之處，即二莊主黑白子的玄天指能夠聚水成冰，故即使在最熱的酷暑也能喝到冰鎮的葡萄酒。此實乃極樂之中的極樂也。

◇高粱美酒

此乃世上最古之酒。飲這高粱酒，須用青銅酒爵，始有古意。史載：夏禹時儀狄做酒，禹飲而甘之，那便是這高粱美酒了。

◇上佳米酒

此酒味雖美，卻失之於甘，略嫌淡薄，當用大斗飲之，方顯氣概。

◇百草美酒

此酒乃採集百草，浸入美酒，故酒氣清香，如行春郊，令人未飲先醉。飲這百草酒須用古藤杯，能大增其芳香之氣。

◇紹興狀元紅

產地紹興，屬黃酒，宜用古瓷杯。在歷朝瓷器之中，以北宋瓷杯最佳。雖然南宋瓷杯工藝細緻、釉色均勻鮮豔，勉強可用，但已有衰敗氣象，故不及北宋之瓷。至於那元瓷，則不免粗俗了。

◇梨花酒

飲此酒當用翡翠之杯。白樂天〈杭州春望〉詩云：「紅袖織綾夸柿葉，青旗沽酒趁梨花。」卻說在江南杭州一帶，酒家賣這梨花酒，掛的是滴翠也似的青旗，映得那梨花酒分外精神，飲這梨花酒，自然也當是以翡翠杯爲佳了。

◇玉露酒

飲此酒當用琉璃杯。蓋玉露酒中有如珠細泡，盛在透明的琉璃杯之中，鼻中聞得美酒之香，目中看得細泡如珍珠玉串，口中嚐得美酒醇厚，方可見其佳處。

◇續命八丸酒

此酒乃取「殺人名醫」平一指所開之「續命八丸」之藥方，由老頭子窮十二年之光陰，採集千年人參、茯苓、靈芝、鹿茸、首烏、靈脂、熊膽、三七、麝香等種種珍貴之極的藥物，九蒸九曬，製成八顆起死回生的「續命八丸」。老頭子本意是要用這藥救自己女兒老不死的，不料卻一個沒留神，被祖千秋偷去混入酒中，是爲「續命八丸酒」。

因爲「續命八丸」之味，有的極臭，有的極苦，有的入口如刀割，有的辛辣如火炙，故「續命八丸酒」亦是此味道。而且「續命八丸」具有醫治內傷的奇效，故「續命八丸酒」亦有起死回生的功效。

◇五寶花蜜酒

又名五仙大補酒。此酒乃雲南五仙教（江湖人又稱之爲「五毒教」）根據祖傳藥方所釀，五寶云云，是指青蛇、蜈蚣、蜘蛛、蠍子和小蟾蜍。此五種毒蟲珍奇無比，非得費十數年功夫才能培養得成。此外酒中又加了數十種奇藥怪草，中間頗具相生相剋之理，故飲者不會中毒。五寶浸在酒中導致腥氣濃重，可奇藥怪草中卻有芬芳濃郁的香花，故開瓶時只聞到濃烈的花香酒香。其酒色更是極清，純白如泉水。

這五寶花蜜酒，一來釀製不易，二來具有使服食之人百病不生、諸毒不侵，陡增十餘年功力之神效，故一向是五仙教中珍貴之物，等閒不賜予人喝。「殺人名醫」平一指慕名已久，卻一直無緣得到。而《笑傲江湖》中只有一個非五仙教教徒的人有幸喝到了此酒，那就是令狐沖。

◇百年竹葉青

此酒乃揚州、鎭江一帶的名釀，屬白酒。而百年竹葉青乃鎭江金山寺的鎭寺之寶，共有六瓶。因寺中大和尚守戒不飲酒，故送了一瓶給丹青生，從此成爲丹青生的珍藏之一。

此酒碧如翡翠，盛在碗中，宛如深不見底，酒香極是醇厚，口感輕靈厚重，兼而有之，乃酒中神品是也。難怪當年丹青生得了此酒之後，喝了半瓶後就再也捨不得喝了。

◇猴兒酒

此乃湘西山林中的猴兒用果子釀的酒。因猴兒採的果子最鮮最甜，故釀出來的酒也極好。有個叫花子在山中趁群猴不在，偷了三葫蘆酒出來。在只剩大半葫蘆的時候，被令狐沖撞見，一口氣就全喝完了。

當然以上所舉之羊脂白玉杯、翡翠杯、古藤杯等等，不過是古往今來酒具中的滄海一粟罷了。事實上金光燦爛的金杯、鏤刻精緻的銀杯、花紋斑爛的石杯，或珍貴稀有之象牙杯、虎齒杯、紫檀杯，平常之牛皮杯、竹筒杯等等，或大或小，種種不一，皆有可能成爲非同小可的酒具。

當然，這其中也可能幾多組合，究竟如何，就瞧諸位看倌今後的創意了。

【附錄之四】

《笑傲江湖》之琴棋書畫

金庸先生筆下一部洋洋灑灑的《笑傲江湖》，不但為我們講述了一個發生在武俠世界的傳奇故事，同時也是一部傳播文化的大眾書籍。於是，也許開卷之時我們還只是一個俗人，可在掩卷之後，我們會發現自己雖不能一下子就變成了雅人，但隨著男女主人翁的腳步，在他們的喜怒悲歡之中，我們也已順便在琴棋書畫這些傳統的中國文化中浸淫了一番，於是，我們的衣袖袍角都帶上了一絲雅致和灑脫，我們的都市生活也平添了一分清朗之氣。

琴篇

諧樂律乃百樂之首，而學琴亦首重樂律。

樂律古已有之，乃當年黃帝命伶倫爲律，聞鳳凰之鳴而制。樂分十二律，是爲黃鐘、大呂、太簇、夾鐘、姑洗、中呂、蕤賓、林鐘、夷則、南呂、無射、應鐘。

就瑤琴而論，一琴七弦，具宮、商、角、徵、羽五音，一弦爲黃鐘，三弦爲宮調。五調爲慢角、清商、宮調、慢宮及蕤賓調。

〈笑傲江湖〉

乃《笑傲江湖》之第一曲，是男女主人翁相遇、相知、相諧的契機和核心。

〈笑傲江湖〉本是由日月神教的曲洋長老與衡山派劉正風所作。此二人醉心音律，因樂相知，遂摒棄了正邪之別，傾心結爲知交好友。更以數年之功，創制了一曲〈笑傲江湖〉，此曲之奇，千古所未有。不料正是因爲劉正風結交了曲洋，因而遭來滅門之災，而曲洋亦爲救至友而命喪荒郊。

而令狐沖則在機緣巧合之下見到此二人，並在他們臨終時受託將此曲的琴譜簫譜交付有緣之人，此後該曲成就了令狐沖與任盈盈的一段姻緣。

就外形來看，《笑傲江湖》之琴譜簫譜只是一本不起眼的薄薄書冊，在第一頁上寫著「笑傲江湖之曲」六個篆字。記錄的字體在常人看來奇形怪狀，正如天書一般，只有精於音律之人才能讀懂這些音樂上的特有符號。而合奏這〈笑傲江湖〉曲須是兩個既精音律，又精內功之人，只有在志趣相投、修為相若的情況下，演奏效果才能達到最佳。此曲譜難得，彈奏之人更是難找，故劉正風與曲洋在臨終時有如嵇康臨刑彈奏〈廣陵散〉之嘆。

在書中，作者寫到演奏此曲的場景共有四次，其中第二次是任盈盈初得此曲之時，喜不自禁，獨自分別以琴簫奏之。正所謂樂與心知，〈笑傲江湖〉曲因彈奏者的性格、經歷、心境等的不同而呈現不同的韻味。是以同樣的樂曲，曲洋和劉正風合奏與任盈盈和令狐沖合奏給人的感覺是不同的。

◇曲洋與劉正風之合奏

場所：衡山城外，荒山野嶺之中，瀑布之旁。

背景：其時劉正風的全家已被五嶽盟主左冷禪手下所殺，劉正風與前來救他的知交好友——日月神教長老曲洋——皆身負重傷，此乃他們最後一次合奏，也是令狐沖第一次聽見此曲。

聽眾：令狐沖、儀琳、曲非煙、莫大先生。

演奏實錄：

起先琴聲錚錚，而後連綿不絕，甚是優雅，過得片刻，才始有幾下柔和的簫聲夾入琴韻之中。此時七弦琴的琴音和平中正，夾著清幽的洞簫，更是動人，琴韻簫聲似在一問一答，同時漸漸移近。

不久只聽琴音漸漸高亢，簫聲卻慢慢低沈下去，但簫聲低而不斷，有如遊絲隨風飄蕩，卻連綿不絕，更增迴腸蕩氣之意。此時一人撫琴、一人吹簫，彼此心無旁騖，但因其心性相諧，故旁人只聽琴簫悠揚，甚是和諧。雖瀑布便在旁邊，但撫琴吹簫的二人內功不淺，流水轟轟，竟然掩不住柔和的琴簫之音。

忽聽瑤琴中突然發出鏘鏘之音，似有殺伐之意，但簫聲仍是溫雅婉轉。過了一會兒，琴聲也轉柔和，兩音忽高忽低，驀地裡琴韻簫聲陡變，便如有七八具瑤琴、七八支洞簫同時在奏樂一般。琴簫之聲雖然極盡繁複變幻，每個聲音卻又抑揚頓挫，悅耳動心，令人血脈賁張，滿懷激動之意。

又過了一會，琴簫之聲又是一變，簫聲變了主調，那七弦琴只是玎玎璫璫的伴奏，但簫聲卻愈來愈高，令人心覺酸楚，有墜淚之感。

突然間錚的一聲急響，琴音簫聲立止，霎時間四下裡一片寂靜，唯見明月當空，樹影在地。

◇任盈盈之獨奏

場所：洛陽城裡，綠竹巷。

背景：其時日月神教聖姑任盈盈在師姪綠竹翁的陪伴之下在此隱居。岳不群等人懷疑令狐沖所收藏的《笑傲江湖》曲譜乃《辟邪劍譜》，故在易師爺的帶領之下，來綠竹巷向精通音律的綠竹翁討教。不料曲譜太深奧，引出了綠竹翁的姑姑任盈盈，於是令狐沖得以再次聆聽〈笑傲江湖〉之妙樂。

聽眾：令狐沖、綠竹翁、岳不群、寧中則、岳靈珊、林平之、易師爺、洛陽金刀王家王元霸祖孫五人等。

演奏實錄：

琴音時而慷慨激昂，時而溫柔雅致，在令狐沖聽來曲調雖同，意趣卻與曲洋、劉正風所奏大有差別。任盈盈之〈笑傲江湖〉平和中正，令人聽著只覺音樂之美，卻無曲洋所奏熱血如沸的激奮。奏了良久，琴韻漸緩，似乎樂音在不住遠去，雖聽者心知奏琴之人就在此竹舍之中，卻不由得疑心她已走出了數十丈之遙，又走到數里之外，而琴音細微幾不可再聞。

琴音似止未止之際，卻有一二下極低極細的簫聲在琴音旁響了起來。迴旋婉轉，簫聲漸響，恰似吹簫人一面吹，一面慢慢走近，簫聲清麗，忽高忽低，忽輕忽響，低到極處之際，幾個盤旋之後，又再低沈下去，雖極低極細，每個音節仍清晰可聞。

漸漸低音中偶有珠玉跳躍，清脆短促，此伏彼起，繁音漸增，先如鳴泉飛濺，繼而如群卉爭豔，花團錦簇，更夾著間關鳥語，彼鳴我和。

漸漸的百鳥離去，春殘花落，但聞雨聲蕭蕭，一片淒涼肅殺之象，細雨綿綿，若有若無，終於萬籟俱寂。

◇任盈盈與令狐沖之初奏

場所：翠谷之中，岳靈珊埋骨之所附近，乃清幽之所在。

背景：其時岳靈珊被丈夫林平之所殺，令狐沖心痛而至昏迷。任盈盈將他帶到這風景優美、鳥鳴花繁的翠谷。二十餘日後，令狐沖傷勢基本痊癒，任盈盈再次指導令狐沖奏琴，就在這天，他們開始共同探討〈笑傲江湖〉曲。

聽衆：枝頭啼鳥，谷中翠木、繁花。

演奏實錄：

此次演奏只能說是任盈盈與令狐沖摸索中的不成熟之作。因爲令狐沖只聽過〈笑傲江湖〉曲，對於樂譜卻是全然陌生，於是任盈盈先是展開琴簫之譜，耐心地解釋，然後再讓令狐沖學著彈奏。

撫琴之道本非易事，〈笑傲江湖〉更是曲旨深奥，變化繁複，學來更是艱難。幸好令狐沖秉性聰明，又得名師指點，此刻合奏，初時難以合拍，慢慢地終於也跟上去了，雖不能如曲劉二人之曲盡其妙，卻也略具其意境韻味。

此後十餘日的合奏中，兩人耳鬢廝磨，忽覺這青松環繞的翠谷，便是世間的洞天福地，竟將江湖上的刀光劍影，都漸漸淡忘。

◇任盈盈與令狐沖之合奏

場所：杭州孤山梅莊，任盈盈和令狐沖大喜當日。

背景：其時令狐沖已將恒山派掌門之位交給了儀清接掌，任盈盈也辭去日月神教教主之位，交由向問天接任。向問天雖然桀驁不馴，卻無吞併正教諸派的野心，數年來江湖上太平無事。

聽衆：方證等前來賀喜的各方江湖人士。

演奏實錄：

任盈盈與令狐沖行罷大禮，酒宴過後，各方江湖豪客前來鬧新房，要求令狐沖舞劍。令狐沖以吉日動刀使劍，未免太煞風景，故以合奏一曲替代舞劍一事。在群豪轟然歡呼之時，令狐沖取出瑤琴、玉簫，將玉簫遞給任盈盈。任盈盈不揭霞帔，就伸出纖纖素手，接過簫管，引宮按商，和令狐沖合奏起來。二人所奏正是那〈笑傲江湖〉。

卻說這三年中，令狐沖得到任盈盈指點，精研琴理，已將這首曲子奏得頗具神韻。令狐沖思及當日衡山城外荒山之中，初聆衡山派劉正風和日月神教長老曲洋合奏此曲之事，不禁感慨萬千，既喜今日自己得與盈盈成親，教派之異不復能阻擋，比之劉曲二人，自是幸運得多了。又想劉曲二人合撰此曲，原有弭教派之別、消積年之仇的深意，此刻夫婦合奏，終於完償了劉曲兩位前輩的心願。想到此處，琴簫奏得更是和諧。

群豪大都不懂音韻，卻無不聽得心曠神怡，及至一曲既畢，更是紛紛喝采。

〈廣陵散〉

乃古琴獨奏曲，作者不詳，因嵇康而聞名。

嵇康，西晉人，史書言其「文辭壯麗，好言老莊而尙奇任俠」，善奏此曲。時人傳言，鍾會在朝爲官，慕名去拜訪他，嵇康自顧自打鐵，不予理會。鍾會討了個沒趣，只得離去。嵇康問他：「何所聞而來，何所見而去？」鍾會答曰：「聞所聞而來，見所見而去。」鍾會生性胸襟極小，回去後就找了個機會對皇帝司馬昭說嵇康的壞話，不久司馬昭便把嵇康給殺了。嵇康臨刑時撫〈廣陵散〉一曲，曲畢長歎曰：「〈廣陵散〉從此絕矣。」自此，〈廣陵散〉就未見其傳於後世了。

以上是《笑傲江湖》裡關於〈廣陵散〉的描述。下面不妨再摘錄一段楊蔭瀏先生在《中國音樂史稿》中關於〈廣陵散〉的記載：

〈廣陵散〉不知何人所作，在漢末已經出現。從現存的琴曲看，其內容是描寫西元前四世紀時聶政為父報仇，刺死韓王的故事。這故事見於漢蔡邕（一三三—一九二）所著專講有關琴曲故事的《琴操》。

故事的大意如下：聶政的父親爲韓王鑄劍，誤了限期，爲韓王所殺。聶政爲了報仇，花了十年工夫，學成卓越的彈琴藝術，藉此得到了韓王的注意。韓王召聶政進宮彈琴。聶政乘韓王靜心聽琴的時候，從琴腹中抽出了他預先藏好的刀子，一下子把韓王刺死。此曲的古琴樂譜見於一四二五年【注一】刊行的《神奇秘譜》本。

不過，在金庸先生的《笑傲江湖》裡卻有一個膽大妄爲的音樂奇才兼武學奇人，那就是曲洋。他因歆慕〈廣陵散〉之名，起意挖掘西漢、東漢兩朝皇帝和大臣的墳墓，一連掘了二十九座古墓，才終於在東漢蔡邕的墓中，覓到了〈廣陵散〉的曲譜，也算是一樁異事了。

而同是撫琴高手的孤山梅莊大莊主黃鍾公在得到〈廣陵散〉的曲譜之時，才只翻了一頁就讚歎曰：「妙極！和平中正，卻又清絕幽絕。」等翻到第二頁，看了一會兒，又讚：「高量雅致，深藏玄機，便這麼神遊琴韻，片刻之間已然心懷大暢。」

而附加一提的是，〈笑傲江湖〉曲中的一大段琴曲就是出自〈廣陵散〉，所以〈廣陵散〉和〈笑傲江湖〉的關係猶如父子母女一般。

〈清心普善咒〉

琴曲，也可以簫吹奏。乃任盈盈之獨門曲譜，令狐沖從任盈盈手中學得此曲。

此曲彈奏時柔和之至，宛如一人輕輕嘆息，又似是朝露暗潤花瓣，曉風低拂柳梢。它對人還有催眠和調理體內眞氣的作用，故令狐沖每每在聆聽此曲之時，總覺得眼皮沈重，而睡夢之中，仍能隱隱約約聽到柔和的琴聲，似有一隻溫柔的手在撫摸自己的頭髮，像是回到了童年，在師娘的懷抱之中，受她親熱憐惜一般。

〈碧霄吟〉

極短之琴曲，因其短，故常作初學者的練習曲。此曲洋洋然有青天一碧、萬里無雲的空闊氣象，以胸懷廣闊者奏之最佳。

〈有所思〉【注二】

漢時古曲，節奏婉轉，因其曲調能隨演奏者心思而有所變化，故名。

當日令狐沖得蒙任盈盈初授此曲時，彈奏中不覺想起自己與岳靈珊兩小無猜、同遊共樂的情景，又想到瀑布中練劍，思過崖上送飯，小師妹對自己的柔情蜜意，故琴中大有纏綿之意，而後思及無端來了個林平之，小師妹對待自己竟一日冷淡過一日，心中悽楚，突然之間，琴調一變，竟爾出現了幾下福建山歌的曲調，正是岳靈珊那日下崖時所唱。而任盈盈在心緒不寧之時，亦常常不自覺地彈奏此曲。

〈瀟湘夜雨〉

胡琴曲，乃衡山派掌門人莫大先生的代表曲目。因爲莫大先生每次出現必然是人未現而琴音先到，而且必是這曲〈瀟湘夜雨〉，故莫大先生外號「瀟湘夜雨」。

胡琴聲本就悲涼，而莫大先生的〈瀟湘夜雨〉更是其聲嗚咽。一曲幽幽奏來，琴聲淒涼，似是歎息，又似哭泣，跟著琴聲顫抖，發出瑟瑟瑟的斷續之音，似是一滴滴小雨落上樹葉，愈到後來就愈淒苦。

棋篇（僅存名目）

◇王質在爛柯山遇仙所見的棋局

◇劉仲甫在驪山遇仙對弈的棋局

據前人筆記記載，劉仲甫乃當時國手，卻在驪山之麓被一個鄉下老媪殺得大敗，登時嘔血數升，故這局棋譜便稱爲《嘔血譜》。

廿五年前，向問天曾在四川成都一處世家舊宅之中見過，並記下了全數一百一十二著，且以此局打敗愛棋成癡的黑白子。

◇王積薪遇狐仙婆媳的對局

書畫篇

◇宋范中立「谿山行旅圖」

作者是北宋的范寬。這是一幅極爲陳舊的圖畫，右上角題著「宋范中立谿山行旅圖」十字，一座高山衝天而起，墨韻凝厚，氣勢雄峻之極。但見那山森然高聳，雖是紙上的圖畫，也令人不由自主地興起高山仰止之感，實是精絕之作。

◇〈率意帖〉

作者是唐朝的「草聖」張旭，乃「飮中八仙」之一。這是一幅筆走龍蛇的狂草，帖上的草書大開大闔，便如一位武林高手展開輕功，竄高伏低，雖然行動迅捷，卻不失高雅的風致。帖尾寫滿了題跋，蓋了不少圖章。韓愈品評張旭道：「喜怒窘窮，憂悲愉佚，怨恨思慕，酣醉無聊。不平有動於心，必於草書焉發之。」而杜甫則在〈飲中八仙歌〉中這樣描寫張旭：「張旭三杯草聖傳，脫帽露頂王公前，揮毫落紙如雲煙。」此〈率意帖〉乃張旭酒酣落筆之作，帖中之字如天馬行空，不可羈勒，真是絕妙！

◇〈裴將軍詩〉

此乃顏眞卿所書詩帖——「裴將軍！大君制六合，猛將清九垓。戰馬若龍虎，騰陵何壯哉！」一共二十三字。禿筆翁由此自創一套武功名「裴將軍詩」，每字三招至十六招不等。當禿筆翁被令狐沖的劍封住了自己手裡的筆，一腔寫字的欲望無法自行疏導之時，他提起丹青生的葡萄美酒，在石几上倒了一灘，大筆往酒中一蘸，便在白牆上寫了一首〈裴將軍詩〉。二十三個殷紅大字筆筆精神飽滿，尤其那個「如」字直如破壁飛去。寫完之後，自覺平生所書以此最佳，當下捨不得這幅字，硬是把黑白子的棋室要了過來，使此二十三字能與自己終日相伴，也算是雅事一樁。

◇〈懷素自敘帖〉

此乃唐人懷素所書之縱橫飄忽、流轉無方的草書。懷素的草書本已十分難以辨認，禿筆翁將之化作武功時，更是草中加草，以致變成自創的狂草。他平素以此帖敗敵無數，不料卻敗給了完全不懂草書、只知武功的令狐沖。

◇〈八濛山銘〉

書者是蜀漢大將張飛。此帖不復草書的恣肆流動，而是勁貫中鋒，筆致凝重，但鋒芒角出，劍拔弩張，大有磊落波磔意態。

注：

【注一】西元一四二五年即明仁宗洪熙元年。這條記載說明至少在明朝初年以後，〈廣陵散〉又爲世人所見。

【注二】如查證中國文藝史，我們會發現漢代並沒有名叫〈有所思〉的樂曲，但據《古今樂錄》記載，在漢樂府「鼓吹曲」中的二十二首「漢鐃歌」裡面，確實有一首名叫〈有所思〉的民間情歌，全文如下：「有所思，乃在大海南。何用問遺君？雙珠玳瑁簪，用玉紹繚之。聞君有他心，拉雜摧燒之。摧燒之，當風揚其灰。從今而往，勿復相思！相思與君絕！雞鳴狗吠，兄嫂當知之。〔妃呼豨〕秋風肅肅晨風颸，東方須臾高知之。」這首作品是寫一個女子知道自己的心愛之人有了「他心」，恨不得立刻把正要相送的禮物摧毀燒掉。

【附錄之五】

《笑傲江湖》之歷史背景戲考

衆所周知，《笑傲江湖》不像金庸先生的其他作品，如《射鵰英雄傳》、《天龍八部》和《鹿鼎記》等，是以中國歷史上的某一具體歷史階段爲故事背景的。我們甚至可以說，在金庸先生最重要的幾部作品中——尤其是那些常常被改編成影視片、受衆極廣的作品中，《笑傲江湖》是唯一沒有選取具體的歷史階段爲寫作背景的。不過，它也不像《連城訣》或《俠客行》那樣，把歷史因素從寫作背景中「刪」得頗爲乾淨，除了還能看出來是「古裝小說」以外，在其字裡行間很難發現可以證明其故事所發生的朝代和年代的「蛛絲馬跡」。

這也就是說，從是否屬於「歷史武俠小說」的角度來看，《笑傲江湖》是一部比較特殊的作品。因此，筆者想在這裡做一件「蠢事」，那就是要對《笑傲江湖》的歷史背景作一番小小的考證——當然，從文學鑑賞的正理講，對一部完全屬於虛構的通俗小說進行歷史背景的考證不僅根本沒有必要，而且還是十分可笑的。不過，正如上文所言，《笑傲江湖》的情況有些特別，假如就圍繞故事的某些細節的歷史背景稍作思考，或許能夠引導我們更進一步地探求小說主題的深層涵義，深入把握作家的創作意圖，從而獲得更高層次的閱讀快感和認知體驗。當然，順便還可以借機進一步熟悉文本以及文本背後深厚的中國文化氛圍。

《笑傲江湖》中有很多處細節具有一定的「歷史感」，比如作品中多次提到的恒山懸空寺是著名的古蹟，始建於北魏，似乎說明令狐沖的故事至少發生在北魏以後。又如第七章〈授譜〉裡面，交代整部作品的核心〈笑傲江湖〉之曲中間的一大段琴曲是根據晉人嵇康的〈廣陵散〉改編的——這說明故事至少發生在西晉以後。

接著，第九章〈邀客〉中說田伯光在長安做了好幾件大案，岳不群夫婦準備帶令狐沖一起去向他挑戰。令狐沖說道：「長安城便在華山近旁……」——既然是在華山邊上的「長安」，那麼就應該是指漢唐時期的都城「長安」了！這似乎說明故事大致發生在宋以前。

而第十四章〈論杯〉裡，祖千秋提到唐代王翰〈涼州詞〉中的名句：「葡萄美酒夜光杯，欲飲琵琶馬上催」，和白居易〈杭州春望〉裡的句子：「紅袖織綾夸柿葉，青旗沽酒趁梨花」，還有南宋初年岳飛著名的〈滿江紅〉：「壯志饑餐胡虜肉，笑談渴飲匈奴血」——這又似乎說明故事最早發生在南宋中晚期。

此外，第十九章〈打賭〉裡提到唐代張旭和顏眞卿的書法，還有北宋范寬的「谿山行旅圖」等，也似乎暗示讀者小說的背景在北宋以後。

最後，作品還曾經提到北京的皇宮等，又彷彿把歷史背景往後推到了明清時期……

那麼，《笑傲江湖》的故事到底發生在什麼朝代呢？當然，確切的答案是不可能有的，如果一定要得出考證的結論，那麼就只有去指責作者「荒唐」，竟讓關公戰秦瓊，其小說背景從兩漢魏晉南北朝到隋唐兩宋元明清，似乎代代都有，又彷彿朝朝皆無，宛如中國歷史的一勺大雜燴，又像是其亂無比的一鍋粥！

不過，也正是這鍋大雜燴「雜」得好，「亂」得妙，雜出了深意，亂出了厚度，使作品的主題得到了昇華。換言之，正是因爲沒有具體歷史背景的束縛，所以作家寫作更方便，揮灑更自如，不僅可以隨心所欲地用歷史上的任何素材營造濃濃的文化氛圍，大大增強了小說的可讀性，而且還有力地深化了作品的主旨，鑄造了作品旺盛的生命力。諸位看倌若不信，有金庸先生自己的話爲證：

我寫武俠小說是想寫人性，就像大多數小說一樣。**這部小說通過書中一些人物，企圖刻劃中國三千多年來政治生活中的若干普遍現象。**影射性的小說並無多大意義，政治情況很快就會改變，只有刻劃人性，才有較長期的價值。不顧一切的奪取權力，是古今中外政治生活的基本情況，過去幾千年是這樣，今後幾千年恐怕仍會是這樣。任我行、東方不敗、岳不群、左冷禪這些人，在我設想時主要不是武林高手，而是政治人物。林平之、向問天、方證大師、沖虛道人、定閒師太、莫大先生、余滄海等人也是政治人物。這種形形色色的人物，每一個朝代中都有，大概在別的國家中也都有。「千秋萬載，一統江湖」的口號，在六十年代時就寫在書中了。任我行因掌握大權而腐化，那是人性的普遍現象。這些都不是書成後的增添或改作。……**因為想寫的是一些普遍性格，是生活中的常見現象，所以本書沒有歷史背景，這表示，類似的情景可以發生在任何朝代。**

（摘自金庸《笑傲江湖・後記》，粗體部分為筆者所加。）

誠然，世界是辯證的，有時候有就等於無，無也就等於有。《笑傲江湖》雖然沒有具體的歷史背景，但卻勝似有背景。它的故事不僅在前朝歷代都曾發生過，現在正在發生著，而且以後也必定會發生！

順便提一句，小說中有「歷史感」的細節大多是有關明代以前的社會狀況的，似乎在暗示這部長卷所講述的故事應該是發生在近古時期，即不太可能早於明清兩代，離我們現在並不十分遙遠。同時，再聯想到《笑傲江湖》寫於一九六七年，正是中國大陸的文革時期，而且金庸先生也特別強調：「『千秋萬載，一統江湖』的口號，在六十年代時就寫在書中了。」——這是否可以證明作家在有意無意地暗示我們，他這部小說的背景固然是適合於任何朝代，但因爲作者生活在現代社會，不可能脫離現實去異想天開，所以作品的著眼點最後落到了現代社會上。這也就是說，作品裡人和事就發生在今天！發生在我們身邊！

於是，小說也就具有了強烈的寓言意味和深刻的現實意義。

【附錄之六】

《笑傲江湖》之白璧微瑕

常言道金無足赤，再優秀的文學作品也不可能十全十美，了無瑕疵，更何況新派武俠小說往往是先在報紙上連載，然後再出單行本，比一般的作品更容易造成失誤。因爲連載的狀態是每天隨寫隨發，客觀上缺乏修訂的機會和可能。同時，一部長篇小說裡面的人名、地名和幫派名動輒數百，故事情節更是頭緒紛繁，非常容易出錯。《笑傲江湖》也不例外，它最初是以在《明報》上連載的形式和讀者見面的，書中各名門正派的弟子和日月神教屬下的江湖豪客人數衆多，有的人物除了姓名以外還有職務和外號，加上地名，簡直叫人眼花撩亂。所以，《笑傲江湖》在細節上出一點小紕漏也是難免的。下面就把作品中的幾個小小失誤羅列出來，以俾讀者的欣賞和作者的訂正。

◇關於恒山主庵的名稱

在第三回〈救難〉中，余滄海稱恒山定逸師太爲「白雲庵主」，而儀琳在拒絕田伯光的時候也說：「出家人不用葷酒，這是我白雲庵的規矩。」可見恒山主庵叫「白雲庵」。

可是，到了第二十九回〈掌門〉中，令狐沖上山準備接任掌門，這時小說卻這樣描述：「恒山派主庵無色庵是座小小庵堂……」還有，在第四十回〈曲諧〉裡面，向問天說：「敝教又在恒山腳下購置良田三千畝，奉送無色庵，作爲庵產。」

◇關於任盈盈在少林寺的囚禁之處

在第二十五回〈聞訊〉裡面，莫大先生告訴令狐沖說：「方證大師不願就此殺她，卻也不能放她，因此將她囚禁在少林寺後的山洞之中。」

而在第二十八回〈積雪〉裡面，任盈盈卻告訴令狐沖說：「我在少林寺後山，也沒受什麼苦。我獨居一間石屋……」（在不同的版本裡，「石屋」又作

「古屋」。）

◇關於賈布和上官雲部衆的人數

在第二十九回〈掌門〉中，賈布和上官雲奉東方不敗之命來給令狐沖送賀禮，只見「絲竹聲中，百餘名漢子抬了四十口朱漆大箱上來。每一口箱子都由四名壯漢抬著……」——按照這段描寫，賈布和上官雲帶的人應該是一百六十個。

但是，等到任盈盈制伏賈布、收服上官雲以後，小說卻這樣交代：「賈布與上官雲這次來到恒山，共攜帶四十口箱子，每口箱子二人扛抬，一共有八十名漢子……」

任盈盈的人生哲學

武俠人生叢書 6

作　　者／郭　梅
出 版 者／生智文化事業有限公司
發 行 人／林新倫
執行編輯／洪千惠
登 記 證／局版北市業字第677號
地　　址／台北市新生南路三段88號5樓之6
電　　話／(02)2366-0309　2366-0313
傳　　真／(02)2366-0310
E-mail／tn605541@ms6.tisnet.net.tw
網　　址／http://www.ycrc.com.tw
郵政劃撥／1453497-6
户　　名／揚智文化事業股份有限公司
印　　刷／鼎易印刷事業股份有限公司
法律顧問／北辰著作權事務所　蕭雄淋律師
ISBN／957-818-305-4
初版一刷／2001年9月
定　　價／新臺幣280元

總 經 銷／揚智文化事業股份有限公司
地　　址／台北市新生南路三段88號5樓之6
電　　話／(02)2366-0309　2366-0313
傳　　真／(02)2366-0310

本書如有缺頁、破損、裝訂錯誤，請寄回更換

國家圖書館出版品預行編目資料

任盈盈的人生哲學／郭梅著. -- 初版. --臺
北市：生智 ，2001〔民90〕
面： 公分. --（武俠人生叢書；6）

ISBN 957-818-305-4（平裝）

1.金庸—作品研究 2.武俠小說—評論

857.9 90011851